秩父あやかし案内人

困った時の白《ハ》狼《ク》頼み

香月沙耶

文庫

宝島社

秩父あやかし案内人

困った時の白狼《ハク》頼み

序章

埼玉《さいたま》県秩父《ちちぶ》市は、南に神の山と呼ばれる武甲山《ぶこうざん》を仰ぎ、風光明媚な自然が広がっている。東京池袋《いけぶくろ》から秩父までは、西武《せいぶ》秩父線一本で来られる。特急を利用すれば片道約一時間半というアクセスのよさから、観光客は年間九百万人を超えており、秩父と、埼玉県川越《かわごえ》市は、埼玉二大観光地とも言われている。

さて、この街には、三峯《みつみね》神社、秩父神社、宝登山《ほどさん》神社という、秩父三社がある。三峯神社と宝登山神社は、過去この辺りに生息していたニホンオオカミが御眷属《ごけんぞく》として神に仕え、『お犬様』や『ご神犬』と呼ばれている。

また『知知夫《ちちぶ》の国』の総鎮守である秩父神社は、柞之森《ははそのもり》に社殿を構える古社《こしゃ》だ。ご祭神は、八意思金命《やごころおもいかねのみこと》、知々父彦命《ちちぶひこのみこと》、天御中主神《あめのみなかぬしのかみ》、秩父宮雍仁親王《ちちぶのみややすひとしんのう》の四柱である。

特に有名なのが、本殿の飾り彫刻で、正面に『子育ての虎』、東側に『お元気三猿《さんざる》』、北側には『北辰《ほくしん》の梟《ふくろう》』、西側は『つなぎの龍』が施されている。

子育ての虎とつなぎの龍は、日光東照宮の眠り猫の作家としても有名な左甚五郎《ひだりじんごろう》の手によるもので、お元気三猿は躍動感に溢れ、愛嬌のある顔立ちをしている。北辰——北極星におわす妙見《みょうけん》様を見つめる鳥は、開運招福、縁起のいい梟だ。

いずれも『知知夫』で暮らす人々を、あたたかく見守っている。

⛩

扉の開いた病室は四人部屋で、すべてカーテンで仕切られている。

午後一時。外はちょうどいい気温で天気もいい。部屋の窓からも、四角く切り取られた青空が見えるが、それを見る者は誰もいない。

青年は入口でひとつ息をつくと、静かな歩調で右奥まで進んだ。

そっとカーテンを開けると、ベッド上には年配の男が寝息を立てている。

その顔をじっと見下ろしたあとで、青年はゆっくりと唇を開いた。

「ただいま、じいちゃん」

第一話　子失い獣の嘆き

雨が降ってきた。

男は背負ったリュックの中から、折りたたみ傘を取り出す。

『お父さん、すぐに風邪ひくから、出掛ける時にはかばんの中に必ず入れておいてね』

そう言って娘から渡されたものだ。

男は、関東圏内ではよく知られているであろう古社へと歩を進めた。

そろそろ日が暮れようかという時間帯だからだろうか、参拝者はひとりもいなかった。

手水舎《ちょうずしゃ》で清めたあとで、中門を潜《くぐ》り、早速本殿へと進む。

雨に濡れるが、傘は閉じて足元に置いた。

(四十代半ばにもなった男が、神頼みとは情けない)

自嘲しながらも、賽銭《さいせん》を投げ入れ、二礼二拍手。

(どうか、お願いします！)

真剣に手を合わせた次の瞬間、額に、トン、と何かが当たった。

やわらかなそれは、昔飼っていた猫の肉球のような感触だったものだから、思わず目を開いた。

目の前のモノを凝視する。続いて急いで瞬《まばた》きをした。だが――消えない。

失せる。


男は一歩、後ずさる。

瞬く間にずぶぬれになったが、それ以上動くことができなかった。目の前のモノに視線がくぎづけになって、雨の音も、迫る夜の闇も、一切の感覚が消え
「ト、……ト、ラ?」

目の錯覚だ。幻だ。虎が神社の境内《けいだい》にいるわけがない……!

だが何度目を擦《こす》っても、頭を振っても、幻は消えない。

【娘ニ嫌ワレタ、カ】

目の前のモノから発せられた声は、あまりにも滑らかだった。

途端に男は我に返る。

【嫌ワレタカ】

「き、嫌われていない! ただケンカをしただけだ」

断ずるような声に男はカッとなり、思わず子どものようにそう返していた。だが次の瞬
間、ギャッと叫んでその場に尻餅をつく。

虎が、鼻先が触れそうなほど近づいてきたかと思うと、座り込んだ男の肩を押した。そ
うして地面に転がった男に乗りかかると、獰猛《どうもう》な牙をちらつかせながら顔を寄せてくる。

(く、……食われる!)

全身を強張らせた男を、だが虎は笑った。

【食ワンヨ。ノウ、娘ニ嫌ワレタ男ヨ。ワタシノ話シヲ聞イテハクレヌカ?】

「……、は?」

【ワタシニモ子ガイルノダヨ。ダガ……】

獣の表情が、悲しそうに歪んだ――気がした。

それが男の琴線に触れた。

男は、自分がいつの間にか眠り、夢を見ているのだ……そう思った。

(現実じゃない。夢だ。夢を見ているんだよ)

ならば。

「だ、だが?」

恐怖より虎が何を話すのかという興味の方が勝った。

虎の金色の瞳がキラリと光り、男を見据える。

【聞イテクレルノカ?】

辺りはすでに暗い。雨はいつしかやんでいた。その中で、虎は淡い光を纏《まと》っている。

恐ろしいのに、目が離せない。ふさふさとした毛の一筋まで見える距離にいる虎に、男は目も心も奪われた。

「き、聞こう」

刹那《せつな》、カツン、と音が響き――男の世界は閉ざされた。

⛩

　埼玉県秩父市の名物は何かと訊かれたら、春の羊山《ひつじやま》公園の芝桜、夏の天然氷を使ったかき氷、秋の長瀞《ながとろ》の岩畳から見る紅葉、晩秋の雲海、冬の『三十槌《みそつち》の氷柱《つらら》』のライトアップ――四季折々の魅力溢《あふ》れる風物のほか、鉱泉やパワースポットとして有名な神社仏閣といった見所がたくさんある。

「駅前はなぁ、いいんだよ。問題はここだ、ここ！　観光客はまあまあ来てくれているのに、商店街の売り上げは芳《かんば》しくないのがなぁ！」

　モダンなカフェに似つかわしくない声の大きさで、そう言い出したのは、白羽屋《しらはや》通り商店街でパン屋を営む新井《あらい》だ。

「新井さん、もう少し小さな声で話してくれる？　他のお客さんがびっくりしちゃうわ」

　二十代後半の、ショートカットがよく似合う女性が間髪容れず注意すると、前に座る新井は、短く刈り上げた頭を掻きながら小さく肩を竦《すく》めた。

「悪い悪い、初穂《はつほ》ちゃん。つい」

「立地はそう悪くないのにね」

　西武鉄道の西武秩父駅からも、秩父鉄道の御花畑《おはなばたけ》駅、秩父駅からも、徒歩十分ちょっとという場所に、白羽屋通り商店街はある。秩父神社や秩父今宮《いまみや》神社へのアクセスも良好だ。

　商店街の近くには、登録有形文化財の建物が多く並ぶ番場《ばんば》通りや、創業二百六十年以上の老舗百貨店、スーパーもある。

ところが新井は、ゆるく首を振った。

「いやぁ、そうでもないんだよなぁ」

白羽屋通り商店街は、車がようやくすれ違えるほどの道の両側に、店舗兼住居といった建物が三十余り並んでいる。だが一割以上が閉店もしくは休業中という寂しい状態だ。各店舗の売り上げが芳しくないというほかにも、後継者不足という深刻な問題があり、それらが商店街の人々を悩ませていた。

「でも、まあ、渉《わたる》さんや初穂ちゃんみたいに、若い奴も帰ってきているし、悲観ばかりしているのも時間がもったいないよな」

「僕は新井さんはじめFC《フィルムコミッション》の皆さんとほぼ同じ年頃ですから、初穂くんと年代的に括《くく》られると面映《おもは》ゆいのですが」

そう言いつつトレーにコーヒーを乗せてやってきたのは、三十そこそこに見える男だ。眼鏡をかけた、穏やかな面立ちの男性は、落ち着いた色味の着物を着ている。

「渉さん若く見えるんだよねぇ。俺と同じ四十過ぎには見えないし、初穂ちゃんの旦那さんなんだから、若者に括ってもいいんじゃない？」

渉はくすくす笑いながら、ありがとうございますと優雅に礼をした。

「お待たせしましたー。新井さんはチーズスフレ、姉さんはベリータルト。どうぞ」

「正真正銘の若者が来たよ〜。サンキュ、晴人《はると》」

「若者ってなんですか、新井さん」

ケーキが載った皿を差し出した青年が、苦笑する。

薄手のグリーンのパーカーの下には黒のTシャツ、ブラックジーンズを穿《は》いた、ひょろりと背の高い青年だ。

切れ長の双眸《そうぼう》、綺麗な顎の線とすっきり整った鼻梁《びりょう》。薄い唇の端はいつも上がっていて、笑うと微《かす》かに目尻に皺《しわ》ができるので、青年の容姿を柔和に見せる。いわゆる老若男女に『いいひと』と思われる容貌だ。

わずかに癖のあるこげ茶色の髪は、つむじがちょっとずれた位置にあるため、丁寧に梳《す》いても頭頂部がいつもふわっと跳ねている。

「二十二は若者だろう。俺と干支二回り違うんだから」

「晴人くん、手伝いありがとう。こっちはもういいから、話し合いに参加して」

「え、大丈夫ですか？」

青年――晴人は控えめにフロアを見回す。

広くはないが、席数が二十はある店内は、ほぼ満席だ。

アルバイトの女子高校生が体調不良で休んでしまい、てんてこ舞いでいた渉を見かねて晴人が手伝いを申し出たのだ。

「あたしが手伝うから大丈夫よ」

リネンワンピースの裾を翻し、初穂がすっくと立ち上がった次の瞬間、

「初穂くんはダメ」

「姉さん、座ってて」

「初穂ちゃん、身重なんだから無理しちゃダメだよ」

一斉に周りの男性たちに留められた初穂は、呆《あき》れたように一同を見回した。

「あのね、もう安定期に入っているから大丈夫だって」

「でも姉さん、ついこの前まで立ち上がるのも辛かったんだろう？」

晴人が眉間に皺を寄せつつそう言うと、初穂は溜め息をついた。

「もう大丈夫。ちょっとは動いた方がいいのよ」

妊娠は病気じゃないんだから。

初穂が言った次の瞬間、またしても周りは一斉に首を横に振る。

「それは、病気のように治療できないんだから、大事にしなきゃいけないって意味だと聞いたよ。病気じゃないからちょっとくらい無理してもいいって意味じゃない」

「そうそう。うちの嫁さんもそう言ってたぞ」

「……過保護もよくないのに。でもありがとう」

苦笑しつつも素直に椅子に座り直した初穂に、皆安堵《あんど》して笑顔になる。

客に呼ばれた渉がその場を離れると、初穂は改めて青年と新井を交互に見やった。

「で、今日の会合はなんなの？　晴人の青年会及び『ちちぶフィルムコミッション』入会の歓迎会をしてくれるとか？」

「それは大野《おおの》や島田《しまだ》たちFCメンバーが揃《そろ》った時な。晴人、持ってきてくれたか？」

新井が晴人に声をかける。

「あ、ええ。こういう感じでいいですか？」

席に置いておいたカバンの中から、クリアファイルに挟んだ一枚の紙を取り出す。それをテーブルの上に置くと、初穂と新井の目が紙へと集中した。

パッと目を引くカラフルな模様の上に、黒のゴシック体で、【エキストラ募集】と大きく書かれている。

「おお、カッコイイ！　さすがグラフィックデザイナー、センスいいなぁ」

褒められたが、晴人は苦笑を零《こぼ》すばかりだ。

「新井さん、グラフィックデザイナーじゃなくて、そのアシスタントをしてただけです」

「でもグラフィックデザイナー目指して勉強してたんだろう？」

「ええと、それは、そうなんですけど」

「晴人のじいさんも後継ぎができてありがたいと思っているんじゃないかな」

晴人は一瞬言葉を詰まらせる。だが、

「うーん、まだまだだってダメ出しもらうと思います」

すぐにそう言って人のよさそうな穏やかな面《おもて》に、笑みを浮かべた。

と、

「あっ、『妖精物語』実写化⁉」

紙をマジマジと見ていた初穂が、下方に書かれた文字に食いついた。

「十一月末にクランクインするんだって。映画タイトルは『ちちぶ妖精物語』」

「初穂ちゃん、知ってる？『妖精物語』の作者」

「もちろん！　作者の葉宮眞吾《はみやしんご》くん、同じ高校だったのよ。学年はあたしの方がふたつ上だけど」

へえ、と新井がうなずくのを見つつ、話が逸れてよかったと、晴人はふたりに気取られないよう小さく息をついた。

「晴人、これチラシだけじゃなくて、拡大してポスターにしてもらえるか？　駅や役場に貼らせてもらおう」

「はい」

「エキストラ集まるといいわね。ネットにもアップするんでしょ？」

初穂の明るい声での問いに、だが新井は言葉を詰まらせた。

「どうしたのよ」

「……ホームページいじれる奴、今青年部にいないんだよ」

溜め息混じりの釈明に、初穂はきゅっと唇を引き結んだ。

「仮にも『ちちぶフィルムコミッション』の公式サイトなんだから、もっと更新した方がいいわよ。それに、文字ばかりじゃなくて秩父の写真を載せたり、どんな活動をしているかわかりやすくブログ書いたりツイッターで宣伝するべきじゃないかしら」

「……うっ」

厳しいが初穂の言っていることが正しいからこそ、彼女より二十歳近く年上の男は、ただただ『耳の痛いご意見』を拝聴することしかできずにいる。

「それと、あたし前から言ってるけど、マスコットキャラをもっと活用すべきだと思うの」

ああ、と新井はあまり乗り気ではないようにうなずく。

「でも秩父には『ポテくまくん』という立派なイメージキャラクターがいるから」

「ポテくまくんは可愛いわよ、もちろん。あたしも大好き。でも商工会のキャラクターも結構いけてると思うの！」

「初穂ちゃんがあれを推すの、初穂ちゃんがデザインしたからでしょ？」

「姉さんがデザイン？　何かつくったの？」

首を傾げる晴人に、初穂はにっこり笑った。

「晴人が小学生の時に描いたイラストを見つけて、それを三次元化したのよ」

「俺が描いたイラスト？」

どの絵を三次元化したのかわからないが、昔から絵を描くのは大好きで、祖母からプレゼントしてもらったスケッチブックに、風景画や人物画、動物、それから『ぼくのかんがえたさいきょうのヒーロー』などなど、たくさん描いた記憶がある。

「えっと、……著作権」

呟《つぶや》きは、姉には聞こえなかったようだ。

「つまり、商工会のマスコットキャラクターをつくったの。その名も『ハクロウ』くん！」

姉は得意げに、そして高らかにその名を叫んだ。

「ハクロウ、くん？」

「三峯神社や宝登山神社の御眷属がオオカミだろ？　で、白い狼と書いて、ハクロウ」

新井に耳打ちされ、なるほどとうなずく。

よくよく聞けば、三年前に初穂が秩父に帰ってきてすぐに、商工会でキャラクターをつくろうという話になったんだという。

そこで出来上がったのが、ハクロウくんという、ニホンオオカミをモチーフにした着ぐるみだった。

当時は、動ける着ぐるみアクターがいて、市内のイベントにもよく参加していたのだが、去年その人物が秩父を去ってしまったのだという。

以来『中の人』が不在のため、今では倉庫に眠っているのだそうだ。

ちなみに青年部で唯一パソコンスキルがあったのが、その人物だったとかで、フィルムコミッションのホームページも、彼がいなくなったことで一年更新が滞っている状態であった。

「話がズレちゃったけど、サイト、つくり直した方がいいわよ。あれじゃあ誰の目にも留まらないから」

言われたくないことをズバリと指摘され、新井はうーん、と唸《うな》ったきり、黙り込んでしまったものだから、彼女の弟の方が慌ててしまう。

「あの、よかったら俺、サイトいじってみましょうか」

途端に新井が目を輝かせながら晴人の手を取った。

「ありがたい、よろしく頼むぜ！」

「あ、……ええと、はい」

「いやぁ、いい人材が入ってくれて嬉しいよ。初穂ちゃん、渉さん、サンキュ」

晴人に商工会議所青年会への所属を勧めたのは、晴人の姉、初穂と、アサミカフェのオーナーであり初穂の夫でもある渉だった。

この地で長年印刷業を営む祖父が重度の腰痛のため入院することになり、孫の晴人がその店を継ぐべく秩父にやってきたのは、今から一週間前のことだ。

祖父は商工会議所に所属しており、晴人もその流れで青年会に入会することになったのである。

滑らかな手つきでコーヒーを淹《い》れる渉は、視線はコーヒーに注いだまま、「どういたしまして」と微笑んだ。

「そうそう、あたしの弟は優秀だからどんどん使ってちょうだい」

「……姉さん」

「で、秩父をもっと盛り上げてね」

にっこり笑う姉は、華奢《きゃしゃ》な体躯ながらスポーツ万能で昔から活発だった。この姉に口ゲンカや成績で勝てたことは一度もない。晴人は苦笑しつつ、がんばるね、とうなずいた。

⛩

（俺が住んでいた頃とはずいぶん変わったなぁ）

一ノ瀬《いちのせ》晴人は、のんびり歩きながら、西武秩父駅へと進む。

駅左手の雑居ビルには「ようこそ秩父へ」の文字とともに、武甲山、秩父夜祭《ちちぶよまつり》の屋台、秩父市のイメージキャラクター・ポテくまくんといった、秩父を代表する写真が載った横幕が観光客を迎えてくれる。

晴れ渡った青空をバックに建つ西武秩父駅は、黒を基調としたモダンな駅舎だ。その駅隣にある複合型温泉施設前には、赤い提灯が整然と下げられている。

晴人は両親の海外赴任が決まった時に、姉と一緒に祖父母の家に世話になり、十歳から十三歳まで秩父で暮らした。およそ十年ほど前だ。

晴人が住んでいたその頃とは、ずいぶん印象が異なる。

新井は、「駅前だけ賑わっていても……」と嘆いていたが、それでも平日にも観光客がやってきてくれるのは嬉《うれ》しい。

目的の駅前ロータリー内のバス停に目を向けると、すでに乗車待ちをする人たちが並んでいた。若い女性が多い。

『三峯神社は関東随一のパワースポットとして有名になりましたからねぇ。平日にも結構参拝者がいらしてますよぉ』

印刷店の唯一の従業員である笠原智恵子《かさはらちえこ》が言っていた通りだ。

その智恵子の助言通り、早めにやってきてよかった。

ほどなくして三峯神社行きのバスがやってくる。

(ここから一時間以上かかるんだよな)

同じ秩父市内だが、ずいぶん遠い。三年間秩父に住んでいた頃に祖父母や姉と参拝したが、記憶はおぼろげで、細かいところは覚えていなかった。

『フィルムコミッションに所属したからには、秩父のいろんな場所を知っておけよ』

青年会の先輩である新井にそう助言された晴人は、仕事の休みを利用して、いろいろ回ってみようと思っていた。

フィルムコミッションとは、映画やドラマなどの撮影を誘致し、ロケ地として地元をPRすることを目的としている。大きな自治体であれば大概あるようだが、晴人は秩父に帰ってくるまで耳にしたことがなかった。

このフィルムコミッションは、商工会議所や民間NPOで請け負っていることが多く、秩父も青年会が率先しておこなっている。

地元に誘致するからには、撮影支援のひとつとして、ロケーション・コーディネートがおこなえるよう、様々な場所を知っている必要がある。この撮影にはここがぴったりだ、とクライアントに即座に提案できるようにしておけ、ということだ。

晴人が秩父に戻ってきてから、まだ十日ほどしか経っていない。

現在入院中の祖父は、安静第一なのに、なんでも自分でやらなければ気が済まない頑固な性格で、祖母もずいぶん悩んだようだ。姉の初穂は近所に住んでいるが、現在は身重であり、つい先日までつわりに苦しんでいたそうだ。両親は今も海外赴任中だし、ということで、姉は晴人に連絡をしてきたのだ。

『おばあちゃんは、迷惑をかけたくないって言ってるんだけど』

頑として入院を拒む祖父への説得の材料として、後継ぎの存在を提示すれば、素直になるきっかけにならないだろうかと、姉は思ったのだろう。

もちろん晴人にも東京での生活があるし、正社員ではないものの仕事をしている。だが、

（いいきっかけになるかもしれない）

自らの将来に悩みを抱えていた晴人にとって、姉からの電話がひとつの大きな契機になった。

祖父と祖母のこと、そして自分のこと――。

三日間悩んだ末に、晴人は決断した。

秩父に帰ろう、と。


秩父駅を発車した時には青空が広がっていたのに、山道を登っていくにつれ、陽射しが

陰っていく。

窓際の席に座った晴人は、どんどん変化していく山の天気に目を奪われた。

（霧が出てきた）

これから冬にかけて、秩父では雲海が見えるという。

『秩父ミューズパーク』の展望台にはカメラが設置されていて、パソコンや携帯からも観ることができるのだ。

映像でも、すごいなと思ったのだから、きっと実際に見てみたら一層感動するだろう。

次は秩父ミューズパークに行ってみよう、とこれからの予定を立てている間に、バスは三峯神社そばの駐車場に到着した。

バスから降りるなり、外気温の低さに身震いする。

三峯神社は標高千百メートルにある。曇り空ということもあってか、さらに肌寒く感じた。

同じバスに乗ってきた参拝客たちとともに本殿を目指す。

紅葉を楽しめるかなと思っていたのだが、まだ少し早かったようだ。ちょっと残念に思いながら、舗装された坂道を登っていく。駐車場から本殿までは、歩いて十分ほどかかるという。すると本殿より手前に、『奥宮《おくみや》参道入口』を見つけた。早速持参したデジカメで撮るも、奥宮に向かう参拝客はおらず、皆本殿の方へとどんどん歩いて行く。

どちらを先に参拝しようか少し迷った末、晴人は先に奥宮に行くことに決めた。

新井に言われたからというだけではなく、秩父のいろんな場所を知っておきたい。

（これからここで、暮らしていくんだから）

よし、とひとつうなずいて、奥宮への道を進んだ。

バスから降りた時は肌寒く感じたが、テンポよく歩いて行くうちに、暖かくなってくる。

道すがら、これはと思うところで足を止めて何度もシャッターを切った。

もしかしたら、先日任された公式サイトの素材に使えるかもしれない。

少し上ったところで、晴人は思わず目を瞬かせた。

石造りの鳥居に、『熊出没注意』と書かれた張り紙が貼られていたのだ。

「熊」

鳥居をくぐった先には、住所、氏名、職業、連絡先、パーティ人員など、簡易机に置かれた登山届に記入しなければならなかった。

そこには、『登山の整備が必要です』と、さらには『途中クサリを使って岩を登る場所があります』とある。

「クサリを使って、岩を登る……」

（あれ、あんまり簡単に参拝できるって感じじゃないのかな）

迷いが生じる。それでも、参拝するつもりでここまで来たのに、戻るというのも気分的に落ち着かなくて、覚悟を決めて上ることにする。

丁寧に必要事項を書くと、リュックの紐を一度ぎゅっと握り、歩きはじめた。

石造りの鳥居の前までは舗装されていたが、ここから先は山道だ。

周囲を背の高い木々に囲まれており、昨日降った雨のために、落ち葉を踏んだら、うっかりすると滑って転びそうになる。

時折写真を撮り、あとは黙々と歩いていると、道の様子が少しずつ変わってきた。次第に歩きづらくなっていくうえに、片側は崖《がけ》のように見える。見える、というのは、下方は霧で沈んでいて、よく見えないのだ。

晴人は高所恐怖症というわけではないのだが、下を覗《のぞ》いたところで、ひやりとした感覚を覚えた。

人の気配は、一切ない。

静かだ。

濃い緑がどんどん迫ってくるように感じて、なんだか息苦しくなってきた。

急に、自分が今までなんの不安も心配もなく生きてきた世界と、この『場』が、まったく違う場所のように思えて、ひどく心細くなる。

――なんだろう、この感覚は。

足元が一本の縄のみで支えられているような、ぐらぐらと心を揺さぶる不安が、晴人を圧倒する。

その時、ふわり、と背後を何かが横切った――気がした。

ぎょっとして振り返ったのだが、誰もいない。

背筋に冷たい汗が伝い落ちる。

ふいに、『熊出没注意』と書かれた張り紙を思い出して、晴人は、いやいやいや、と首を横に振った。

「そんな簡単に熊に遭遇するはずないよな、な！」

心に留めてはおけず、口に出して、自らを納得させる。

「さ、奥宮を目指すぞ！」

誰もいない。霧も出ている。だが参拝を中断するのは不吉ではないかと、そんな思いに捕らわれた晴人は、さらに上を目指した。そこから先は、まさに苦行だった。

奥宮は、妙法ケ岳《みょうほうがたけ》の山頂に鎮座する。標高千三百二十九メートルだ。

季節は秋、肌寒いと思っていたにもかかわらず、額に汗が滲《にじ》む。何度も鳥居をくぐり、どんどん険しくなっていく道をひたすら進む。

運動は得意ではないが、体力は二十二歳男子の平均程度はあるはずだ。それが、息が切れるくらい、山道は厳しかった。

手すりがなければ登れないほどの階段を使い、さらには、

「うわ……これが、クサリかぁ」

岩場に垂れる鎖を見上げながら、晴人は思わず、ははっ、と笑ってしまった。なんだか修験者《しゅげんじゃ》になったような気分を味わえて、いっそ爽快ではないか。

この鎖を使って登り切れば、奥宮に着く。

晴人は息を整えると、鎖を摑んだ。

「……っ、や、った……」

ようやく登り終え、その場に座り込んでしまう。

社殿の周りは断崖になっている。背筋がゾクリとするが、眺めは素晴らしい。

霧に見え隠れする絶景を、放心しながら見つめ——ようやく参拝をすべく、社殿へと進んだ。

左右には三峯神社の眷属であるお犬様が控えている。

空をしっかと見上げるような眼差しは、畏怖を覚えるほどに真っ直ぐだ。

汗を拭って、静かに手を合わせた。

祖父の腰痛が治りますように。祖母がこれからも健康でありますように。姉に元気な赤ちゃんが生まれますように。

祖父母と姉のことを念入りに頼んだあとで、こっそり自分の願い事も付け加える。

じゅうぶんにお参りしてから、晴人はもう一度、山頂からの景色を眺め見た。

紅葉にはまだ早い、中途半端な季節に来てしまったけれど、それでも目の前いっぱいに広がる山の緑は、とても美しかった。

下山後に本殿の参拝も済ませた晴人は、バスの待ち時間を使って三峯神社に併設されている宿泊施設で日帰り温泉に入ったり、「三峯山博物館」で展示作品を見たりした。

博物館では、常設展示のほか、特別展として『幻のオオカミ展』が開催されていた。三峯神社の眷属はお犬様——狼だ。

特別展には、大陸オオカミの剝製が展示されていた。

「……」

晴人は、オオカミとは犬とそう変わらないと思っていたのだが、実際に剝製のオオカミを見ると、ずいぶん違うのだなと感じる。

牙も大きく、（犬もそうとは思うが）襲いかかられたら、人間などひとたまりもないだろう。

そしてさらに奥まった小部屋には、大陸オオカミよりも小さな剝製もあった。光で劣化しないよう、人が入らなければ電気がつかないようになっている。

ポッとついた灯りの下、表示された文章を読めば、ニホンオオカミとあった。

灰白色《かいはくしょく》のそれは、今はもうこの地にはいない生き物だ。

物悲しさとともに、この獣はどんな場所を走り、どんなふうに生きてきたのだろう、と想像する。世界でたった一匹になったニホンオオカミが、まさに先刻晴人が息を切らして登った山を駆け回る姿を思い浮かべる。

「わ、オオカミ大きい……！」

他の客の声が耳に入った晴人は我に返り、時計に目を落とす。

バスの発車時刻まで数分だったため、慌てて博物館をあとにした。

三峯神社から祖父の病院に行き、秩父駅前に戻ってきた時には、すでに夕刻になっていた。

「間に合うかな」

急ぎ向かったのは、西武秩父駅から歩いて十五分ほどの距離にある秩父神社だ。

今晴人が祖母と暮らす家から秩父神社までは、徒歩圏内だ。だから慌てなくても、いつでも来られるのだが、一度決めたスケジュールを変えるのは、あまり好きではない。

融通が利かない自分に苦笑しながらも、番場通りを進み、秩父神社に到着した。

黄昏時《たそがれ》、境内には何人か参拝客がいた。

晴人は始めにお参りを済ませると、本殿の上方を見上げた。

本殿の四方には飾り彫刻が施されている。正面は三頭の子虎と母虎の彫刻だ。

「……虎？」

母虎が虎というより豹に見えて、よくよく眼を凝らす。だが説明にはやはり母虎と子虎とあるので、首を傾げつつ晴人はカメラを構えた。すると――

ポン、と右肩を叩かれた。

「はい？」

振り返るが、そこには誰もいない。

気のせいか？　と首を傾げながら、改めてファインダーを覗いたのだが、今度は左肩を叩かれる。

「……」

気のせい、ではない。確かに誰かが自分の肩に触れている。

三峯神社の奥宮に向かう際に感じた、あの、わけのわからない心細さを思い出す。

（……な、なんなんだ？）

背中を氷がスルリと滑るような、ぞくぞくした感覚に、小さく肩を竦めた。

これまでオカルト体験をしたことなど一度もない。それがどうしてこう立て続けに妙なことが続くのだろう。

だが先刻とは異なり、境内は晴人ひとりではない。ほかに参拝客もいるし、授与所には巫女さんが座っているのを見ている。

晴人はひとつ息をついて、自らを落ち着かせた。そして一気に振り返る。

――いない。

ゾッとした晴人は、ピントが合うなり急いで写真を撮ると、足早に歩きはじめた。さっさとカメラに収めて、さっさと帰ろう。

そう決心して、本殿の影に入った刹那、

もうし、もうし。


「うわっ」

耳元でひっそりと囁《ささや》く声がしたものだから、晴人は思わず声をあげた。

もうし、もうし。

ぼうずよ。


「は？　ボウズ？」


まちかねたぞ。さ。

はよう、こちらへまいれ。


周囲を見回すのに、姿は一切見えない。

全身を冷や汗で濡らし、晴人は真っ青になったまま、全力で逃げ出した。

（なんなんだ、なんなんだ――‼）

ボウズ？　待ち兼ねた？　何を、誰を？

今までこんなに全速力で走ったことなどない。

境内を抜け、鳥居をくぐり、さらに走ろうとした晴人を、

「危ないよ！」

信号待ちしていた、母親ほどの年齢の女性に腕を掴まれた。

「うわっ、わ、……あ、すみません」

ありがとうございます、と頭を下げる。

二度、三度と瞬きをしたあとで、大きな息をついた。

「……なんだったんだ」

ただ呆然と、そう呟くことしかできなかった。

「なんだかぼんやりしているわね。どうしたの？」

焼きたてのサンマが載った皿を差し出しながら、祖母の寿々《すず》が首を傾げる。

今年七十八歳になる祖母だが、一緒に暮らしていた小学生の頃からまったく変わらない。純白の髪は肩ほどの長さで、緩やかなカーブを描いている。近所の小さい友達にもらったのだとつけている、ガラスの花でできたピン留めが愛らしい。

グレーがかった、神秘的な双眸はいつも優しい笑みを浮かべていて、晴人は祖母が怒っている姿を一度も見たことがない。

若々しく、皺も少なく、今はほとんど化粧をしていないけれど、きちんとメークをした

ら、年齢より二十は若く見られるのではないだろうか。

身につけているのは、秩父銘仙《めいせん》だ。寿々のは落ち着いた色味の柄だが、秩父銘仙は大きめの花柄やポップな色合いも多く、まさに『レトロモダン』という言葉がぴったりだ。着物にあまり興味のない晴人でもパッと目を引かれる可愛いらしさである。

「あ、ごめん。ああ、ゴハン」

祖母にすべて用意をさせてしまったと慌てると、寿々は朗らかに笑って手を振った。

「さ、食べましょう」

年季の入った、だがよく磨かれたちゃぶ台の上には、サンマとご飯のほかにも、野菜炒めや卵の煮付け、キノコがたくさん入ったみそ汁が並んでいる。

いただきます、と手を合わせると、にゃ、と祖母の隣に座る飼い猫の椿《つばき》が小さく鳴いた。椿の前にも、きちんと猫用のゴハン――カリカリが置かれている。

祖母がつくる料理はどれも美味しい。

早速具だくさんのみそ汁で、喉を潤す。

「それで?」

「ん?」

「元気ないけど、どうしたの、って訊いたの」

「あ」

晴人は言うべきか迷う。だいたい、自分だって何が起きたかわからないのだから。

「神社で面白い経験でもした？」

ふふ、と笑う祖母の、見透かすような眼差《まなざ》しに、ドキリとした。

そういえば、と思い出す。

「あのさ、子どもの頃じいちゃんに聞いたんだけど、ばあちゃんて、昔から不思議なことに縁があるって。それ、ほんと？」

神主《かんぬし》の娘だからかなぁ、と呟いた祖父の横顔を、今でもよく覚えている。

寿々は目を瞬《しばた》かせ、すぐに柔和に微笑んだ。

「そうねぇ。わたしとしては赤ん坊の頃からそういう世界で生きてきたから、不思議なわけではないのだけど、そうではない竜生《たつお》さんからすれば、面妖極まりないようね」

祖母だったら、晴人に起きたことを理解してくれるかもしれない。

それで？　と水を向けられた晴人は、今日あったことをありのまま話した。

「三峯神社と秩父神社で」

寿々はそう呟いたあとで、少しの間黙り込んだ。

「俺、今までそういう体験したことなかったし、気のせいかもしれないんだけど」

時間がたてば、本当にただの錯覚だったのかもしれないと思えてくる。

「三峯神社の方は気のせいかもしれないけれど、秩父神社の方は」

そこでふっつり黙り込んだ寿々だったが、やがておっとり微笑むと、晴人――ではなく、晴人の背後に視線を向けた。

その、どこか遠くを見るような不思議な眼差しに、晴人はそわそわと落ち着きをなくしていく。

「今度時間がある時に、家の裏にあるお社《やしろ》をお参りするといいわ」

「え？　裏にお社なんてあったっけ？」

「あるのよ。一ノ瀬家の守り神といってもいいお社なの」

だから晴人にとっても守り神なのよ。

穏やかな声音で勧められ、晴人は無意識のうちにうなずいていた。


翌日のことだ。

仕事場である印刷店で、フィルムコミッションの公式サイトの修正に格闘している最中に、パン屋の新井から電話がかかってきた。

『晴人、今日時間取れるか？』

焦っているような声音に、何事かと問うと、

『脚本家が行方不明なんだってよ！』

「は？　脚本家って誰ですか」

『あれだよ、あれ！』

慌てているので、要領を得ない。

『えーと、あれだ、ちちぶ妖精物語の』

「今度秩父で撮影をする映画の？」

『そうそう！』

新井の話をまとめると、『ちちぶ妖精物語』の脚本家である山岸聡介《やまぎしそうすけ》が、単独でシナロケ（シナリオロケーション）に来ていたらしい。らしい、というのは、ちちぶフィルムコミッションの誰もが、彼が秩父入りをしていると聞いていなかったのだそうだ。

だが今朝方、山岸が一昨日《おととい》から帰ってこないという連絡が入った。

電話やメールをしても一切返信がない。今までこんなことは一度もなかったため、何か知らないか、ということだった。

晴人は新井の説明を聞きながら、パソコンで『山岸聡介』を検索する。

彼の公式ブログにアクセスすると、晴人も知っている映画やドラマの脚本を手掛けていた。

ブログには彼の顔写真もあった。四十代半ばくらいだろうか、やせ形でもしゃもしゃした白髪交じりの髪と薄い色のサングラス越しの眼差しは鋭く、神経質な芸術家という印象を受けた。

『十月五日に秩父入りしていることは間違いないらしい。だが娘さん、警察に捜索願を出すのはまだ迷っているようだ』

成人男性が二日連絡取れないくらいでは、そこまで大事ではないのでは、と家族も思っているのかもしれない。

「俺も、捜してみます」

『頼むよ』

晴人は山岸のブログにある彼の写真を何枚かプリントアウトする。

「若社長、どうしましたぁ？」

別のパソコンに向かっていた笠原智恵子が、印刷が終わるなり顔を寄せてくる。

「この写真の人が秩父で行方不明らしいんです」

「あらまぁ、大変ですねぇ」

智恵子は山岸が印刷された紙を指した。

「これ、預かってもいいですか？　うちの近所の人にも訊いてみます」

気にしてくれる人が多い方がいいでしょうし、との厚意に、晴人はありがとうございます、と礼を言って手渡した。

「とりあえず今は急ぎの仕事はないし、わたしの方でできる案件ばかりなので、若社長、気になるんでしたら捜してきたらどうですかぁ？」

勤続二十年、今年四十五歳になる智恵子は、語尾を伸ばす癖がある。その口調と険のない穏やかな顔立ちも相俟《あいま》ってのんびり屋に思われるが、祖父がいなくてもひとりですべての仕事をこなせる『一ノ瀬印刷店』唯一の社員だ。印刷オペレーターとしても優秀だし、印刷技能士一級という国家資格も持っている。仕事を始めて十日程度の晴人より、よほど有能なのである。それでも、祖父に店を任された身としては、仕事をさぼるわけにはいかない。

「あ、じゃあ昼休みの間だけちょっと行ってきます」

急いで昼食のパンを口の中に放り込んで、事務所を出た。

自宅周辺を歩いて回るが、この辺りは平日の日中はあまり人通りがない。誰かに尋ねることもできないし、せめて往来のある秩父神社の方に行ってみようかと、方向転換しかけた時、晴人の目の端に、ふと引っ掛かるものがあった。

道端にひっそりとあったのは、高さ三十センチにも満たない、オモチャのように小さな鳥居だ。

木でできたそれは、昔は白かったのだろうが、今は汚れて灰色とも黒ともつかない色をしている。

「もしかしてここかな」

鳥居の背後には、手入れのされていない竹林があった。あちこち自由奔放に飛び出している笹の葉を見上げ、そうして再度鳥居へと目を落とした。鳥居の横には、砂利道がある。

晴人が想像していたお社——神社とまったく違う。神社の名も記されていないが本当にこの場所なのだろうか。

『一ノ瀬家の守り神といってもいいお社なの』

迷ったのは一瞬だった。

こんなに小さな鳥居を、今見つけたのも何かの縁だ。晴人は参拝のため足を踏み出した。

道幅は狭く、人がようやくすれ違えるほどしかない。左右に植えられた竹が、参道へと覆い被さるように上空を閉ざしているが、不思議と枯れた葉は一枚も落ちていなかった。

（雑草も生えていないし、ちゃんと通れるな）

手入れがされていないと思ったのは間違いかもしれない。

参道は、思っていた以上に長かった。

家の裏に、こんなにも広い竹林があるなんて、まったく知らなかった。子どもの頃の記憶を辿っても覚えがない。

風に吹かれ、笹が音を立てる。それがまるで波音のように聞こえて、晴人はふと立ち止まった。

また、だ。

三峯神社の奥宮に向かう山道で感じた、急に世界と自分が切り離されたような、不思議な感覚が晴人の内に宿る。

落ち着かない、心が騒ぐ。

「……」

だが、そもそも神社とは、そういう『もの』なのかもしれない。

現実世界と神の世界の間にある……あるいは、神の世界の一部を人の世界に持ち込んだのが、神社、なのではないか。

今まで晴人は、初詣《はつもうで》くらいしか神社に足を運んだことがなかった。その時だって、ひとりではなく家族や友人と連れ立って気軽に行ったものだ。こうしてひとりで——しかも周りに他の参拝客もいないところで——参拝したことなど、秩父に帰ってくるまで一度もなかった。

晴人は一度、小さく息をついた。

今からお参りするぞと気持ちを新たに、参道を進んだ。すると目の前に石段が現れる。四段のぼったところに、もうひとつ鳥居があった。入口のものとは異なり、石造りのそれは、普段神社で見かける大きさだったのだが、

「うわ、真っ黒」

鳥居は、まるでコールタールを塗ったように見えるほど汚れている。

鳥居を潜《くぐ》った左手に手水舎があったので、そこで手を洗い、口を漱《すす》いだ。

境内中央に配された切妻屋根の祠《ほこら》は小さい。高さは晴人の身長ほどしかなく、大人ふたりが腕を回せば手を繋《つな》げるくらいの大きさだ。ほかにお社があるのではないかと辺りを見回すが、やはりこれしかないので、晴人は祠の前に立った。

賽銭を入れて、二礼二拍手。

（一ノ瀬家の守り神様、行方不明の脚本家、山岸聡介さんが見つかりますように！）

どうか頼みます、と今一度願い、目を開けた晴人は、次の瞬間、ぎゃっと叫びながら、背後に飛びのいた。

「な……？」

目の前の賽銭箱の上に、真っ白な犬が寝そべっていたのだ。

「犬……‼」

「犬じゃねえ！」

晴人が叫んだ直後に、すかさず犬が甲高く吠えて……否《いな》、犬が喋《しゃべ》った――！

（いやいや、まさか、幻聴だ、絶対幻聴に違いない……！）

「幻聴じゃねえよ。それに犬じゃねえっつっただろうが。その耳はボンクラか」

「……え？」

（今、俺、口にしなかったよな。なのに、なんで……）

「あ？　そりゃ俺が人間の心の声を聴けるからだよ。でなきゃこんな社の主《ぬし》になどなっているものか」

「社の、主」

つまりそれは、――神様、ということだろうか？

我知らず喉が鳴る。

先日から不思議なこと続きだが、ここに来て神様の具現化とは、いったい自分はどうなってしまったのか。よもや秩父に戻ってきて、眠っていた能力が目覚めた、とか？　そんなマンガみたいなことがあるだろうか？

ぐるぐるとそんなことを考えていると、目の前の犬……のようで犬ではない神様らしきモノが、まるで笑うように口を開け、牙を覗かせた。

「……犬じゃない、ということは、もしかして、――オオカミ、とか？」

先日博物館で見た、ニホンオオカミの剝製を思い出す。

大陸オオカミより小柄なその獣は、今目の前にいる神様らしきモノとよく似ている毛色だったではないか。

すると目の前のモノは、フンと鼻を鳴らした。

「どこをどう見てもオオカミだろうが。耳ばかりかその眼も節穴《ふしあな》か」

神様というには、その声は若々しい。まるで変声期が始まりかけた頃の、微かに掠《かす》れた少年のもののように聞こえて、威厳など皆無だ。

（オオカミの、神様）

オオカミは、秩父三社のうちの二社、三峯神社と宝登山神社の神様の御眷属だ。秩父ではオオカミは瑞祥《ずいしょう》たる存在である。

「そいつは捕らわれた」

ふいに、オオカミが低く告げた。少年のような声なのに、腹にずしんと響く。

『そいつ』が誰を指すのか、一瞬混乱したが、すぐに心の声が聴こえると言っていたことを思い出し、晴人の捜し人のことだと悟る。

「捕らわれたって、山岸さん、警察に捕まったのか？　なんで」

「警察じゃねえよ。あいつにだ」

「あいつ？」

「このままではこっちの世界に戻ってこない」

『あいつ』が誰なのかもちろん気になるが、『こっちの世界』とはどういう意味なのだ。「あの、もう少しわかりやすく言ってもらえるとありがたいんだけど……」

「わからなければわからないでいい」

「いやそういうわけにはいかないんで……！」

晴人はうーん、と唸りながら頭を掻《か》いた。

だが、意味がわからなくても、自分が今できることといえばひとつしかない。

「戻ってきてもらわないと困るんだ。手を貸してくれないか……じゃなくて、手を貸してください。知恵を貸してください。どうしたらいいのか教えてください。お願いします」

オオカミが喋るとか、あろうことか神様（恐らく）だとか、現実にそぐわない状況をひとまず脇に追いやって、晴人は頼み込んだ。

山岸の安否が不明の今、少しでも手がかりが欲しい。

「面倒」

だがオオカミの神様（仮）の反応は極めて冷淡だった。

「そんなこと言わずに頼みます！」

山岸聡介が今どこにいるのか、まったく手がかりがないのだ。なんとか捕らわれているという場所だけでも教えてもらわなければと重ねて頭を下げると、ふわりと空気が動いた。

顔を上げた至近に、オオカミがいた。

「何か頼みごとをするには、それなりの順番があるんじゃねえの」

供物《くもつ》か。

「わかった、それなりのものを持ってくるから、待ってて！」

そう言うや、晴人はその場から走り出した。神様の気が変わる前に、『供物』を持って来なければ。

晴人は商店街まで全速力で向かうと、肉屋に飛び込んだ。

オオカミは肉食のはず、という思い込みの下、ガラスケースの中に並ぶ肉を吟味する。

（何がいいんだ？）

とりあえず牛豚鳥を揃えておけばいいだろうかと、それぞれ一番値段の高いものを頼んだ。そして手にするや再び竹林に囲まれたお社へと走る。

消えていませんように、という願いは叶《かな》った。

先刻同様、オオカミは賽銭箱の上で、呑気《のんき》に寝転んでいた。寝づらくないのだろうかと思いつつ、

「それなりのもの、持ってきました！」

包みのまま差し出した途端に、前肢で払われた。

「肉なんか食うか」

「えっ、オオカミなのに？」

獣の眉間に、くっきりと皺が浮かぶ。

(か、勘違い……)

「じゃあ、何を持ってくればいいか教えてほしい」

だが、そう言ったのに、オオカミはその場から消えてしまった。

辺りを見回すが、白い毛の獣はどこにもいない。

機嫌を損ねてしまった。

せっかく手がかりを摑んだと思ったのに、とがっくり肩を落とす。

「肉じゃなければ、何がいいんだよ」

呟くも、返事はなかった。


印刷店内にある冷蔵庫に肉を入れ、定刻まで働いたその足で青年会の事務所に向かう。

昼休みや三時休みにメンバーとやりとりをしたが、脚本家捜しの状況は芳しくないようだった。

(もし、化け物みたいなモノに、捕らわれたとしたら?)

神様みたいなモノがいるのだから、化け物だっているかもしれない。

だが人にどう説明したらいいのかさっぱり分からず、頭を悩ませながら事務所の引き戸を開けた。

と、

「わたしも捜しますから」

硬く強張《こわば》った声に出迎えられる。

「え？」

秩父駅の裏手にある、六畳ほどの狭い事務所には、仕事を終えた新井と酒屋の店主である大野《おおの》のほか、面識のない少女がひとりいた。

黒に近いこげ茶色の髪は真っ直ぐで、背の中ほどまでの長さだ。前髪は眉毛が見えるか見えないかというラインで切り揃えられ、その下の双眸は、くっきりとした二重の、キリリとした美人だ。最近あまり見ない、いわゆる姫カットと呼ばれる髪型だが、凛とした顔立ちの彼女にはよく似合っていた。

十代後半くらいだろうか、ほんのり色づいた小さな唇が、きゅっと引き結ばれている。

「いや、でもですね、やみくもに捜すといっても、秩父は広いですし」

少女からの圧に屈しそうになっているのは、パン屋というより柔道師範だと言われた方が納得できる体格の新井だ。隣でうなずく大野も困り顔をしている。

「……あの」

全員が黙り込んだところで、晴人は恐る恐る声をかけた。

青年会のふたりは、あからさまに助かったという顔をするが、少女は強張った横顔のまま、こちらを見ることもない。

「ああ、晴人」

「こちら、山岸さんのお嬢さん」

なるほど、と晴人はうなずく。そしてふたりの隣に並ぶと、少女に小さく頭を下げた。気の強そうな瞳が、ちらりとこちらに向く。強張《こわば》っていた面が、晴人を見て少しだけ変化した。

「一ノ瀬です」

『晴人の、のんびりとしたっていうか、よく言えばやわらかい物腰は、敵意を霧散させる効力を持つなぁ』

専門学校時代の友人から、そんなふうに評されたことがある。

少女は真っ直ぐな眼差しで晴人を見つめ、「山岸明理です」と硬い声で返してくる。

「晴人、どうだった？　何か情報あったか？」

新井に問われた晴人は、口を開きかけ、だがすんでのところで押し黙る。

（なんて説明すればいいんだ？）

お社でオオカミの神様らしきモノに会って、そのオオカミから、山岸は何者かに捕らわれたというお告げをもらったのだ——と？

今そんなことを口にしたら、性質の悪い冗談は言うなと叱られるだろう。晴人だって、今となっては夢だったのではと思うくらいなのだから。

だが手に持つ肉が、確かにあれは夢ではなかったことを晴人に知らせている。

言い淀《よど》んでいると、少女は落胆したように、小さく溜め息をついた。

「旅館はもう予約しましたので、明朝から捜します。――多分、山の方に行ったと思うんです」

「山？」

「ええ、いい画が撮れそうだと調べていましたから」

きっぱりとそう言って踵を返す。

「いやいや、そう簡単に山っていっても、武甲山とか妙法ケ岳とか、いろいろありますし、標高はそう高くないけど、軽装では登れませんから！」

ショート丈のジャケットの下に、黒地に小花が散るシフォンワンピースと、かっちりとしたローファーという恰好の少女に、大野が慌てて首を振る。

「それに、もし山で迷っているかもしれないんだったら、警察に届け出た方が……」

「わたしが……！」

少女――山岸明理は、泣きそうな眼差しでそう叫んだ。

「わたしが捜さなきゃいけないんです！」

(何か、あったのかな……)

これは絶対折れそうもない――新井と大野も同じことを思ったのだろう。

「あ、あ、じゃあ、晴人、おまえ一緒に行ってくれ」

「ああ、それはいい。頼むな」

ええ？　と内心声を上げたが、先輩ふたりの顔がぐいぐい近づいてくる。とても否と言える場面ではなかった。そもそも断り下手な晴人だ。

「ええと……、午前中は仕事があるので、午後からならなんとか」

本当は午後にも仕事はある。だが早出して仕事を片づければ、なんとかなる、かもしれない。

明理はちらりと晴人を見上げ、すぐに目を伏せると、深く頭を下げた。

明理が予約したのは、青年会に所属する島田という人物の旅館だった。晴人の自宅から徒歩で五分ほどの場所にある。

話の流れで晴人が旅館まで送ることになったのだが、道すがら明理はひと言も喋らない。

それはそうだろう。父親と三日も連絡が取れないのだから。

その気持ちを慮《おもんぱか》ると、晴人もありきたりの慰めや励ましの言葉をかけられず、黙々と歩くことしかできなかった。

旅館の前まで送り、

「明日、仕事が終わり次第こちらにうかがいます」

「よろしくお願いします」

明理は硬い声でそう言うと、足早に旅館へと入っていった。

ずっと強張ったままの少女の横顔に、晴人も気持ちが沈む。

ゆっくり自宅まで歩いて行くと、門前に寿々の姿があった。

「ばあちゃん？」

「お帰りなさい」

やわらかな微笑に、晴人はホッと息をつく。

「ただいま。どうしたんだ？」

「この辺りで人が行方不明になっているんですって？　さっきまで智恵子ちゃんと話していたのよ」

「ああ、……うん」

「それでね、これ、お社にお供えしてきてくれる？」

そう言って、にっこり笑う。

途端に、昼間の出来事が怒濤《どとう》のように脳裏に流れ込んできた。

「ば、ばあちゃん、あそこって……！」

「これをお供えしたら、きっとその人、見つかると思うの」

「え？」

神主の娘という寿々は、本当に不思議な力を持つ巫女なのではないか？

わけがわからないまま、風呂敷に包まれた荷物と、懐中電灯を渡される。

「あら、こっちは何？」

「あ、……肉」

「お土産ね。ありがとう」

昼に購入した肉を寿々に手渡し、晴人は、いってらっしゃい、と笑顔で見送られた。

(ばあちゃん、もしかして……知ってる?)

あの小さなお社の主を。

だがそう言いかけた晴人に、

「それ、できたてだから早く持って行ってくれる?」

「あ、うん」

話は帰ってから聞けばいいかと、晴人お供えという名の賄賂を手に、お社まで向かった。

この辺りは街灯も乏しい。

晴人は祖母が用意してくれた懐中電灯をつけて、参道を進んだ。

昼でさえ、この世ではない場所にいるような感覚に捕らわれた場所は、夜に来れば一層心もとない気持ちになる。

懐中電灯の明かりだけを頼りに、晴人は足元に気をつけながら進んだ。

祠を電灯で照らすが、やはりオオカミの神様(仮)の姿は見えない。

だが、

「あのー、お供え物持ってきましたー」

刹那、晴人の目の前に青白い光を纏うオオカミが突っ込んで来たものだから、驚いてその場に座り込んでしまう。

「うわっ」

「この匂い……開けろ！」

ぐいぐい身を寄せて来られ、押し倒されてしまう。獣に息が触れるほど接近され、晴人の心臓は恐ろしいほどの速さで鼓動を打つ。

「わ、わかったから、退《ど》いて、くれ！」

オオカミは即座に退いた。早く早く、とそばでお座りする姿を見て、感じるのは怖さと滑稽さの両方だ。

風呂敷の結び目を解くと、竹の皮で包まれたものが出てきた。さらに紐を解き、出てきたのは……小豆飯のおにぎりだった。

途端に、オオカミは目を輝かせて顔を突っ込んだ。

「うわ、ちょっと待って、下に置くから！」

慌てて地面に置くと、ガツガツ、と音が聞こえそうなほどの勢いで小豆飯を食べる。

（うーん……オオカミの好物が小豆飯って）

なんだか認めたくない。

あっという間に食べ終えたオオカミは、まだ足りないというかのように舌をぺろりと出した。

「ごちそうさん」

そう言うや、オオカミがその場から消えそうになったから、晴人は咄嗟《とっさ》に首元を摑んで引き留めた。

「触れるな」

唸るような低い声に、慌てて謝りながら手を離す。

「で、でも、お供えを食べたからには、協力してくれるよな？」

我ながら神様への願い事を口にしているとは思えない、不遜な物言いになってしまい、内心慌てる。けれど、

（このチャンスを逃したら、もしかしたら山岸さんはもう帰ってこないかもしれない）

娘の明理の、沈んだ横顔を思い出す。

「くれ……ますよね、ね？」

オオカミは面倒そうに溜め息をついた。表情も、どこかへそを曲げているように見える。その、いかにも人間じみた仕草が、なんとも不思議だった。

「仕方ねえなぁ」

そう言われた途端、晴人はやった、と拳を握った。

「ただしひとつ条件がある」

「条件？」

首を傾げ、すぐに顔を強張らせる。

まさか、生贄とかお前の命とか、そういう類のものではなかろうか？

するとオオカミは呆れたように阿呆、と呟いた。

そうだ。オオカミには考えていることが筒抜けだったのだ。

「俺は、この状態ではここから出られないんだよ」

「社の中から？」

「社というか境内の中からだ」

「え、じゃあ、どうしたらいいんだ？」

ミステリーで言うところの、安楽椅子探偵のように、社の中から指示――ここではお告げと言った方がいいだろうか――を出してもらうということだろうか。

「依《よ》り代《しろ》を用意しろ」

「依り代？」

「俺が入れる器だよ」

そう言ったあとで、オオカミは細かな指示を出してきた。

曰く、

「生命があるものは駄目」

「大きすぎても小さすぎても駄目」

「動いたり喋ったりしても違和感のないもの」

「そして俺が気に入るもの」

を、用意しろ、という。

「む、難しいな……」

最初はぬいぐるみ辺りが手頃かなと思ったのだけれど、ぬいぐるみが動いたり話したりしたら違和感がありすぎるし……と頭を捻った次の瞬間、あっ、と閃《ひらめ》いた。

ぴったりな〝モノ〟があるではないか！

「わかった。持ってくるから待っててくれ」

勢いよく立ち上がると、晴人はある場所へと走った。


「お、お待たせ……！」

大きな袋に入ったそれを背負いながら、息を切らしてお社の前までやってきた。

「遅ぇ」

不機嫌そうな声音に、ごめんごめん、と謝りながら、紐《ひも》を緩めて袋の口を開いた。そして、よいしょ、と中に入れた〝モノ〟を持ち上げる。

これが、晴人が想像していたよりかなり重かったのだ。徐々に引っ張ると、最初に〝顔〟が出てくる。

「お……？　なんだ、そりゃ」

オオカミの声が、戸惑うように揺らいだ。

力を込めて、一気に袋から取り出したのは、白い毛に覆われたモノである。

「ハクロウくんって名前の着ぐるみ。これで、どうだろう？」

依り代として晴人が思いついたのは、商工会議所のイメージキャラクター、ニホンオオカミを模したハクロウくんだった。

着ぐるみは頭から足まで繋がっており、背中のチャックで脱ぎ着する。

一見全身純白の毛色に見えるが、背中や手足、ピンと尖った耳は、ごくごく薄い灰色だ。キャラクターの命と言える顔は、つり目がちの大きな黒眼と小さい黒い鼻、口はいわゆるギリシャ文字の小文字のオメガ（ω）のような形をしていて、キャラクターでよく見る形の口だ。ぷっくりとした口元は愛嬌《あいきょう》があって可愛らしい。ふさふさの尻尾と、首元には紙垂《しで》のついた注連縄《しめなわ》が巻かれていて、前面背面どちらから見ても見事な造形である。

（姉さんは俺が子どもの頃に描いた絵をモチーフにしたって言っていたけど、全然覚えがないなぁ）

喋るキャラクターはたくさんいるから、着ぐるみが話しても大丈夫だし、生き物ではないし大きくも小さくもない。依り代にぴったりではないか。

青年部の新井にハクロウくんがどこにあるのか確認し、それが自分の勤め先――印刷店の倉庫の片隅に置かれていることを知って、慌てて取りに戻ったのである。

「キ、グルミ？」

とはなんだ？　と首を傾げるオオカミがちょっと可愛い――と思ったのが筒抜けだったようで、途端に、頭をつんと擡《もた》げた。

「キグルミとはなんだ」

「えーと、ご当地キャラといって、地域とか商品とかをＰＲするためにつくられたキャラクター、って感じかな？」

その説明で納得できたのか表情からはわからなかったが、晴人が抱きかかえるハクロウくんの周りを、ぐるぐると回る。ついで、ふんふん、と念入りに匂いを嗅ぎはじめた。

「キグルミ、か」

オオカミはハクロウくんの顔をじっと見据えた――かと思うと、青白い光を纏うオオカミがさらに光り輝き、じわじわと輪郭を失くしてゆく。

驚いて思わずハクロウくんから手を離した次の瞬間、オオカミの姿が消失した。

「お、おい……!?」

慌てて辺りを見回した晴人の目の前で、ハクロウくんがゆっくりと自立したものだから、ポカンと目を瞠《みは》る。

「な……？」

ハクロウくんはバランスを取るように前かがみになりながら、その場から一歩、二歩、と歩きはじめた。すぐによろけてしまう。

「あっ」

慌てて手を差し出すが、必要ないとばかりに払われた。

「うむ」

着ぐるみの中から、変声期直前の少年のような、掠れた声が聞こえてくる。

「あの、……中、に？」

「いるぞ」

確かに着ぐるみの中から声が聞こえてくる。

ハクロウくんの中に入ったオオカミは、続いて、手……前肢を大きく広げ、さらに左右に振ってみせた。意外と可動域が広い。そして再び歩き出す。まるで赤ちゃんの初歩行のようにぎくしゃくした動きで、一度払われたというのに、よろけるたびに、晴人は手を差し伸べてしまう。

（着ぐるみって、思っていた以上に重いもんなぁ。動きづらいだろうし）

これは、依り代としては失格だろうか。

ほかにいい依り代はないかなと頭を悩ませる晴人だったが、それは杞憂だった。というのも、晴人が見ているうちに、ハクロウくんの歩調がどんどんしっかりとしたものになっていったのだ。

ほんの五分程度で、赤ん坊から小学生くらいに成長した。

ハクロウくんは、その場で一度軽くジャンプした。

そんな無茶をしても大丈夫なのかとギョッとするも、二度、三度と跳ね始める。その様子は、新しいオモチャを手にした子どものようで、微笑ましい。

「まあまあだ」

「ええと、依り代として、ハクロウくんはＯＫってことで？」

「そうだな。まあよかろう」

まあよかろう、と言いつつ、口調は満足げだ。かなり気に入ったらしい。

（よ、よかった……、んだよな？）

ちょっとだけ不安になったのは、表情の変わらない着ぐるみから、不穏な空気が感じられたからだ。

「せっかく依り代を手に入れたんだ。ちょっと行ってくるわ」

「……え？」

何を言ったのか、にわかには理解できず、ポカンとしていると、突如としてハクロウくんが目の前で跳ねた。

「――っ⁉」

頬に風が当たる。それはハクロウくんが起こした風だった。

あっと思った時には、ハクロウくんの姿は目の前から消失していた。

ぐるりと境内を見回す。――いない。

なんて速さだ。まるで獣のような速さ――ああ、そもそも獣か？――ではないか！　あの着ぐるみ結構重量あるのに……！

しばし呆然としていた晴人だったが、ハッと我に返る。

「ちょ、ちょょっと待て！」

もしかして自分は、とんでもないことをしてしまったのではないか？

本当に〝アレ〟は神様なのだろうか？　そもそも神様だって、人間にとって必ず益となるわけではない。厄病神とか貧乏神とかいろいろいるじゃないか。

境内から出られないというのは、出てはいけない〝モノ〟なのではないか？

血の気が引いた晴人は、お社を背に走り出した。

「おい、お……、うわ、名前も知らないぞ、俺」

とんでもないことをしてしまったのではないかと、冷や汗をかきながら砂利道を走る。

道路に出て、左右を見たが、ハクロウくんの姿はどこにもない。

「おいおい、どこに行っちゃったんだよ」

迷ったのは一瞬だった。晴人は人通りのある秩父駅方面に向かって、全力で走った。


絶対に目立つはずなのに、着ぐるみの目撃情報はひとつもなかった。

十月に入ると、秩父の夜は気温が一気に下がる。だが額に汗を滲ませながらあちこち捜すこと二時間。見つかる気配すらない。

これはまた祖母に相談すべき案件だろうか、とうなだれながら、晴人は一旦自宅へと戻ったのだが――。

「あら、遅かったわね、晴人」

「どこ行ってたんだよ」

「――」

先日から一ノ瀬家ではコタツを出している。そのコタツでぬくぬくと暖を取りつつ猫の椿にじゃれつかれている着ぐるみがいたものだから、晴人は言葉を失った。

「ば、……ばあちゃん」

「主様、あなたが持って行った着ぐるみのハクロウくんがとっても気に入ったんですって。よかったわねぇ」

「ヌシ、サマ、って、コレのこと？」

「コレとはなんだコレとは！」

喝、とばかりに鋭い声が飛んでくる。ビクリと肩を竦めた晴人だったが、すぐさまハクロウくんに詰め寄った。

「いきなりいなくなったら心配するだろう！」

肩を摑んで揺さぶると、触れるな、と手を払われた。

「何を心配する。お前が俺に形を与えたんだろうが」

「ちょっと行ってくるわって言ったきり消えたらびっくりするだろう!? 着ぐるみでうろうろしたら不審者扱いされて通報されるかもしれないし、ひとりでキャラクターが歩いてたら物珍しくてイタズラされるかもしれないんだから！」

「主様、わたしの孫は、主様が困ったことになっていないかと心配しているのですよ」

「困ったこと？　俺が、か？」

表情が動かないはずの着ぐるみなのに、ふん、と鼻で笑われたように感じて、微かにこめかみに力が入る。だが今にも火花が散りそうな互いの間に、またしても寿々ののんびりした声が差し挟まれた。

「晴人、お腹空《なか》いたでしょう。手を洗って着替えていらっしゃいな」

春のような温もりを感じさせる笑顔に毒気を抜かれ、晴人はその場で脱力した。

「今日は晴人がお肉を買ってきてくれたからすき焼きにしたの。主様は小豆飯をどうぞ」

「……うん」

ともあれ話はあとだ。時刻はすでに九時を過ぎているのに、この様子では寿々も食事を摂っていないのだろう。普段ならば祖母は入浴も済ませ、ゆっくり寛《くつろ》いでいる時間帯だ。

晴人は慌てて立ち上がると、六畳の自室に入って部屋着に着替える。綺麗《きれい》に手を洗って口をゆすいでから、畳敷きの居間に戻った。

コタツの天板の上にはすでにすき焼き鍋と茶碗が並べられている。

「さぁ、いただきましょう」

手を合わせる祖母にならい、言いたいことをぐっと堪《こら》えて晴人もいただきます、と手を合わせる。

「主様、どうぞ」

(あれ？　どうやって食べるんだ？)

ここは境内ではないから、着ぐるみから出られない。着ぐるみはゴハンなんて食べられない。だが、

「やはり寿々がつくった小豆飯は美味いな」

満足そうにそう言うハクロウくんの前に置かれた小豆飯が、みるみるうちに減っていく。

「……、……」

「ありがとうございます。お代わりありますからたくさん召し上がってくださいね」

「おう。もう一膳」

「はい」

手品のように茶碗は空になる。その現象を驚いているのは晴人だけという、この圧倒的なアウェー感。だが何からどう訊いていいのやらわからず、結局自分が『供物』にと奮発したA5ランクの牛肉を黙って咀嚼《そしゃく》することしかできずにいた。

「馳走になったな、寿々」

「お口に合ったようで何よりです」

のんびりした会話に、じりじりしていた晴人は、意を決し、「あの」と声を発する。

「今日はこれで休むとするか。寿々、またな」

「お疲れさまでございました。おやすみなさい」

「……は？」

え、ちょっと待て、と瞬きをひとつした、まさに一瞬で、ハクロウくんの姿は、晴人の目の前からいなくなっていた。

「な……」

愕然とその場に座り込む晴人の横で、

「晴人、今日は疲れたでしょう？　お風呂沸かしているから入りなさい」

「いや、遅いからばあちゃんが先に入って、ていうか、アレは……!?」

「主様よ、晴人」

「ぬ、主、様はどこ行っちゃったんだ？」

「お社に戻られたのでしょう。依り代があるとはいえ、長時間〝外〟に出るのはやはり疲れるでしょうし」

晴人は言葉もなく、寿々を見つめた。

光が当たる加減によって、茶や黒というより神秘的なグレーに見える寿々の目が、穏やかに笑んでいる。いつもと同じ表情に見えるのに、決定的にどこか違う。

神社で不思議な経験をした時や主様に初めて会った時のように、背筋がソワ、と粟立って、落ち着かない心持ちになる。

（……ばあちゃん）

寿々は晴人の知らないあれこれをすべて承知しているのだろう。先刻までは余さず聞きたいと思っていたのに、どういうわけかその気持ちが一瞬で失せてしまった。

つい二週間前まで、晴人は東京で暮らしていた。不思議なこと、オカルトめいた体験なんて、ただの一度も経験したことがなかった。それなのに非現実的な扉は、今晴人の目の前に存在している。その扉を開けて先に進めば、もうこの場所に帰ってくることはできないのではないか？

そう思うと、身も心も竦む自分がいる。

つまり……怖いのだ。

寿々の話を聞けば、晴人は戻って来られない。ならば詳しいことなど知らないままでいた方がいいのではないか。

自分の手で主様を外に出してしまったのだから、その責任を取らず目と耳を塞いでいてはいけない――そう思っても、潔く決断をすることはできなかった。

寿々は小さく首を傾げながら、優しく目を細めた。

「あれだけ小豆飯を召し上がったのだから、晴人の願い事を叶えてくださるわよ。きっと」

「……きっと」

「ええ、きっと。主様は一之瀬の守り神のようなものですからね」

守り神ではなく守り神のようなもの、というのが引っ掛かるのだ。

「聞きたいことはある？」

竦む晴人に気づいた寿々は、あえてここでそう問うてきているのだ、きっと。

（ばあちゃん、結構やり手だよなぁ）

晴人は小さく息をついた。

「アレ……主様って、境内の外に出してよかったのかな」

人の言葉を喋る、人ではない『神様のようなもの』だ。人の世に解き放ってもいいのか、それが一番不安に思っていることだった。

　すると寿々は、まあまあ、と笑った。

「そんなことを言って、もう出しちゃったんだからしょうがないでしょ」

「いや、確かに短絡的だったけど」

　今考えれば、祖母に誘導されたように思えてならないのだが、それは口にはしない。聡《さと》い祖母はもちろん気づいているようで、ふふ、と目を細めた。

「大丈夫よ。もし大丈夫ではなくなった時のために、晴人にはとっておきを教えておくから」

「……何？」

　自分と祖母、そして猫の椿しかいないのに、寿々は声を潜めて晴人に耳打ちをする。

「……れば、大丈夫」

　え、本当に？　と訝しく眉根を寄せる晴人に、祖母は一点の曇りもない笑顔でうなずいたのである。

⛩

　翌朝、晴人は早朝に出社し、唯一の社員である笠原智恵子が定刻にやってきた時には、この日の仕事の八割方を終えていた。

「まあまあ若社長、がんばってますねぇ」

驚く時ものんびり口調の智恵子に、晴人は苦笑する。

「わたしもがんばってみましたよぉ」

「なんですか」

「これ見てくださいな」

智恵子はA5サイズの紙を差し出した。

「行方不明になった、山岸聡介さんの足跡ですよぉ」

「え？」

頭に時刻が、その横には文字が書かれている。

綺麗に整った文字は、智恵子のものだ。

・九時十分発の三峯神社行きバスに乗り込む様子が目撃される。
・十時二十八分、三峯神社のバス停で目撃される。
・十時三十五分、三峰神社奥宮入口で目撃される。
・十三時五十分、三峯神社参道脇の『大島屋』さんにて秩父名物『わらじカツ丼』を食べる姿が目撃される。
・十四時五十八分、『興雲閣』内の『三峯神の湯』にて温泉に浸かる姿が目撃される。

「笠原さん、これ」

「山岸さん、十月五日は朝イチで三峯神社に参拝したようですねぇ。その後バスに乗って秩父駅まで戻ってきて、駅横の売店でいろいろ買い込んで、そのあとぶらぶらあちこち歩き回ったようですよぉ」

「……」

「それで、翌六日には秩父ミューズパークやちちぶ銘仙館、長瀞の岩畳で目撃情報がちらほらとありましたよぉ。それで最後に目撃されたのが、ここ」

智恵子が指した文字は、『御花畑駅』だった。

秩父駅のひとつ先の駅だ。西武秩父駅までは徒歩五分ほどの距離にある。

「笠原さんて……」

「はい？」

「すごいですね。なんだか探偵みたいだ」

たったの二日でこの情報量。自分を含め、青年会メンバーがあちこち聞いて回ったが、ほとんど収穫がなく、消沈していたというのに。

すると智恵子は、ふふふと少女のように笑った。

「青年会のみんなは、誰彼構わずやみくもに訊くばかりだからですよぉ」

あの人たち単細胞だから、とさり気なくけなす智恵子は、そういえば秩父生まれの秩父育ち。青年会のメンバーとは年齢も近い幼なじみなのだ。

「山岸さんはシナロケにいらっしゃったんでしょう？　原作の妖精物語を読んだら、映画になるならどういうロケーションを求めているか、なんとなく想像つくじゃないですか」

「……そ、そう、ですか？」

「つきますよぉ。だって原作に秩父の神社仏閣がいくつも出てきてますし。若社長、もしかして読んでないんですか？」

晴人は、ハイ、とうなだれた。本は姉に貸してもらったのだが、忙しさにかまけ、まだ目次しか見ていない。

「まあまあ秩父が誇る小説家さんですよぉ。ぜひ読んでくださいな」

「……ハイ」

「それで、もし自分がシナロケをすると仮定して、どう動いたら効率的か考えるじゃないですか。この道筋、この時間帯に、いつもそこで仕事をしている人や通行する人に訊いてみたんですよ。一カ所で見つかったら、あとは行き先を予想して、今度はそこにいた人に訊いてみる。その繰り返しですよぉ」

のんびり話すが、たくさんの時間を割いてもらったのだろう。晴人はありがとうございます、と紙を受け取った。

「いえいえぇ。わたしだけじゃなくて、いろんな人に協力してもらったんですよ。山岸さん、見つかるといいですねぇ」

わたし山岸さんのドラマや映画好きなんです、と智恵子はにっこり笑った。

どうにか午前中に今日の仕事を終えた晴人は、島田旅館に行く前に、主様のもとへと向かった。急ぐあまり、手水舎で清めるのも忘れ、祠へと走る。

「主様！」

賽銭箱の前で叫ぶが、姿は見えない。じりじり待つも、気配すら感じられず、晴人はぐっと眉間に皺を寄せる。

「供物を受け取ったのに、それはないいんじゃないかな」

もっと厳しい口調で糾弾したいが、あいにく晴人は他者との争いをギリギリまで避けてしまう性分である。以前友人に、「自分は怒っていますってちゃんと相手に表明しないと、向こうもその程度の怒りだって思うぞ」とアドバイスをもらったことがあるが、怒るにはとてつもない体力が必要だ。力は、どうせならマイナス方面よりプラス方面に使いたい。

（自分がヘタレなのはじゅうぶんわかってるけどさ……）

祠の閉じられた扉をじっと見据えるが、やはり主様が出てくる気配はない。

晴人は溜め息をつき、踵を返す。

「あとで行く」

その時、背後からうめくような声が聞こえ、晴人はハッと振り返った。だがそこに、あの白い獣もハクロウくんもいない。

「主様？　なんか、具合悪そうな声だけどどうかした？」

「なんでもねえ、よ……」

「全然なんでもないようには聞こえないんだけど」

神様のようなものでも、体調を崩すことがあるのだろうか？

「……、……、だけだ」

「え？」

囁き声は、語尾しか聞こえなかった。

「だからっ、食いすぎたって言ったんだよ！」

「は？　食いすぎ、って……小豆飯!?」

「寿々の小豆飯は本当に美味いんだ。お前一度食ってみろ。食ったら止められなくなる美味しさで、だが今まではとっておきの日しか食えなかったから」

だから昨日はがっついてしまった、ということだろうか。仮にも神様（のようなもの）が、食べ過ぎて腹を壊すなんてことがあるのか。

唖然として、きっちり閉まった木戸に視線を注ぐ晴人に、歯ぎしり混じりの唸り声が聞こえた。

「先に行っとけ」

「あ、う、うん、わかった。あの」

「なんだよ」

「お大事に」

相手の反応は、なお一層大きな唸り声だった。

(主様はあてにならない)

寿々は、きっと助けてくれると言っていたが、期待しないでおこうと肩を竦めながら島田旅館へと向かった。

待ち兼ねていたのだろう、旅館のロビーに置かれたソファに座っていた山岸明理は、晴人を見るなり立ち上がった。

「お待たせしました」

明理は硬い表情のまま、ぺこりと頭を下げる。

「よろしくお願いします」

昨日も着ていたジャケットの下は、薄手のニットとジーンズ、スニーカー姿だ。長く真っ直ぐな髪も、きりりとポニーテールにしている。たくさん動くことを想定してのチョイスだろう。

「これ、山岸さん……お父さんの目撃情報です」

智恵子からもらった紙を渡すと、明理は急いで目を走らせる。

「御花畑駅」

最後の文字を呟《つぶや》く。

この日は確か、夕方から雨が降り出したのだ。きっと道行く人たちも先を急ぐだろうし、傘に顔が隠れて見えなかったために、目撃情報もここで途切れたのだろう。

「ここから歩いて十分くらいの場所です。まずは御花畑駅に行きますか?」

明理は無言のまま、文字をじっと見つめる。熟考は、一分ほどだっただろうか。明理はゆっくり顔を上げた。意志の強そうな大きな黒い目が、揺らぐことなく真っ直ぐ晴人へと向かってくる。

「父の足跡を辿りたいのですが」

「え、っと、この紙の通りに進む、と?」

はい、と明理はうなずく。

「最初に、三峯神社に行ってもいいですか?」

「三峯神社か。あの、俺車の免許持ってないんで、バスで行くことになるんですが、一時間に一本くらいしかないから……ちょっと待ってください」

携帯で、急いで時刻を調べる。

「えっと、次は十二時十五分……は、間に合わないかな。その次は、……二時か!」

時刻を見れば、十二時十分にならんとしていた。

明理は聞いた途端に、旅館のロビーを急ぎ歩きはじめた。

「十二時十五分に乗ります」

「え、あと五分しかないですよ」

「だって次は二時でしょう？」

そうだ。三峯神社までは、一時間以上かかる。そして帰りのバスはといえば、三時半と四時半の二本しかない。二時のバスでは、向こうに着いても、すぐに戻って来なければならない。

そう思った瞬間、晴人も走りだした。

「島田さん、三峯神社に行ってきます！」

ロビーの受付にいた若主人の、行ってらっしゃい、気をつけてという声に送られ、ガラスの引き戸を開けて外に飛び出した。

外に出ると、明理は西武秩父駅に向かってすでに走り出していた。

「早っ！」

躊躇《ちゅうちょ》のない走りだ。晴人を待つ間、この辺りの地図を頭に入れていたのかもしれない。

ふたりは全力で走って、ギリギリにしてバスに乗り込んだ。

「よかっ、た……」

息を切らしながら、空いている席に座る。バスはこの時間でも、九割方人が乗っていて、ほとんどは三峯神社への参拝が目的なのだろう。

「山岸さん、脚、早いですね」

微かに頬を紅潮させてはいるが、晴人ほどには息を切らしていない。

「明理でいいです」

山岸さんだと、お父さんと同じ呼び方になるでしょうし、と言われる。

「ええと、じゃあ、……明理さん、陸上部だったとか？」

明理は首を横に振った。

「うち、わたしが小学生の時に母が亡くなったので、家のことをするためにクラブには入っていませんでした。走るのは、子どもの頃から好きだったけど」

「あ……、すみません」

不用意な質問だったと詫《わ》びると、明理は首を横に振る。

「別に、すごくクラブ活動がしたかったわけでもないから」

それでも、小学生が家事をするのは大変だっただろう。

それきり明理はふっつり黙り込み、晴人も話しかけることはなかった。

一時間以上かけて、バスは三峯神社に到着する。

「……奥宮に行ったんですね」

綺麗に折った紙を広げ、明理は確かめるように呟く。それを聞いた晴人は、あ、と声を上げた。

「あの、奥宮はやめた方がいいかと」

「なんでですか？」

「奥宮まで一時間半かかるし、登山道なんで」

先日の苦労を思い出して、晴人は明理に思い留まるよう説得する。だが明理は、きゅっと唇を引き結んだまま、首を縦に振ろうとしなかった。

（ああ、確かにお父さんの足跡を辿りたいって言ってたし……！）

ここまで来たら、まずは奥宮に行こうと思うよなぁ、と晴人は肩を落とす。

「一ノ瀬さんは待っててください。わたしひとりで行ってきますから」

「いやいやいや、女の子ひとりで登るのは危険だから！」

仕方ない、と晴人は覚悟を決めたのである。


女子の足ではきついのではないかと思った通り、登り始めて二十分程度で、明理の歩調は目に見えて遅くなった。先導する晴人は、後ろを歩く明理の様子を気にしながら歩を進めていく。

足は速いが持久力はないらしい明理とは反対に、スポーツは得意ではないが体力だけはそれなりにある晴人だ。

「こんなに、大変だった、かしら」

無言で歩くと余計に疲れるのかもしれない、明理がぽつりと呟いた。何を言ったか聞こえなかったので、振り返って問うが、明理は首を横に振る。

それからは、明理はひたすら無言を貫いた。

やがて奥宮へ向かう最後の難関まで到着した時、明理はポカンと崖に垂れ下がる鎖を見上げた。

「鎖……」

息を切らしながら、呆然と呟く。

「ここまで来て、鎖！」

明理は突然叫んだ。

「あ、明理さん？」

そろりと顔を覗き込むと、疲れのピークを越えたのか、何に向けていいのかわからない怒りゆえか、挑戦的に目を見開いている。

晴人が以前ここまで来た時には、あまりのことに笑ってしまったが、明理は怒りへとシフトしたようだ。

「行ってやるわよ。ここまで来たんだから！」

明理は自らを鼓舞するように叫ぶと、しっかりと鎖を摑んだ。

妙法ケ岳の山頂まで無事到着すると、明理は目の前に広がる絶景を言葉もなく見つめる。

「こんな眺めだったかなぁ……」

明理はぽつりと呟いた。

「前に来たことあるんですか？」

「ええ。まだ小学生の時ですけど」

小学生といえば、バスに乗っている時に聞いた、母親が亡くなった頃だろうか。

「弟の旭《あさひ》も生まれてない頃だから、小学一年生の初夏だったかしら。両親と一緒に登ったんです。勇んで登り始めたのに、五分でもう歩けないって座り込んだわたしを、父がおんぶしてくれたんだったわ」

子供を背負っての参拝は、さぞかし大変だっただろう。

「でも、お父さんたら途中で『もう駄目だ、もう一歩も動けない』って座り込んじゃって。それでお母さんが、仕方ないわねえって言って、わたしを背負ってくれたの」

その時、明理は微かに唇の端を上げた。初めて見る、彼女の笑顔だ。

「お母さん、すごいね」

「ええ、父はすごく細身で、母はがっちり体型だったんですよ。高校生の時柔道の国体に出たってよく自慢されました」

明理が奥宮に参拝したいと言ったのは、その時のことを思い出したからだろうか。

「あの時はあっという間に登った気がしたけれど、そんなことなかったのね」

それだけ、親子三人での参拝は楽しかったのだろう。

「……お父さんもあの時のことを思い出したのかな」

息を弾ませながら、明理はぽつりと呟いた。

「一ノ瀬さん、こんなところまで付き合ってくださって、ありがとうございます」

明理は目を伏せながら、晴人へ礼を言った。

「お父さんがここに来たって知ったら、わたしもすごく行きたくなって、わがままを言ってしまいました。ごめんなさい」

「これくらいのことはわがままとは言わないと思うよ」

明理はちょっと困ったように首を傾げる。

「我を張りがち、って言った方がいいのかな。自分でもわかっているんですけど、頑固なんですよ。そこ、父とよく似てます。――血の繋がりがないのに」

まるで独白のような小声に、晴人は小さく息をのむ。

「本当の親子だったら、ケンカしてもすぐに仲直りできたのかな」

唇を引き結ぶ横顔は、昨日から何度も見ている。まるでそれが彼女のデフォルトのようで、晴人はそれ以外の表情をほとんど見たことがない。

昨日出会ったばかりの晴人が、血の繋がりよりもっと大事なものがあるよ、なんて軽々しく言えるはずもない。ほかに気の利いた言葉もかけられない。

明理は眼前に広がる峰々から視線を外し、うつむいた。そのまましばらく身じろぎをせずにいた明理だったが、やがて息をひとつつくと顔を上げた。

「戻りましょう」

「……うん。その前に、せっかくだから参拝しようか」

「あ。そうですね、こんなに苦労してやってきたんですもの」

ふっと肩を竦めて苦笑する明理とともに、晴人は手を合わせた。

（山岸さんが無事見つかりますように。ふたりが仲直りできますように）

　足を滑らせないよう気をつけて下り坂を降り、奥宮入口まで戻ってきた時、晴人は何気なく腕時計で時間を確認した。途端に、あっと叫ぶ。

「ど、どうしたんですか？」

「四時三十三分！」

「え。……ええっ⁉」

　バスの最終時刻は四時三十分。すでに発車してしまっていた。

「うわ……」

　三峯神社の駐車場に着いたのが、一時半過ぎ。そこから一時間半かけて奥宮まで行ったのだから、折り返し時点で三時になっていたのだ。参拝のあと、下り坂がきつくて何度か休憩をしたから当然といえば当然なのだが……。

　自分のせいだと、明理は目に見えて消沈している。

「ちょっと待っててくれるかな」

　晴人は明理に背を向けると、青年会のメンバーに電話をかけた。まずはパン屋の新井だ。

『は？　バスの最終を逃したって？』

「……です」

『せっかくだから神社の横にある興雲閣に泊まったらどうだ？』

「いや、そんな悠長なことをしている暇はないかと」

明理の心情を思えば、ここで足止めを食らうのは辛いだろう。そう言うと、新井はうーん、と唸った。

『わかったよ。店も一段落したから、迎えに行く。待ってろ』

「ありがとうございま――ぅわ？」

突然背後から明理が力いっぱい腕を摑んできたものだから、晴人は頓狂な声をあげて振り返る。

「な、何」

「今っ、白いものがふわぁっ……て」

ぎゅっと腕を握りしめてくる明理に、晴人も慌てて周囲を見回す。

だが、『白いもの』は見当たらず、互いに顔を見合わせた。

途端に我に返った明理は、すぐに腕を離して、ごめんなさい、と頭を下げた。

「いや、……大丈夫、だけど」

先日奥宮に参拝した時、晴人も『白い』『ふわぁっとした』ものを見たような気がしたことを思い出す。

今一度目と目を合わせたふたりは、無言のまま奥宮入口から本宮へと続く参道に走った。

『おーい晴人？』

「あ、すみません。よろしくお願いします」

『おお、駐車場に着いたら電話するから』

「はい」

電話を切るなり、明理は再度頭を下げた。

「ご、ごめんなさい。なんか、見間違えたみたい、です……」

「えーと、うん。見間違い、だよな」

そういうことにしておこう、と互いにうなずき合う。

「青年会の人が車で迎えに来てくれるから、その間に参拝しようか」

「そ、そうですね」

そそくさと入口から離れたふたりは、本殿へと向かったのだった。


新井が来てくれた時には、すでに日はとっぷり暮れていた。

「何か、新たな情報はあったか？」

「いえ。あ、でも笠原さんが当日の夕方頃までの足跡を調べてくれたんですよ」

「智恵子が？　あー、あいつこういうの得意そうだもんなぁ」

「え、そうなんですか？」

「マニア？　オタク？　とことん突き詰めて調べたくなる性分らしい」

紙にびっしり書かれた文字を思い出して、なるほどとうなずく。

「智恵子のことは置いといて、――山岸さん、もし明日までお父さんが見つからなかったら、警察に届けた方がいいと思う」

後部座席に座る明理に、新井が気遣わしげに眉間に皺を寄せつつ提案する。

明理はきゅっと唇を引き結んだ。首を縦に振らないのは、父は事故や事件に巻き込まれたのではなく、あくまでも山岸本人の意思で連絡を断っていると思っているからかもしれない。

(ケンカをしたみたいだからな……)

「もし判断がつかなかったら、誰か信頼できる親戚の人と話し合ったらどうかな。山岸さん……ええと、君はまだ、未成年だよね」

十九です、と明理はぽつりと呟く。

「……そう、ですね。明日までに見つからなかったら、弟を預けてきた母方の伯母と相談してみます」

「うん」

新井はほっとしたようにうなずいたが、ミラー越しに見える明理の表情は泣きそうに歪《ゆが》んでいた。

新井はまず明理が泊まる島田旅館前へと車を走らせた。

「新井さん、俺も島田旅館のところで降ります」

「そうか?」

徒歩五分の距離だし、晴人の家の前の道は一方通行だから面倒だろう。

時刻は午後七時をとっくに過ぎている。往来にひと気は少なく、車もほとんど通っていない。島田旅館まであともう少しというところで、晴人は門前に青白く発光する何かを見つけ、あ、と小さく声を上げた。

「どうした？」

「あ、ええとっ」

「んん？　なんだありゃ」

運転する新井も、『発光する何か』に気づいたようだ。目を凝らして見据える。そうしているうちに、旅館の前に到着した。

晴人は慌てて車を降りると、それに駆け寄る。

「ちょ……！」

「おせえ！」

晴人の声を真正面から切り裂くように叫ばれて、思わず言葉を失う。

「あとでいくって俺は言ったよな？　それを勝手に三峯神社に行きやがって！」

「あ、あ、ごめ、……ていうか、腹はもう大丈夫なのか？」

こっそり耳打ちすると、中からぐぅ、と唸る声がした。

島田旅館の前にいたのは、小豆飯の食べ過ぎで腹を壊したと思《おぼ》しき主様だった。

「そ、それより行くんだろうが」

あ、と晴人は目を瞠る。そうだ、主様は山岸の居場所を知っているのだ。

「晴人、それ……誰？」

晴人の後ろから、新井が恐る恐る声をかけてくる。明理に至っては、不審人物を見るかのような眼だ。

「え、っと、」

「『それ』とはなんだ！」

新井にぐいぐい向かっていく主様を慌てて背後から羽交《はが》い締《じ》めにするが、触るな！　と容赦なく手を叩かれた。

「え、ほんと、マジで誰？　なんでハクロウくんを……あ、そういえば晴人、昨日ハクロウくんの着ぐるみがどこにあるのかって電話してきたな」

「ええと、ですね」

なんて説明すればいいのだと内心頭を抱えていると、

「俺はハクロウくんだ！」

胸を張って主様がそう言うと、新井は、すん、という顔をした。

「コレ、……ええと、ハクロウくんは、ばあちゃんの知り合いでして、実はご当地キャラマニアというかなんというか」

「え、中のひと寿々さんの知り合いなの？」

「そう、そうです。なんか、旧知の仲らしくて、俺も一昨日初めて会ったんですけど！」

「へえ、……ご当地キャラマニア」

「あの、ハクロウくんは俺が責任を持って管理しますので、詳しいことはまた明日お話しします」

「……おう。ハクロウくん、キャラマニアはいいが、大事な商工会のキャラクターだから、丁寧に扱ってくれよ」

「当たり前だ。魂の容《い》れ物を粗末に扱うはずがなかろう」

非常にふてぶてしく胸を張るが、ハクロウくんの身長は晴人の肩ほどまでしかない。

「た、魂の、容れ物？」

「あのっ、新井さん、今日はありがとうございました！」

首を傾げつつ、新井は車に乗り込み去っていった。

「待ちくたびれた。その娘を連れてとっとと行くぞ」

「わたし？　……どこに行くんですか」

「父親が行方知れずと聞いているぞ」

ハッと明理は晴人に目を向けた。

「俺が会わせてやろう。感謝しろ」

「……あの、一ノ瀬さん」

「う、うん」

「わたし、別にご当地キャラ嫌いじゃないし、むしろこんな時じゃなければ一緒に写真撮ってもらいたいくらい可愛いと思うけど。けど！　父さんが行方不明って時に、コレはないんじゃないでしょうか！」

ビシィッ、とハクロウくんを指す明理に、返す言葉もない。

「ええと、これには理由があって、……その」

「父親を助けたくないのか」

なんと言えばいいのかわからず焦るばかりの晴人の背後から、至極落ち着いた……どちらかというと、冷淡に聞こえる声がかけられた。

明理はキッとハクロウくんを睨みつける。

「そもそも助けたいって、なんなの？　父さんは秘密結社にでも拘束されているとか⁉」

「ヒミツケッシャが何かわかんねえけど、このままではお前の父親は永劫帰ってこない」

「――」

怒りで紅潮した明理の頬が、サッと青ざめる。

「それは、……どういう意味」

「ついてくればわかる」

手間掛けさせんな、とぶっきらぼうに言われ、『我を張りがち』な明理は、ぐっと奥歯を噛《か》みしめるように、黙り込んだ。

だが父親は永劫帰ってこないと言われて、我を張り続けられる娘がいるだろうか。

明理は奥歯を噛みしめたまま、ゆっくりと歩き出す。

晴人もまた明理に並んだ。

「お父さんが書いた映画やドラマ、観たことありますか」

「え？　あ、うん」

人気脚本家として有名な山岸だ。何度も賞を取っているし、彼が脚本を手掛けたドラマは、ＳＮＳでも非常に話題になる。晴人はドラマや映画、そして役者には詳しくないが、そんな自分でも、山岸聡介の名は知っていた。

「お父さんが書いた映画やドラマって、ガリガリ心を削られて疲労困憊カスカスの抜け殻になるけど一生忘れられない名作って言われてて、でも家では全然喋らないんですよ」

口調は常より早く、それが彼女の不安な気持ちを表しているようで、晴人は相槌を打たず、ただ耳を傾ける。

「娘のわたしでも、お父さんの考えていることが全然わからなくて、あれ、わたしお父さんの声聞いたのは何日前だったかしらって思うくらいで」

「……」

「それなのに、たまに喋ることといったら、的を射てないっていうか、余計なことっていうか……とにかく言った方がいい時には全然言わないくせに、それ口にしちゃう？　ってことばっかり言うんですよ。なんでですかね。男の人に多い傾向みたいなんですけど」

話しているうちにどんどんエキサイトしていく明理を、もはや止める術《すべ》もない。だが明理はすぐに、ひとつ息をついて自らを鎮めた。

（カッとなっても、すぐ冷静になれる。理性的な子だな）

小学生の頃から、家族のために率先して家事をしてきたのだろう。家では喋らない、喋る時は余計なことばかりという血の繋がらない父親と、年の離れた弟のために。

「本当の親子だったら、ひどい言葉を投げかけられても、仕方ないって許せるのかなぁ」

溜め息混じりの独白は、晴人の返事を待ってはいない。だから口を噤《つぐ》む晴人だったが、ふたりの前を歩く獣は人の機微など興味がないのだろう。

「面倒くさいなぁ人間は」

主様を止めようと口を開きかけたが、明理は深々と溜め息をついて首肯した。

「本当ですよ、面倒くさい。でも」

つ、と黙り込んだ明理は、ひと呼吸分置いて、唇を開いた。

「家族だから、そのままにはしておけない」

きっぱりとそう言いきった明理の眼に、もう迷いはなかった。

「ところで、どこに行くんでしょうか。それから父が永劫帰ってこないって、どういう意味なんですか？」

「着いたらわかるさ。ああ見えてきた」

主様が指した先は――秩父神社である。

「もう参拝時間は過ぎてるんですけど、入っても大丈夫なんですか？」

「しょうがねえ。ひと気があった時にあいつが飛び出してきたら大騒ぎになるだろうしよ。あとでこいつが謝っておくだろう」

「え、俺？」

聞いてないぞそれ、と言いかけた晴人だが、社務所にまだ電気がついていることに気づいて、ふっつり黙り込んだ。

「本殿に行くぞ」

主様は堂々としたもので、真っ直ぐに本殿へと向かう。

秩父神社に来たのは、あの日――『もうし、もうし』と呼びかけられた日以来だ。あれから晴人はこの辺りに来ることを避けていたのだが、今夜はそうも言っていられない。

主様とは違い、晴人はなるべく足音をさせないよう、静かにだが素早く本殿へと歩く。

右手側の社務所から見えない場所に立った主様は、ぐっと首を伸ばして上方の彫刻を見上げた。明るい時刻ならば、そこに、鮮やかな彩色と繊細に彫られた母虎と三頭の子虎が見られただろう。だが光源の少ない今は闇に沈んでおり、見ることは適《かな》わない。

「出てこいよ」

主様は、まるでかくれんぼをしている子どもに呼びかけるような気軽な調子で、何者かに声をかけた。だが、なんの気配もない。すると、

「出てこい」

一気に機嫌が急降下したような、低い声音へと変化する。

刹那、空気がゆらり、と熱を持って震えた──気がした。

「……？」

どこから……、上、だ。

晴人と明理は揃って本殿を見上げた。夜に姿を隠された本殿の彫刻の辺りから、ぼんやりとした霧のような何かが音もなく降りてきた。それはふたりへとぐんぐん近づいてくる。

「な、な、に？」

ぬぅ、と顔を寄せてくるそれは──虎だ。

（まさか、彫刻の、子育ての虎⁉）

いや、違う。子育てをしている母虎ではない。

彫刻の母虎は、虎ではなく豹のような姿をしている。初めて見た時に気になって調べてみたら、この彫刻が彫られた当時、豹＝雌の虎と考えられていたからだと知った。

今目の前にいるのは、母虎ではない。では、子虎か？　否、子虎のようなあどけなさは、この虎からは感じられない。成獣にしか見えない。では、これは──⁉

「ゃ、──ぁ、ァァァァッ」

明理の悲鳴は、音にならず闇へと吸い込まれていく。声だけではない。身体までも、渦巻く闇の中にずるずると引き摺られていってしまった。

「明理さ──！」

明理へと腕を伸ばして摑もうとするも、晴人自身の身も気づけば宙に浮いていたものだから、ぎょっとして手足をばたつかせる。

「うっ？　うわ、わ、わわ……！」

「おうおう、醜いなぁ」

「ぬっ、主様、なんだよこれ」

「ありゃあ雄の虎だよ」

「雄の虎って、やっぱり彫刻の虎じゃない？　じゃあこれはなんだ⁉」

「そいつに訊いてみりゃいい」

「は？」

晴人は焦りながらじっと目を凝らす。

すると、雄の虎の背後に、ぼんやりとした影を見つけた。その影は徐々に濃くなってゆき、形を取った。

「や、山岸さん？」

娘の方ではない。今まで捜してきた、脚本家の山岸聡介だった。

あちこち跳ねた天然パーマにサングラスをかけた山岸聡介からの反応はなかった。

「山岸さん！　いったいどうしたんですか？　娘さん……明理さんは⁉」

明理の名を出した途端に、男の表情が微かに変化した。

「アカ、リ」

「そうですよ！　あなたをずっと捜していたんです！」

「アカリ」

「あなたの娘です。覚えていないんですか？」

「アカリ。――明、理……？」

山岸聡介の双眸に光が宿った次の瞬間、カツン、と音がして、晴人もまた闇の渦の中に吸い込まれてしまった。

上も下もわからない、ぐるぐると回りながら吸い込まれた先で目を開けると、世界が一変していた。

（なんだ、……ここは）

灰色に染まる大地と空。そこに薄墨《うすずみ》色の竹林と山が見える。まるで……そう、墨絵の世界のようだ。

だがどういうわけか、墨絵は下側が破け、そこだけ漆黒の世界が広がっている。

そこに視線を注いでいると、空気がふわりと揺らいだ。目を転じると、墨絵の世界に完壁に溶け込んだ、モノクロの山岸聡介と虎がいた。

灰色の地面に立って、明理は色を失った山岸聡介をじっと見上げる。

山岸に意識はないようだ。赤ん坊のように膝を抱えて丸くなっていた。

「……情けない」

明理はゆっくり拳を握ると、眼光鋭く山岸を睨みつけた。

「そんなところで赤ちゃんみたいに丸くなって。何をしているのよ、お父さん」

感情を押し込めたような声で低く問う。だが山岸からの返事はない。

「お父さん、聞こえているんでしょう？　この前みたいに、今日もそうやって返事をしないでただ黙り込むだけ？」

「……」

「覚えている？　わたしに言ったこと。わたしは覚えているわよ。一生忘れない」

娘の低くくぐもった声に、山岸の瞼《まぶた》が微かに震えた。

「『こんな情けない父さんなんて、母さんの代わりにとっととといなくなってしまえばよかった』『おまえだって血の繋がらない俺より母さんが生きていてくれた方が嬉しいだろう』」

山岸の双眸が、カッと見開かれた。

明理の握られた拳も唇も声も震えている。それでも明理は泣かなかった。

「よくもそんなことが言えたものだわ。お母さんが聞いたらきっと張り飛ばされるでしょうね」

きっかけは些細なことだった。

大学生の明理は、親に授業料を出してもらっているのだから、と日々勉学に励んでいた。そんな真面目な明理だが、まだ十九歳。勉強以外にもやりたいことはたくさんあった。

その日は、たまたま忙しい日だった。サークル活動のほか、最近始めたアルバイトも入っていた。アルバイトの前には、短時間ながら高校時代の友人と久しぶりに会う約束までしていて、ところが運悪く小学生の弟が高熱を出してしまったのだ。

予定はすべてキャンセル。仕方がない。弟の熱はすぐに下がったし、それは本当によかった。だがその時、山岸に愚痴めいたことを言ってしまったのだ。

サークル活動、今日はOBが来て、面白い話を聞かせてくれるはずだったから残念。久しぶりに友達に会いたかったなぁ。

アルバイト先の人たちに迷惑をかけちゃったから、次のバイトがちょっと憂鬱《ゆううつ》。

そんなことを、つらつらと口にしていた明理に、突然山岸はムッとして言ったのだ。

『おまえを家政婦のように使って悪かったな』

と。これが発端だった。

明理は自分を家政婦だなんて思っていない。父と弟の世話は、嫌々やっているわけじゃない。たまに、もう少し自分の時間が欲しいなと思う時は、ちょっと睡眠時間を削ったり時短料理にしたりやりくりすれば、どうにかなる。

だから明理は、山岸がそんなことを言うなんて思ってもみなかったのだ。

いつもそうだった。父は、今日の料理は美味しかったなとかいつもありがとうとか、そういう、些細だけれど日々のちょっとしたことで声をかけてほしい時は絶対言わず、まさかと思うような突飛なことを口にする。

互いの言葉が小さな棘《とげ》となって、心を傷つけた。その傷を相手に見せたくて——わたしはあなたの言葉で傷ついたのだ、と言いたくてたまらなくなった。

そこから先は、互いに引っ込みがつかなくなった。普段ならば流せた言葉が、態度が、この時はどうしても無視できなかった。そうして明理は言われたのだ。

『おまえとは血の繋がらない俺が、母さんの代わりにいなくなればよかったんだ』

と。

なんてひどいことを言うのか。

外ではビッグマウスの山岸だが、家ではほとんど喋らない。

扱いづらい父親なのだと、明理は半ば諦めていた。外で戦っている父だ。言葉尻を捉えて針を丸太くらい大袈裟《おおげさ》に話す世間の目がない家では寛いでいてほしかった。

父の仕事ぶりは尊敬している。普通の感覚では、あんな脚本は書けない。だからちょっと変わっていても仕方ないのだ。

明理はずっと、それこそ母を亡くした当初から、そう思っていた。そうやって父を甘やかしてきたのだ、明理自身が。

（……それは多分、血が繋がっていないから、というのも理由のひとつなのかな）

明理の抑えた声音を隣で聞きながら、晴人は密かに息をつく。

「わたし怖かったのよ。お父さんが、血の繋がらないわたしなんていらないって、いつか言うかもしれない、って」

家族にだって気遣いは必要だ。特に血の繋がらないふたりだからこそ、禁句はある。それは遠慮ではない。最低限の、思いやりだ。

だがこれまで築いてきた親娘《おやこ》の絆《きずな》が、あのひとことで無残に砕けた。

「お父さん、わたしは今もあの言葉を許せないんだよ」

あんなに簡単に、自分がいなくなればよかったなんて言ってしまう父が、どうしても許せない。まだまだ生きたかったに違いない母を送りながら、どうしてあんなことが言えるのか。

「俺は、言葉が下手なんだよ……」

晴人が初めて聞く山岸の声は、明理以上に震えていた。

「文章はじっくり考えて書ける。推敲《すいこう》もできる。だが口から出てくる言葉は制御できない。飾ったり押し込めたりできないんだ」

「喋るのが下手だから、想いを伝えるために物書きになったことは知ってるわ」

「知っているなら」

「それが嫌なの。『自分はこういう人間なんだ。今までこうやって生きてきたんだ。いまさら変われない。だから許容してくれ』って当たり前のように思っているところが！」

「……っ」

「自分が変われないから相手を傷つけてもいいの？　傷つけられたわたしの心は？　お父さんにあんなことを言われて、どれだけ傷ついたかわかる？　わたしばっかり、どうして傷つけられなくちゃいけないの⁉」

明理は目に涙を浮かべながら叫んだ。

ここまで言われても、父親はひたすら黙り込むばかり。

(何か、言ってあげられないのか)

この場に居合わせただけの晴人ですら、ジリジリとそう思うのだから、明理の心情はいかばかりか。想像するだけで胸の内をやすりで擦られたような痛みを覚える。

「でも」

「……」

「でも、お父さんがそうなったのは、わたしのせいでもあるのね」

ひどく掠れた声に、ハッとする。

聞きたい言葉は与えてもらえず聞きたくない言葉は口にする父。けれどそんな父を、娘は自分のせいでもあると言って、憤りや悲しみをぐっとのみこむのだ。

「お父さんは、変わらないのね……」

明理は疲れきったように、ぐったりと肩を落とした。

(……このままじゃ、彼女は)

父親に言われた言葉を抱え、一生傷ついたままなのではないか。

うつむく明理の痛ましさに、晴人の胸までも痛む。

晴人は口を噤むばかりの山岸聡介へと視線を向けた。だが目が合ったのは山岸ではなく、今までずっと黙っていた、モノクロの虎だった。

虎は目が合うなり、ぐぅん、と迫ってきた。

【ヒドイ、父親ダ】

虎は晴人ではなく、明理へと顔を寄せた。

消沈していた明理だったが、突然虎に話しかけられたことで、ぎょっとして小さく飛び跳ねた。

【ヨウコソワタシノ世界へ】

「と、虎が、喋った……」

愕然《がくぜん》とする明理の横で、オオカミに続いて虎までも喋る世界に、晴人は頭を抱えたくなる。

もしかして、以前『もうし、もうし』と声をかけてきたのは、この虎なのだろうか？

【聡介ノ娘】

びくっ、と震えた明理は、思わずといったように晴人の腕を強く摑んだ。

虎が牙を見せる。まるで笑っているかのようだ。

【聡介ニハ、ワタシノ話ヲタクサンタァクサン聞イテモラッタヨ】

「は、話って……」

すると虎は、鼻先が触れそうなほど明理に顔を寄せてきた。明理は小さく叫んで、晴人にしがみつく。

【聞イテクレルカ？　聞イテクレマイカ？】

晴人と明理の周りをぐるぐる回りながら、虎は歌うように繰り返す。

【ノウ、聞イテクレルカ？】

（聞く、と言っていいのか？　だけど聞かなければどうしてこんなことになったのかさっぱりわからないし）

言いかけ、けれど人ではないモノと接する時にはじゅうぶん注意をしなければならないことを、主様の件で学んでいる。慎重にならなければと思った矢先、

「き、聞くわ」

「あ」

虎からの圧に負けて、明理の方が、先に答えてしまった。

虎はニィ、と笑った。

⛩

わたしには妻と二頭の子がおりました。

妻は名工左甚五郎の手によるものでして、大層美しく、生まれた時から今に至るまで人々に賛美され続けております。わたしはそんな妻と子たちを誇らしく思っていました。対してわたしは、墨絵の世界の虎。色はなく名のある人物が描いたものでもなく、価値など少しもない。

それでも美しい妻と子の存在は、わたしの心を豊かにし、誰よりも彼女たちの幸せを願っていました。

ある日のことです。わたしと妻の間に、もう一頭の子が産まれました。その子もまた美しい色のついた美しい世界で、人々から美しいと賛辞されるであろうと思っていました。けれど最後に生まれた一頭は、光の当たる世界ではなく、ここ――墨絵の世界の虎になってしまったのです。

薄墨色の虎は、滔々《とうとう》と話す。それを、晴人と明理は言葉もなく聞いていた。


最後に生まれた子は、母の存在を恋いました。

母に会いたい。母の場所へ行きたい。母と一緒に暮らしたい――と。

わたしは最後の子が不憫《ふびん》でなりませんでした。どうにかしてこの子を母に会わせてやりたい。

そう思い続けたわたしは、ある日意を決し名工のもとへと参じ、頼んだのです。

【この子を母の元へ送ってやってはくれませんか】

と。

名工は快く引き受けてくれました。

ただし、と名工は付け加えました。

「この墨絵の中に子虎は残せない。同じモノが世にふたつあってはならないからね。子虎の部分は破かなければならないよ」と。

わたしは、それでわたしの子が妻とほかの二頭とともに、光の中に生じてくれるのならばと、喜んでうなずきました。

そしてこうも言われました。

「墨絵を破くことで、この絵は不完全になる。すなわち墨絵の中にいるお前もまた、不完全な存在になる。それでも？」

【不完全】

「揺らぐ世界の獣となるのだよ」

妻にも子にもお前の姿が見えなくなる。声も聞こえなくなる。触れられなくなる。

「それでも？」

名工は重ねてわたしに問いました。

ひとつ前の問いにはすぐにうなずけましたが、その問いにはとても悩みました。

それでも、母を恋い毎晩泣く我が子が幸せになるのならば、と――うなずいたのです。

「……子どもの、ために」

密《ひそ》やかに呟いた。

それからわたしは妻にも子にも会えなくなりました。そして名工の言った通り、不完全な墨絵の中のわたしは、不完全に揺らぐ世界の獣となったのです。

聞けばなんとも可哀相な虎だ。だがなぜこの虎が、山岸を捕らえて離さなかったのか。墨絵の虎が、ゆらりと揺れた。

いとしい妻と子のためです。わたしが抱えるやりきれなさなど耐えてみせましょう。耐えて、耐えて、耐えて、どれほどの時が経ったでしょう。誰もわたしの存在など気にかけない。否、わたしの存在を知る者は誰もいない。

実際、端の破れた墨絵は蔵の隅に放られていました。

このまま消えても悲しむ者はいないのだろうなと、そう思ったら、妻と子に会えない寂しさとはまた別の寂しさに襲われたものです。

そんな時です。

わたしが描かれた墨絵が置かれた蔵——その隣の家が、火事になったのです。

火は丈夫な蔵の塀を焼きました。そうしてごくごく狭く開いていた窓へと、炎の舌を伸ばしてきたのです。

掛け軸に火の粉が触れた途端、蔵の中は炎に巻かれました。

燃え盛る炎に、蔵の中のものは次々と焼かれてゆきます。わたしが描かれた墨絵にも火がついた、まさにその時、わたしは思ったのです。

わたしは、わたしの寂しさを誰かに知ってほしい。

わたしと同じ悲しみを持つ者に。そして共感してほしかったのです。正しいと言ってほしかったのです。子を妻の元へ送ったわたしの選択は正しかったのだ、と。

強く、心の底から願ったのです。


するとどうしたことでしょう。

描かれたわたしは紙から飛び出したのです。そして妻と子のような質量と色を得た。

自由を得たのです。

自由になったわたしは、妻と子のそばで過ごすことにしました。けれど身体は得ても、妻たちにわたしは見えないようなのです。

話しかけても、妻も子も反応はありません。

その時、名工の言葉を思い出しました。

わたしは『不完全な揺らぐ存在』になったのだ、と。

だからこうして姿を変えても、妻たちには見えないのだ、と。

そのことに消沈せずにはいられませんでした。

そばにいるのに、話せない。わたしの寂しさは埋まらない。

誰か、どうか、わたしの話を聞いてほしい。

わたしの選択は正しかったのだと言ってほしい。

(だから、山岸さんをさらった?)


彼は、わたしの話をたくさん、たくさん聞いてくれました。

わたしが彼に声をかけたのは『喧嘩をした娘と仲直りができますように』と真剣に願う心の声が聞こえたからです。

ああ、羨《うらや》ましい。羨ましい。諍《いさか》いをし合えるということは、そばにいるということ。わたしのように揺らいだ存在になってしまえば、妻や子たちと、触れることはおろか話すこともできない。

羨ましい。本当に羨ま、シイ――。


(声、が……変わった?)


不穏な声色に身じろぎした次の瞬間、墨絵の虎に、じわじわと色が滲んでゆく。

質感を持たない紙のようにペラペラの虎が、やがて鮮やかな炎の色を纏った、美しくも獰猛な獣へと変化した。

【ワタシハ正シカッタ】

【ワタシハ正シカッタ】

【ワタシハ正シカッタ】

【ケレド間違ッテイタ】

「……え？」

【ワタシハワタシ自身ヲ寂シイ存在ヘト陥レタノダ】

「……」

【子ヲ妻ニ渡サナケレバ、ワタシハ独リニハナラナカッタ】

【不完全ナ存在ニモナラナカッタ】

【正シカッタノニ間違エタ】

炎の色を纏った雄虎は、明理へとさらに顔を近づける。

【不甲斐ナイ父ヲ許ス、心根ノ美シイ娘ヨ】

「……」

【ワタシノ子ニナレ】

明理は雄虎の火に、一瞬で囲まれた。

「きゃあ！」

「明理さん！」

咄嗟に腕を伸ばして明理を引き寄せようとしたが、あまりの熱さに思わず手を引っ込める。

だが炎の真ん中にいる明理は、熱さを感じていないようだ。

火を払おうとして、けれど赤々と燃える炎は消えるどころか一層大きく火柱をあげた。

「……っ！」

「な、なに……？」

（ど、どうすれば……！）

「ようやくその姿を現したかよ」

うろたえる晴人の後ろから、のんびりとした声が聞こえてくる。

「ぬ、主様‼」

すっかり忘れていた存在を目にした途端、晴人はハクロウくんにすがりついた。

「明理さんが！」

「触るなって何度言わせりゃ気が済むんだ」

「それより明理さんを助けなきゃ」

「なんで俺が」

「いや、炎に巻かれてるんだぞ。助けない方がどうかしてるだろうが！」

「訂正。なんで俺たちが、だ」

「……え？」

「娘の危機だ。こういう時は親の出番だろうが」

晴人は上空を仰ぐ。だがモノクロの山岸はこちらを見ておらず、膝を抱えて宙に浮かんでいた。

　晴人はぐっと唇を引き結んだ。

「主様、山岸さんのところに行きたい」

「じゃあ飛んでけ」

　主様が晴人の背を威勢よく叩《たた》いた。

　と、それがどんな作用を齎《もたら》したのか、晴人の身体がふわりと浮いた。

「わ、……うわぁ」

　不安定な状態に若干の心細さを感じたが、竦んでいる暇はない。

「そのまま行け」

　さらにパンッ、と背中を叩かれた晴人は、一直線に山岸のもとにまで飛んだ。

「わあっ！」

　勢いが良すぎて、丸まっていた山岸に正面から思いきりぶつかる。かけていたサングラスが落ちるほどの衝撃に、山岸はぎゃっと叫んで目を見開いた。

「山岸さん、現実逃避してる暇なんてありませんよ！」

「え、……君、誰」

　そのまま墨絵の山の方に飛んでいきそうな山岸の腕を摑んで、晴人は口早に告げる。

「俺のことはどうでもいいですから、明理さんの危機ですって！」

「……え」

（全然見てなかったのか！）

この事態を引き起こした張本人だというのに、明理をあんなに傷つけたのにと、もどかしい思いでいっぱいになる。

サングラス越しではない山岸の目は、まるで子供のようにまるく、あどけなさささえ感じさせる。そんな山岸の首根っこを掴んで、ぐいと下方へと向けた。

「娘さんの、危機です」

「あ、明、理？」

「虎に娘さんを奪われていいんですか、――お父さん！」

次の瞬間、山岸の双眸がカッと見開かれた。さらにモノクロのその身が鮮やかに色を取り戻す。

「明理ぃぃぃぃ――！」

怒号とともに、山岸の身は明理と雄虎へと猛禽類《もうきんるい》のように急下降してゆく。そしてあっという間にモノクロの地上に到着するや、下降の勢いのまま炎を纏う虎に激突した。

【ギャッ】

「きゃあ！」

「うわっ」

衝撃に驚いたのか、虎の纏う炎が淡く消えかける。

地面に転がった山岸は、つかの間動けずにその場にうずくまったが、よろよろと立ち上がった。

【出来損ナイノ父親ヨ。娘ヲワタシニ寄越セ】

獰猛な牙を覗かせながら、雄虎は山岸の目前まで迫った。だが山岸はガタガタ震えながらも、懸命に首を横に振る。

「あ、あ、明理は」

【オ前トハ血ガ繋ガッテイナイデアロウ】

「そ、そ、そう、だ。血は、繋がっていない」

その言葉を受けて、明理はぎゅっと目を閉じる。

「だが、家族だ……！」

山岸はそう叫ぶと、明理を背に庇《かば》った。

「俺は、情けない父親だ。いつも娘に支えられている。明理がいなければ、俺の生活などとうに破綻しているだろう。――許す娘に甘えていたんだ……」

「……」

「あ、明理」

頼りなく震える声で名を呼ぶ。

「人が、変わるのは難しいな……。父さんはこれからも、不必要なことばかり言ってしまうかもしれない。そのたびに、明理を傷つけてしまうかもしれない」

「……」

「先に謝っておく。――すまない、……変われない父親で、本当にすまない」

明理は拳を握った。

「未来で失敗することを先に謝るより、この前のことを、謝るべきじゃないの」

「え？」

「『いなくなった方がまし』って言ったことよ！」

振り返った山岸は、あ、と小さく口を開け、そのまま言葉を失う。

今までずっと泣くことを堪えていた明理が、ぽろぽろと涙を零していた。

「も、もう、言わないで。たとえ思ったとしても、絶対に、言わないで」

山岸は何度も、何度もうなずいた。

「すまなかった。本当にすまなかった」

明理の頰を転がる涙にうろたえながらも、山岸ははっきり謝罪を口にする。

「遅い！」

父へとすがりついたのは一瞬のこと、握った拳で、その胸を叩く。

「い、いたい……、明理、もう少し加減してくれ」

胸への打撃は、痩身の山岸に相当痛みを与えたようだ。咳《せ》き込んで苦しそうだったが、ハラハラしながらそばでふたりを見守っていた晴人は、大きな安堵の息をついた。

（よかった……）

謝れない父が、とうとう謝ったのだ。

山岸は自分を変われない父親と言ったけれど、今まさに変わったのではないか。

ふたりの和解を心から嬉しく思う晴人だったが、すぐに背後から立ち上る炎の存在を思い出して、身を強張らせる。

【娘ヲ寄越セ】

地の底から轟々《ごうごう》と響くかのような低い声に、三人はともに息を止めた。怒りの主を恐る恐る見やれば、先刻より倍以上も巨大になった虎が、紅蓮《ぐれん》の炎を纏いながら一歩一歩進み寄ってくる。

近づくに連れ、本物の炎のように熱を感じる。じりじりと後ずさるも、虎はさらに距離を縮めてきた。

【娘ヲ寄越セ】

吐く息すら熱い。

【寄越セ】

「い、嫌だ」

山岸は夢中で首を横に振る。虎の纏う炎が、灰色の空を焼かんばかりに噴出し、恐ろしいほどの勢いで襲いかかってきた。

（も、もうダメだ……！）

悲鳴をあげる間もない。ただ大きく目を見開いて、襲い来る虎の軌跡を見ることしかできなかった。

虎が太い前肢を振り上げたその時、グゥ、と奇妙にくぐもった声が耳を打った。

不自然に宙に留まる虎を、晴人たちは呆然と見上げる。

虎は、どういうわけか紐《ひも》のようなもので縛《し》められていた。

「人間を襲ったら仕舞いだぜ。炎虎《えんこ》よぉ」

紐のようなものの先へと、視線を滑らせる。そこにいたのは――

「ぬ、主様……！」

灰色の地面にしっかり足を踏ん張ったハクロウくん――主様が、首元に巻かれていた注連縄を使って、虎の動きを止めていたのだ。

【グ、ゥ……】

「その娘はてめえの子じゃねえだろうが。どんなに不出来でも娘の父親はアレだ。てめえの出る幕はねえ」

【グ、グ……】

「てめえが妻と子の幸せを願った、正しいと信じた道じゃねえか。だったらアヤカシなんぞになることなく、てめえの命が尽きるまで正しき道を突き進め」

主様は一切の躊躇もなく、注連縄を引っ張った。紙垂がひらりと揺れる。ハクロウくんの毛を焼かんばかりに近づく虎に躊躇せず、なおも顔を寄せる。

「ここでおさらばだ。命が潰《つい》えたら、空からてめえの妻と子を見守ってやれ」

ハクロウくんに火が移ったかとゾッとした晴人だったが、炎は一瞬で消失した。と同時に、巨大な雄虎がみるみるうちに小さくしぼんでゆく。炎の色も失せ、最後にはモノクロの、紙のような存在に戻っていた。

主様は器用に虎をくるくるとまとめると、顎を上げてふん、と呟いた。

「帰るぞ」

主様の言葉が聞こえるや否や、晴人たちは不思議な灰色の世界から、秩父神社の本殿前へと戻っていた。

「あ……」

雄虎のモノクロの世界に引きずり込まれた時には、夜の闇に沈んでいたのに、東の空がすでにうっすらと明るくなっていた。

「あ、あなたたち、まだ参拝時間ではありませんよ」

境内を掃き清めていた巫女さんが、目を丸くして三人プラス着ぐるみ一行に駆け寄ってきた。

「す、すみません……！　気が急いてしまって！」

すぐに出ていきます、と急ぎ歩き出す。

ぼうずやぼうず。

その時だ。

晴人の耳に、聞き覚えのある声が飛び込んできた。
振り返る――が、誰もいない。

ぬしさまをお連れいただき礼を申す。

ありがとう。

ありがとう。

我が夫を助けていただき、ほんとうにありがとう。

「……母虎？」
晴人は、三頭の子虎の母虎を見上げる。もちろん動かないし、喋ることもない。けれど
昇る太陽の光を浴びる母虎と子虎が、なんだか笑っているように見えた。

⛩

「すごい体験をしたなあ！」

数日間、虎に捕らわれていたにしては異常に元気な有名脚本家は、娘より早足で歩く。

「今回あったことを今度ホンにしよう。やぁいい経験をした。明理、早く帰るぞ」

明理は半眼となり、父親の背を思いきり叩いた。

「痛い！　何を……」

「その前に！　迷惑をかけたことを、一ノ瀬さんと、えっと、ハクロウ？　くんに、謝ってちょうだい。それからお父さんを捜してくれた青年会や市内の人たちにもよ！」

「……、……」

山岸は目に見えて不服そうな顔をするが、娘の鋭い視線を受けて、晴人と主様に向けて、ぼそぼそと謝罪の言葉を口にした。

「聞こえない」

だが娘は容赦なかった。

「あ、……聞こえたので」

「一ノ瀬さん、父を甘やかさないでください」

「あ、ハイ……」

「わたし、これからスパルタでいくことにしました。駄目なことは駄目って、母の代わりに父を教育していきます。もう絶対甘やかさないから」

「……」

えー、と口を尖らせる子どものような父親の再教育は相当困難に違いない。それでも真面目な彼女は、父のために遂行するのであろう。

だから晴人が言えるのは、これだけだった。

「がんばって」

山岸親娘は、迷惑をかけたことへの詫《わ》び行脚を終え、東京に帰った。

無事戻ってきたことを皆とても喜んでいて、それを嬉しく思ったのであろう、山岸は青年会の新井たちへ、「いいホンにします。期待していてください」と笑顔で言っていた。山岸は青年会のメンバーと同年代だ。話が合ったようで、放っておくとそのまま酒宴になりそうなところを、明理に引き摺られて帰っていった。

帰り際今度来た時には飲みましょう、と約束をしていた。

「主様、ありがとう」

主様がいなければ解決しなかった今回の事件だ。頭を下げて礼を言うと、

「ああ疲れた疲れた。あとで小豆飯を持ってこい」

（え、今回のは、この前供物として腹を壊すほど食べた小豆飯の分じゃあ……）

口にはしなかったが、主様には筒抜けだ。じろりと睨まれて、晴人は慌ててうなずいた。

「じゃあな」

そう言うや、ハクロウくんが、くたりとその場に崩れ落ちた。

「え、……えっ、主様？」

ハクロウくんを持ち上げるが、自立はしない。

「主様？」

辺りを見回しても、オオカミの姿はどこにもなく、それから何度も呼びかけたが、主様からの返事はなかった。

「あとでハクロウくんを引き取りに来るので、盗まれないよう見張っていてくださいね」

「こんなところにやってくる酔狂《すいきょう》モンなんて滅多にいねえよ」

祠の中から、そんな声が聞こえてきたから、晴人は小さく苦笑した。

ハクロウくんを入れてきた袋は自宅に持ち帰ってしまった。着ぐるみはむき出しのまま持って行くわけにはいかない。どこに子どもの目があるかわからないからだ。

晴人はハクロウくんの毛並みを整えると、祠の脇に、丁寧に置いて境内をあとにした。

その後家に戻って祖母に事の顛末《てんまつ》をざっくり話したあとで職場に戻り、なんとか仕事を終わらせたのは、午後八時過ぎだった。

ちなみに智恵子は、定時にきっちり仕事を終わらせ、午後六時には印刷店をあとにしている。

電気を消して施錠し、自宅に帰る前に、お社へと向かった。朝置きっ放しにしていたハクロウくんを持ち帰るためだ。

小さな鳥居脇の砂利道に歩を踏み出した時、晴人はふと違和感を覚える。

「……明るい？」

先日来た時には、砂利道——参道には灯りはなく、真っ暗だったはずだ。

「あ、灯籠に灯りがともってる、のか」

竹林に埋もれるようにひっそりと設置されていた石灯籠に、火が入れられていた。

「……危なくないのか？」

竹林の中に火なんて、と覗き込んだ晴人は、目を瞬かせる。近づいてもまったく熱くなかったのだ。

「これ、……本物の火じゃないのか？」

もしかして、主様が灯してくれているのだろうかと首を傾げながら、格段に進みやすくなった参道を進んだ。

「主様、ハクロウくんを引き取りにきました」

ほんのりと照らされた境内までやってきた晴人は、祠の脇へと進む。

「……あれ」

ハクロウくんが、ない。

「おかしいな、ここに置いたのに」

晴人はぐるりと祠を一周した。だが、見当たらない。

（な、い？）

「ぬ、主様‼　主様、いないのか⁉」

ハクロウくんは晴人のものではない。紛失してしまったなんて、とんでもないことだ。

「主様‼」

だが、何度叫んでも主様からの返事はない。

いない？　それとも無視しているのか？

祠の木戸を叩きたい衝動に駆られたが、そんなことをしたら罰が当たるのではないかと思うと、暴挙にでることはできなかった。

ハクロウくんがないということは、主様が中に入って境内から出た可能性が高い。

晴人はやみくもに捜しに走ろうとし――まずは家に戻ってみよう、と全速力で祖母の待つ一ノ瀬家へと帰る。

「お帰りなさい、晴人、……どうしたの、そんな息を切らして」

「ただいまっ、ばあちゃん、あの、主様が、ハクロウくんがっ、いなくなっちゃったんだ！」

「ん？」

寿々はまるで少女のように首を傾げた。

「ん？　って？」

「今日は晴人の大好物のカレーよ」

「え？」

寿々は、ふふ、と笑う。

その笑みを見て、晴人はあっと声をあげた。急いで靴を脱いで居間へと急ぐ。

そこには、まるでここが自室であるかのように寛ぐハクロウくんがいたのだ。

「……」

「寿々、小豆飯はまだか」

「はい、ちょっと待ってくださいね」

「ぬ、主様？」

「おう。お前があんまり遅いからやってきたぞ」

「遅いって……」

「供物を持ってくると言ってたじゃねえか。まさか、しらばっくれるつもりだったんじゃねえだろうな」

「え、いやそんなつもりは……、ていうか、俺今の今まで仕事してたんだけど」

「お仕事お疲れさま。晴人、手を洗って着替えていらっしゃい」

のんびり口を挟んでくる寿々が持つ盆の上には、小豆飯とカレー皿が置かれている。食欲をそそるスパイシーな匂いに、晴人は慌ただしく洗面所へと向かった。


「いただきます」

ルーの上に半熟の目玉焼きを載せたポークカレーは、小学生の頃からの好物だ。

一口食べて、しみじみと「美味《うま》い……」と呟く。

昨日から寝ていない晴人の身に沁《し》み入る美味さである。

半分食べたところで、晴人は満足そうに小豆飯を食するハクロウくんをチラリと見た。

「やはり寿々の小豆飯は格別だな」

「今回は孫がいろいろお世話になりましたからね。たくさん食べてくださいな」

「おう。もう一膳」

「はい」

会話の八割方この前と同じではないか。

「主様、どうぞこれからも孫をお願いしますね」

「……？」

(これからも？)

いやいや、こんな不思議なことなんて、そうそうないだろう。

(ない、よな？)

カレーを掬《すく》ったまま、晴人は動きを止めた。

「晴人」

「う、うん？　何？」

「主様にお名前をつけて差し上げたの？」

「は？」

「『主様』って、つまり『神様』や『王様』と同じなの。これから一緒に過ごすのだから、ちゃんとしたお名前が必要でしょう？」

「す、寿々？」

主様は、突然何を言うのかと目に見えて慌てだした。

――大丈夫よ。

つい先日の、祖母の声を思い出す。

『大丈夫よ。もし大丈夫ではなくなった時のために、晴人にはとっておきを教えておくから』

主様を人の世に解き放ってもいいのかと心配する晴人に、寿々は耳打ちをしたのだ。

『お名前をつけて差し上げれば、大丈夫』

と、そう言われたことを覚えている。

(名前をつけるって、何か特別な意味でもあるのかな?)

「寿々、馳走になった」

そそくさと主様は立ち上がった。

「もう召し上がらないのですか?　主様にと、小豆飯を五合炊いたのですけど」

うぐ、と主様はうめく。

小豆飯は食べたいが名前はつけられたくない、というところだろうか?

「名前」

「ええ、お名前」

寿々はにっこり笑う。

「えーと、主様、俺、名前つけてもいい?」

主様はぐるんと顔を向けてきた。ハクロウくんだから、表情は変わらない。にもかかわらず、非常に焦っている様子がうかがえる。

「いや、嫌だったら別につけないけど、でも名前がないと不便だし」

「主様でよかろう！」

「外でそう呼ぶとおかしく思われるんじゃないかな。あ、ハクロウくんだから、ハクってどう？　ハク」

この時晴人は、あくまでも名前の候補として、口にしたのだ。だが主様は呼ばれるなり、ぎくりと身を震わせ――部屋から脱兎《だっと》のごとく出ていってしまったのである。

啞然として主様を見送った晴人は、ぎこちなく寿々へと顔を向ける。

「名前、決まったわね」

よかったこと、とうなずく祖母に、

「……俺、主様の名前をつけたことになっちゃった、のか？」

「何かあった時は『ハク』とお呼びなさい」

祖母は何もかもを承知しているようだ。

「あのさ、ばあちゃんにいろいろ教えてもらいたいことがあるんだけど」

「そうね。おいおいね」

穏やかに微笑する寿々が、実のところ最強なのではと、晴人は内心でそっと溜め息をついたのだった。

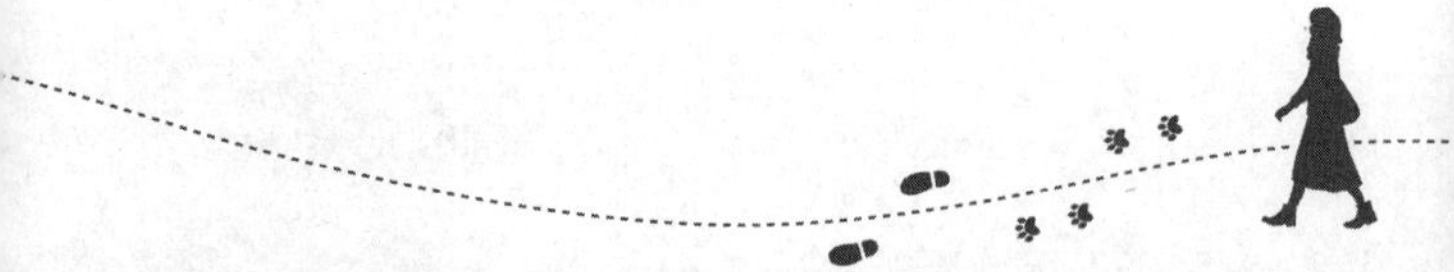

第二話　饒舌な神・寡黙な影

彼女は色とりどりの花々がパッと開いたような鮮やかな笑顔を、晴人《はると》へと向けてきた。

ラベンダーアッシュのふわりとした髪は鎖骨にかかるくらいの長さで、濃い睫毛《まつげ》に縁取られた二重の瞳は、吸い込まれそうなほど大きく魅力的だ。

小さな鼻、艶のあるふっくらとした唇、細い顎、毛穴なんて存在しないかのような真っ白な肌。

見る者の視線をくぎづけにせずにはいられない輝きを放っている。

(同じ人類とは思えないくらい、キラキラしているなぁ)

晴人は目を瞬かせながら、内心でそう呟いていた。

「よろしくお願いしますね、えっと、一ノ瀬《いちのせ》くん」

可憐かつ滑舌のいい声音で名を呼ばれ、晴人はハッと我に返る。そうして、え、えっ？と辺りを見回すと、途端に周囲からの羨望《せんぼう》とも嫉妬とも取れる鋭い視線を感じて、なおも戸惑う。

「あの、俺、ですか？」

「そう、あなた」

当惑する晴人の背中を、隣に立つ新井《あらい》が、バンバンと叩いてくる。あまりの勢いに、むせたくらいだ。

「浅倉凛《あさくらりん》ちゃんからの御指名だ。心して案内してやんな！」

新井から彼女――浅倉凛へと目を向けると、にっこり微笑む。テレビドラマでよく観る、完璧な女優の表情で、魅力的すぎて挙動不審になりそうだ。

「わたし、以前から秩父に興味があって行ってみたいなぁってずっと思っていたんです。だから今回ここでロケがあるって聞いてもう本当に嬉しくて！　皆さん、よろしくお願いしますね」

彼女はそう言って、晴人を始め、ちちぶフィルムコミッションのメンバーひとりひとりに真っ直ぐな視線を向けてきた。

「が、がんばります。こちらこそよろしくお願いします」

新井も、その隣の島田《しまだ》、大野《おおの》も、カクカクとぎこちなくうなずく。いずれも四〇代半ばの男たちだが、まだ二十歳《はたち》前の凛の大物感に、完全にのまれているようだ。

「じゃあ、一ノ瀬さん？　凛ちゃんのこと、頼みますね」

凛のそばに立つのはマネージャー……と思いきや、今回秩父にやってきた映画『ちちぶ妖精物語』のロケハンメンバーのひとりだった。

「取りたての免許が早速役に立つな」

新井にまたしても背中を叩かれる。

都内在住中は車が運転できなくても特に不便はなかったが、秩父に戻ってきてからは免許があればと思うことが何度もあった。これからも秩父で暮らしていくにあたり、さらに必要になるだろうと考え、早々に免許取得に乗り出したのだ。

就業前後と、さらに休日をすべて使って、先日ようやく本免の試験に合格したのである。

凛はつかつかと歩いてくると、晴人の前に立った。そして無造作に指を伸ばすと、晴人のセーターを軽くつまんだ。

（わ……）

「まずは三峯神社に参拝したいな。あと見られるなら雲海も！」

朗らかな声と一点の曇りもない極上の笑顔に、晴人は言葉もなく、ただただ小刻みにうなずくばかりだった。


映画『ちちぶ妖精物語』の脚本家である山岸聡介《やまぎしそうすけ》は前回と前々回、プロデューサーとともに秩父にやってきたが、ほかの映画スタッフを伴ったことは一度もなかった。

完成稿が上がったため、撮影スタッフたちがロケーションの確認をしたいと、晴人が所属するちちぶフィルムコミッションに一報が入ったのが二日前のことだ。

山岸とプロデューサーが念入りにシナロケを敢行したために、ロケをする場所はほとんど決まっている。各方面への打診もすでに済んでいるのだが、プロの撮影スタッフの目から見てその場所が適しているのか確認するために今回やってきたのだという。

今回山岸は同行していない。撮影スタッフ三人が夕刻に到着し、翌早朝からロケハンをするという手はずで、明日仕事が休みの、酒屋の店主である大野と晴人が同行することになっていたのだが……。

「あら、じゃあヒロイン役の子のお世話を、晴人がするのね」

「……てことになったみたい」

祖母の寿々《すず》と並んで夕食の準備をしながら、晴人は苦笑を零した。

撮影は今月末からだし、まだ俳優がやってくる段階ではない。先日来たメールでは、スタッフだけと書いてあったために、もしかしたら浅倉凜の同行は、向こうも予定外の出来事だったのかもしれない。

「『撮影前に秩父の雰囲気を感じたかった』って言ってた」

「真面目な子なのね」

だがロケハンには同行せず、自分の足で秩父の街を歩いてみたいのだという。ひとりでの行動は控えた方がいいと案じる撮影スタッフから頼まれて、晴人が凜を案内するという話になったのだ。

「おーい寿々、まだかぁ？」

コタツの置かれた和室から、のんびりとした声がかかる。

台所に立つふたりは、顔を見合わせた。晴人はうっすら眉間に皺を寄せるが、

「はーい、今参ります」

寿々は鷹揚《おうよう》に返す。そして炊飯器の蓋を開けると、茶碗に小豆飯を大盛りでよそった。

「晴人、持って行ってちょうだい」

「うん」

盆の上に茶碗と湯呑みを乗せて和室まで持っていく。

「遅い」

コタツでテレビを観ながらふんぞり返っているのは、白い狼――の着ぐるみだ。

「いつもの夕食より少し早いくらいだけど、……ていうかさ、なんで主様がいるわけ？」

「寿々が、腹が減った時にはいつでも家に来てくださいって言ったからだよ」

ふん、と鼻先を上げる。着ぐるみだから表情は変わらないが、勝ち誇ったような態度に、晴人は内心でうーん、と唸った。

一ノ瀬家の守り神、のようなものらしい主様ことハクは、寿々のつくる小豆飯が大のお気に入りで、しょっちゅうやってくる。これではお供え物としてありがたみがなくなるのではないかと晴人は思うのだが、ハクは毎回初めて目にするごちそうのように、それはそれは嬉しそうに食べるのだ。

どういうわけか飼い猫の椿《つばき》はハクのことが気に入っているらしく、彼がやってきた時には右隣が彼女の定位置であった。

（オオカミの主様に猫の椿が懐くなんてなぁ）

大きな毛の塊を怖がらない猫を不思議に思うが、ハクの手にじゃれつく黒猫の椿は大層可愛らしい。

晴人が椿にゴハンを用意している間に、祖母も居間までやってきた。

「はい、お待たせしました」

ぐつぐつと煮える土鍋をコタツの天板の真ん中に、続いて二人分の茶碗と湯呑み、空の呑水《とんすい》を置く。晴人が鍋の蓋を開けると、美味しそうな匂いとともに湯気が立ち上った。

今日の夕飯は石狩鍋《いしかりなべ》だ。

「お、美味そうだ」

土鍋を覗き込む着ぐるみに、晴人はうっすら目を細めた。

「……主様小豆飯以外食べられるの？」

「食えねえわけじゃねえよ」

「え、そうなんだ」

「主様、小豆飯と水分以外は口になさらない方がよろしいですよ。お腹を壊してしまったらお辛いのは主様ですから」

むう、と口を尖らせた──ように見えるが、着ぐるみだからやっぱり表情は動かない。

「わかってる。ちょっと言ってみただけだ」

俺には寿々の小豆飯があるからな、と気を取り直したように座り直した。

「さあいただきましょう」

早速具を取り分け、いただきます、と手を合わせる。

「ところでさっきから気になってたんだけど」

「なあに?」

「主様の着物、ばあちゃんが仕立てたの?」

「そうよ。よく似合っていらっしゃるわねぇ」

「あ、う、うん、そうだね」

ハクは自慢げに鼻先を上げると、すっくと立ち上がり、その場で軽やかに回って見せた。

着ぐるみに入ったばかりの頃はかなりぎこちなかったが、今では中身と外側が完全に繋がっているかのように、滑らかな動きをする。

上衣と下衣が分かれた二部式着物で、帯は使わずリボンで結ぶだけのため、着やすそうだ。

アールデコな椿柄《つばきがら》と、緑を基調とした矢絣《やがすり》をミックスした、秩父銘仙らしい大胆な模様の着物は、ハクによく似合っていた。

「寿々、礼を言うぞ」

「気に入っていただきわたしも嬉しいです」

祖母と着ぐるみのハクとの和やかな会話は、一ノ瀬家にとってすでに馴染みのものになっていた。

(じいちゃんが帰って来た時、ひと騒動ありそうだなぁ)

「竜生《たつお》が俺に文句でもつけようってのか?」

「え？　あっ、主様それマナー違反だって、この前言ったはずだけど」

ハクには、考えたことが筒抜けになってしまうのだ。

ハクと出会ったのは、山岸が失踪していた時だったから、そろそろひと月半になる。人には秘しておきたい思いがある。そう簡単に口にはしないでほしいと折に触れ言っているのに、聞く耳持たずという態度である。腹が立つが、相手は人間ではなく神様のようなものだし、仕方がないかと溜め息をついた。

「今日、病院に行ってきたわ」

そうそう、と祖母が明るい声で話題を変える。

「え？　ひとりで？」

「柴田《しばた》さんとよ。竜生さんが退屈しきっているって話をしたら、『じゃあ一緒に行って久しぶりに碁でも打とう』と言ってくださったの」

『柴田さん』とは、白羽屋通り商店街で豆腐屋を営む祖父母の友人だ。祖父とは囲碁仲間でもある。

「竜生の具合はどうなんだ」

丼に盛った小豆飯を一粒残らず平らげたハクが、満足そうに腹を撫でながらそう問うてくる。

「腰が痛い以外はとっても元気でしたよ。今度こそ完治するまで退院はさせられないって先生にくぎを刺されてしまったけれど」

『もういい加減うんざりだ！　退院するぞ退院‼』

実は祖父の竜生、半月前に一度退院したのだ。

重度の腰痛も和らいだために、医師からは
「安静にしている、長時間同じ姿勢を取らない、激しい運動は避ける、重い物は持たない」

そして、「絶対に無茶はしないこと」と何度も注意された。だがもともとなんでも自分でやりたがる頑固一徹の竜生は、最初こそ家でゆっくりしていたが、たった一日でじっとしていられなくなった。晴人に任せたはずの印刷店にまでやってきてあれやこれやと口を出し、あれほど医師に安静にと、重いものを持たないようにと言われたのに、紙の束が入った段ボール箱を、〝つい〟持ち上げ——再び腰を痛め、わずか二日で病院に逆戻りとなってしまったのである。

「腰痛って、安静にすることが治療で一番大事だものねぇ」

祖母は溜め息混じりに呟いた。

家で静かにしていられるのならば、医師も退院を認めるだろう。竜生はそれができないから、再入院する羽目に陥ったのだ。

（ばあちゃんと腰痛持ちのじいちゃんふたりだけでいるのは心配だからなぁ）

祖父は不満だろうが、病院で腰の完治を目指してもらいたい。

「俺も明日病院に行ってくるよ」

少しでも祖父の退屈を紛らわせて、大人しく入院していてもらわなければ。

印刷店で再度腰を痛めてうずくまった祖父の背中を見た時は、本当に肝が冷えたものだ。

「あら、明日はその女優さんを案内するんでしょう？」

「夜までかからないと思う」

病院の面会時間は午後八時までだから、それまでには行けるだろう。

「柴田さんが、ほかの碁仲間にも声をかけて、竜生さんが退屈しないよう時間を見つけてお見舞いに行ってくださるそうよ。だから無理はしなくても大丈夫」

「じゃあ、早めに帰れるようだったら行ってくる。あ」

ふと、つけたままだったテレビが目に入った。

「ばあちゃん、この子だよ。明日案内する女優さん」

宣伝のために役者がテレビ出演するのはよくあることだ。浅倉凜は、来週から上映が決まっている映画のヒロインを務めるらしい。

「あら、凜ちゃんじゃない」

「ばあちゃん、知ってるの？」

「もちろんよ。朝のドラマや大河ドラマに出ていたし、子役の頃からよく観ているわ」

「へえ」

映画をたまに観るくらいで、芸能人に疎い晴人だが、ちちぶフィルムコミッションに所属するようになってからは、映像作品を意識して観るようにしていた。だがまだ過去作までは手が回らず、浅倉凜が祖母の年代にも認知されている女優とは知らなかった。

（今まであんまりテレビは観てこなかったからなぁ）

国民的ドラマによく出ていた上に、今度上映される作品でも次回秩父で撮る映画でもヒロインという役どころだ。浅倉凜は、役者として順風満帆なのだろう。

「アレが、今ココに来ているのか？」

「主様、人に対してアレはないと思うんだけど」

「来ているのか？」

ハクは晴人の指摘をサクッと無視して、テレビに映る凜をじっと見ていた。

「来てますよ」

「ふーん」

「なんですか。あ、もしかして彼女を気に入った、とか？」

「は？」

呆れたような声が着ぐるみの中から聞こえてくる。

「……冗談です」

ハクは何が気になるのか、テレビに映る凜へとじっと視線を注ぐ。

凜は、先刻見た時とまったく同じ笑顔だった。気さくな態度で絡んでくる芸人の背をぽんぽん叩いていたし、共演者らしい同年代の俳優たちと楽しそうに笑い合っている。

「主様？」

寿々の問う声に、ハクは、ふっと我に返ったように、寿々と晴人を交互に見やった。

「なあ寿々」

「はいなんでしょう」

「あとでｉＰａｄ貸してくれ」

寿々はにっこり笑ってうなずいた。

（……、……？　アイ、パッド？）

「主様、それどうするの？」

「貸せって言ってんだから俺が使うに決まってんだろ」

ええっ⁉　と頓狂な声を上げ、晴人は慌てて寿々を見やった。

「主様は最近インターネットを楽しんでいらっしゃるのよ」

「え、……えぇぇぇッ⁉」

「そんな驚くことじゃねえだろ。郷に入ったら郷に従えって言うじゃねえか」

（神様みたいな存在の主様が、なんで郷に入っちゃうわけ？）

「ネットして主様の得になることなんてあるの？」

「この時代のことを知るには、一番便利に使われている道具を知り自分も利用するのが手っ取り早い」

もう少し昔だったら書物を読んだだろう？　そういうこった。

あっさりとそんなことを言うハクに、晴人は目を丸くするばかりだ。

（マジか……）

「だが情報が偏りすぎているのがインターネットの悪いところだな」

「確かに、それが嘘か本当かわからないことも多いしね」

「だから主様には最初にネットリテラシーを勉強していただいたのよ」

「……へえ」

まったくこの主様は、いつも晴人の予想を軽く裏切ってくる。

食事を終えたあとで、祖母は早速自身のｉＰａｄをハクへと手渡した。食器を流し台に運びつつ横目で様子をうかがうと、ふかふかの手で、びっくりするくらい器用に使っている。

「晴人、凜ちゃんは車で案内するの？」

「あ、うん。三峯神社に行きたいって言ってたから」

「じゃあ、車内を片づけていらっしゃい」

仕事でも使っているワンボックスタイプの軽自動車には、後部座席に紙類が積まれている。晴人は急いで自宅庭に停めている自動車まで向かった。

⛩

翌日凜との約束の時間ちょうどに彼女が泊まっているホテルまでやってくると、街灯の下、すでに門前に立つ姿があった。……だが、

（浅倉さん、だよな……？）

まだ日の出前だから、というだけではない。まじまじと見てみなければ彼女だとわからないくらい、昨日の印象とかけ離れていた。

まず髪の長さも髪色もまったく違う。昨日見た時はラベンダーアッシュで肩までの長さのふわふわウェーブだったが、今日の彼女はほとんど黒に近いこげ茶色のショートカットだ。これといって特徴のない細いフレームの眼鏡とすっぽりと頭を覆う黒のニット帽を被っている。化粧もほとんどしていないらしく、唇もヌーディだ。

昨日は「ああ芸能人だなぁ」と心から感心するほどキラキラの塊のように見えたのに、今は、可愛いが普通に道を歩いている女子大生、という印象しか抱けない。

ジャストフィットではないちょっと大きめのベージュのダッフルコートと、中のタートルネックはシンプルな黒。ブラックジーンズに黒のスニーカー姿だ。背には黒のバックパックを背負っている。

ヘッドライトをつけたまま車を一時停車させ、外に出た晴人は、光に照らされた凛へ足早に近づいた。

ぱっちり開いていた大きな目は心持ち細くなっていたし、きちんと上がっていた長い睫毛はまったくいじっておらず、自然にカールしている。すっきり伸ばしていた背筋は少しだけ猫背になっていたし、すべてがちょっとずつ異なる印象だった。

これは、変装というよりむしろ……、

（ああ、演技か。『浅倉凛』ではない誰かになりきっているんだ）

実際に浅倉凜には全然見えない。

役者ってすごいなぁ、と晴人は感心しながら頭を下げると、凜はにこりと笑った。驚いたのは、その笑い方までもが昨日とまったく違い、引っ込み思案の女の子がするようなはにかむ笑顔だった。

「おはようございます」

さらに声音までもが違うではないか。今日はよろしくお願いしまぁす」

「おはようございます。今日はよろしくお願いしまぁす」

さらに声音までもが違うではないか。昨日聞いた芯を感じるはっきりした声ではなくて、ふわふわしている。

「乗ってください。えっと、後部座席の方がいいですか？」

いくら変装済みとはいえ、オフの時に晴人とふたりであちこち歩く姿が見つかったら厄介だろうし、何より昨日会ったばかりの晴人の隣は嫌なのではないかと思っての配慮だったのだが、凜は二度瞬きをすると、ふふっと笑った。

「ありがとう。でも一ノ瀬くんの隣に乗りたいな」

「……あ、はい」

今をときめく人気女優の浅倉凜に笑顔でそんなことを言われ、にわかに心拍数が上がる。

動揺する晴人に絶対気づいているだろうに、女優浅倉凜はさらりとした反応で、スキップするように弾んだ足取りで助手席に乗り込んだ。慌てて晴人も続く。

「一ノ瀬くんは聞いた通りの人だなぁ」

ぽそりと呟いた凜の声がよく聞こえず、晴人は首を傾げた。

「え？　何か言いました？」

「なんでもないでーす。じゃ、今日一日よろしくお願いしますね」

「はい」

「CD持ってきたの。聴いてもいい？」

「え、あ、どうぞ」

流れてきた音楽は、晴人も耳にしたことのある流行《はや》りの歌だった。ポップな曲調に、一気に車中が明るい空気になる。

「今度の映画の主題歌を歌ってくれるアーティストのアルバムなの」

「へえ」

シートベルトを確認し、慎重に車を走らせる。

まだ初心者だし暗い道の運転は緊張するが、車の運転自体は嫌いではなかった。

「朝早くから……ていうか、こんな暗い時間からほんとにごめんね」

「いえ、せっかく秩父まで来ていただいたんですし、参拝だけじゃなく雲海も見てもらえるのは俺も嬉しいです。壮観なんですよ」

この時季、秩父市内では『美の山公園』や『秩父ミューズパーク』、そして三峯神社などで、運が良ければ雲海が見られる。

「楽しみだなぁ。映像でしか見たことないから、もしかしたら見られるかもって思ったら居ても立ってもいられなくなっちゃったの」

時刻は午前四時過ぎだ。トラブルがなければ夜明け前には三峯神社の駐車スペースに到着できるだろう。

アルバムは全曲で六十分あり、ちょうどふたまわりした三曲目で三峯神社の駐車場に到着した。

日の出まではまだ時間があるものの、駐車場にはすでに何台か車が停まっていた。

十一月も半ばを過ぎ、標高千百メートルある三峯神社は、最低気温が十度を下回ることもある。

凛が窓を開けると、寒風が吹き込んできたものだから、慌てて閉めた。

「わぁ寒い……！」

「浅倉さん、大丈夫ですか？」

「大丈夫大丈夫。マフラーも手袋も持ってきたから」

バックパックの中から、ボルドーのマフラーと手袋を出す。

「ふふ、楽しみだなぁ。御朱印もいただくんだ」

「御朱印を集めているんですか？」

「うん。わたし神社仏閣巡りが趣味で、いろんな神社に参拝してるのよ」

見て、とバッグの中から御朱印帳を取り出し、開いて見せてくれる。

日本には約八万もの神社があるという。ページの一枚目は伊勢《いせ》神宮内宮《じんぐうないくう》の御朱印だった。

続いて外宮《げくう》、さらには出雲大社《いずもたいしゃ》、鶴岡八幡宮《つるがおかはちまんぐう》、明治神宮《めいじじんぐう》といった有名どころはもちろん、晴人が初めて聞くような名の神社もあり、最後までびっしり埋まっていた。

「今のが最初にいただいた御朱印帳で、これが二冊目」

三冊目、四冊目、と出されて、晴人は目を白黒させた。

（な、何社御朱印をいただいたんだ？　ていうか、全部持ち歩いているのか……）

驚きの情熱だ。

「三峯神社には前から参拝したかったの。あと秩父神社と秩父今宮《いまみや》神社、宝登山神社も。今日中に全部回れるかな？」

「あ、……あ、ええ、大丈夫だと思います。三峯神社と宝登山神社は離れた場所にありますが、秩父神社と秩父今宮神社の二社は徒歩圏内ですから」

「よかった！」

時計で時間を確認する。

「日の出まであと十五分くらいなので、そろそろ遥拝殿《ようはいでん》に向かいますか？」

うなずいてマフラーと手袋を身につける凜にカイロを渡すと、嬉しそうに礼を言われた。

「男の子なのに用意周到だね」

「あ、いや、祖母に言われて持ってきただけなので」

「おばあさま、お話聞くだけでもとってもステキ。お会いしたいな」

道中話が途切れて気まずくなるのを避けるあまり、晴人は個人的な話題を持ち出しすぎたようだ。当たり障りのない話というのが、ちちぶフィルムコミッションメンバーのことと仕事のこと、それから祖母や姉といった家族のことだけだったので、仕方ないといえばそうなのだが少々恥ずかしい。

外に出ると、やはり相当気温が低い。市街地とは雲泥の差だ。

寒がりの晴人は、厚手のコットンツイル地の黒のモッズコートを着ている。下はモックネックの生成りのセーターで、カーキのパンツと黒のスニーカー姿だ。そこに、長いマフラーをぐるぐると首に巻きつけて、鼻の辺りまで覆った。

それを見上げて、凜はおかしそうに笑う。

「一ノ瀬くんて普通に立っていたら背も高いしカッコよくてモテそうなのに、なんか可愛いね」

「え、全然モテませんよ」

「ええ？　そうなの？　なんだ、周りの人見る目がないなぁ」

「え、ええと、秩父に帰ってきてまだそんなに経ってなくて、なかなか同年代の友人と会う機会もなくて」

「なるほど。じゃあモテないっていうんじゃなくて、単に出会いがないってだけじゃない。若いんだからいっぱい出会っていっぱい恋したらいいのに」

若いんだから、って凜の方が年下なのに、その言い方に晴人は思わず噴き出した。

「ええ？　なんで笑うの？」

「浅倉さん、俺より年下なのに」

「一ノ瀬くん、二十二歳だよね？　三つくらいちょっとした誤差だよ」

ということは、凛は十九歳かと逆算する。

しっかりした子だなぁと思ったところで、眼鏡越しに凛がじっと晴人を覗き込んできた。

「一ノ瀬くんはあんまり怒らない人なんだね」

「怒る場面じゃないと思うんですけど」

「年下のクソガキとか思わなかった？」

またずいぶん口が悪い。とはいえ、そんな言葉を使っても、ちっとも性悪には見えないところがすごいなと、恐らく凛からすればまた的外れなことを考えていると、

「ねえ、天然って言われない？　もうちょっと怒ってくれてもいいのに」

晴人はそこで、ああ、と腑に落ちた。

凛は反応が欲しかったのだ。こんなことを言ったらどう返ってくるか、という。

「俺が天然かどうかはわからないけど、浅倉さんの言葉に対して怒りは感じなかったし、浅倉さん本人に対しても同じ、です」

「……天然じゃなくて鷹揚なのね」

毒がないなぁ、と凛は肩を竦める。

「でも、いるようであんまりいないタイプだね」

凛は急に足早に歩き出し、晴人を追い越した。

駐車場から階段を上がり、緩やかな坂道を進む。人気の三峯神社とはいえ、この時間にやってきているのは数人しかおらず、しかもずいぶん先に行っている。ふたりの会話に耳を傾ける者は誰もいなかった。

「鷹揚、というか」

「ヘタレ？」

うふふ、と悪戯っ子のような笑顔には、隠している凜がちょっとだけ出ていた。そばに人がいないからだろう。

上り坂を進んだ先に、石造りの三ツ鳥居がある。鳥居を潜り随身門《ずいしんもん》を経て、さらに進んだ右手の階段を上ったところに、奥宮の遥拝所《ようはいじょ》である遥拝殿がある。

数人の参拝客は、やはり雲海が目当てだったようで、先に到着していた。

雲海は、前日に雨が降って湿度が高く、風がない晴れた状態だと出現しやすいと言われている。昨日は雨が降っていないし、湿度もさほど高くない。雲海が見られるかどうかは五分五分と言ったところか。

五分ほど待つと、日が昇り始める。陽光がぐんぐん強まるなか、遥拝殿にいた人々は、奥宮方面へとじっと目を向けた。すると――

「わあ！」

カップルでやってきていた晴人より年上の男女が歓声をあげる。

晴人も小さく、すごい、と呟いた。

オレンジ色の日の光に照らされる三峯山下が、雲海でまったく見えない。雲は昇りたての日の光を浴びながら、ゆっくり、ゆっくり動いてゆく。

秩父に帰ってきて何度か雲海を見たが、毎回その神秘的な眺めに、目も心も奪われる。寒さも忘れるし、眠気だって吹き飛ぶ美しさだ。

雲海に見入っていた晴人だったが、ふと、凜へと目を向けた。

凜は手袋に包まれた両手を胸元に押し当てながら、雲海に見蕩《みと》れていた。

微かに開いたヌーディな唇から、すごい、すごい、なんて美しいの……、と小さくも興奮している声がひっきりなしに零れ落ちる。眼鏡越しに見える双眸に、うっすら涙が浮かんでいるのを見て、晴人は目を瞠った。

（感受性が豊かなんだな。やっぱり役者だなぁ）

カップルたちが写真を撮るのを見て、晴人も持参したデジカメを取り出した。

ちちぶフィルムコミッションで任されているサイトに載せる写真の候補は多ければ多いほどいい。

晴人と凜以外の四人は写真を撮り終えると、遥拝殿から去っていく。

社務所が開くのは二時間後だから、御朱印やお守りが欲しい場合はもう少し待たなければならないが、先に参拝をするのかもしれない。

凜は己の眼に雲海を焼きつけたいのか、微動だにせずひたすら山下を見つめている。

凜の気が済むまで待とうと、晴人は写真のほかに動画も撮ることにした。

まさに雲海の名の如く、海のように雲が流れる。その雲の際を波しぶきのようにキラキラ輝かせる光の美しさは、この世のものとは思えないほどに幻想的だ。映像ではなかなか伝わらないが、サイトにアップして、この幽玄《ゆうげん》な風景を見たことのない人たちへお裾分けがしたかった。

ゆっくりカメラを動かして、雲の流れ、反射する光を撮っていると、突然凜の顔が飛び込んできて、にっこり笑う。

「わっ」

「待っていてくれてありがとう。存分に目に焼きつけたわ」

「あ、は、はい、それはよかった」

「本当にすごかった。見られてよかった……！　まさか東京からそんなに離れていない秩父で、こんなに素晴らしい雲海が見られるなんて思わなかった！」

興奮してあがる声は、完全に浅倉凜のものだったから、晴人は慌てて両手で、落ち着くように、とジェスチャーをした。

もしかしたら声で彼女が女優・浅倉凜だと気づかれてしまうかもしれない。

凜も晴人の言いたいことを察したのか、あ、と口を押さえた。

「喜んでいただけて、俺も嬉しいです」

そう言うと、凜はじっと晴人に視線を注いでくる。

美しいものを見たからか、凜の眼差しまでキラキラとしていて、間近でその瞳を見てしまった晴人の鼓動が跳ねる。

(な、なんだ……？)

ふいに凛は笑った。そして晴人が持つデジカメを奪うと、設定を変える。

「あ、浅倉さん？」

「記念に自撮りしよう？」

凛にぐい、と引っ張られ、そのうえ腕を組まれる。

(は、は……ッ⁉)

慌てる晴人に、だが凛は一切構わず三峯山下を背に遥拝殿の木の手すりにもたれかかるように移動した。そしてカメラを持つ手を伸ばし、

「はい撮るよー！」

「ちょ、え、えっ⁉」

「笑って一ノ瀬くん」

「わらって、て……！」

慌てている間に、凛は容赦なくシャッターを押す。しかも連写だ。

凛を見れば、おかしそうに笑う無邪気な顔や舌を出す悪戯っぽい表情、イーッと歯を見せる子どものような笑顔と、どんどん表情を変えていく。

そんな凛とは反対に、晴人はただただ焦るばかりだった。

「ふふっ、おしまい！　楽しかった」

「あ、浅倉さん、あのっ」

「あとで写真ちょうだいね」

「あ、はい」

腕を組んだまま、凜はぐいぐい引っ張る。

「あのね、御朱印とお守りのほかに、御眷属を拝借したいの」

「御眷属拝借、ですか？」

「うん」

御眷属拝借とは、少々物騒な話だなと、晴人は微かに眉間に皺を寄せた。

「あの、何か困っていらっしゃるんですか？」

「……、なんで？」

三峯神社の御眷属はオオカミだ。使いは神の霊力を受け、神と同等の力を持つと言われている。三峯神社は要望があれば、その御眷属を御神札《ごしんさつ》として一年間貸し出しているのだ。

御神札は、火盗除けや様々な難を避けるために借り受ける人が多い。

「別に、すごく困っているわけじゃないの。三峯神社には御神札もあって貸し出してもらえるって聞いたから、珍しいなって思って」

だから大した意味はない、ということらしい。

「あの、御眷属を拝借したあとは、あまり寄り道しない方がいいと言われているんです」

「え、そうなの？」

はい、と晴人はうなずいた。

晴人が秩父に戻ってきて約二カ月半が経つ。祖父に代わり印刷業務に奮闘しながら車の免許も取るという、めまぐるしく忙しい日々だったが、合間には秩父について勉強もしていた。

ちちぶフィルムコミッションに所属することになった日に、

『これから秩父のことをたくさん勉強するんだぞ』

と新井に言われたからというのもあるが、晴人自身ももっと自分が住む町のことが知りたかったのだ。

『自分の住む町』というのは、言ってみれば在って当たり前の空気のようなもので、なかなか改めて考えるような機会は少ないのかもしれない。

意識を向けることで、ほかの地に住む人たちにどこを推し、勧められるかが見えてくる。

秩父には古社がいくつもある。ここ、三峯神社も昔から人気はあったが、最近は参拝客が激増している。

なぜそんなに人々を惹きつけるのか――？

そう思った晴人は、本やネットで調べるほか、三峯神社に何度も足を運んだ。知識だけでなく神社内の空気も知ることで、興味ある人々へのプレゼンもスムーズにできる。

御眷属拝借については、神社のサイトにもアップされているが、有名作家のエッセイで神秘的な出来事として書かれたこともあるためか、知る人は晴人が思うより多いのかもしれない。

　神気が強いといわれている三峯神社の御神札は、作法に則り、正しく扱った方がいいのだろうと思う。

「これからほかの神社も参拝しますよね？」

「うん。したい」

　凜は、うーん、うーん、と唸りながら迷う。だが、

「仕方ない。今日は諦めよう」

　十秒ほどですっぱり決断する。

「御眷属様に失礼があったらいけないものね」

　自らを納得させるように、うん、と凜はひとつうなずいた。

「あ、ねえねえ一ノ瀬くん、お腹空かない？」

「お腹？」

「そう。わたし朝早かったからごはん食べてないのよ。だからコンビニでおにぎりとサンドイッチ買ってきていたの。保温マグにお茶も淹れてきたから一緒に食べよ？」

「浅倉さんこそ用意周到ですね」

　大きなバックパックにはそんなものまで入っていたのかと驚いていると、凜はふふっと笑った。

「本殿に参拝する前に、一回駐車場に戻らない？　寒くて手がかじかんじゃった」

「あ、そ、そうですね」

「参拝後に御朱印帳に書いていただきたいの。書き置きの御朱印もあるそうだから、それもいただきたいな」

授与所が開くまでまだ時間がある。凛が風邪でもひいたら大変だと、ふたりは急ぎ車に戻ったのである。


三峯神社から市内へと戻ってきたふたりは、続いて秩父今宮神社と秩父神社に行こうということになった。

「今宮神社から秩父神社までは徒歩十五分くらいなので、よかったら歩きませんか？」

せっかく撮影前に秩父に足を運んでもらったのに、参拝だけしてもらうより、少しくらいは市内の雰囲気も感じてほしいなと思っての提案だった。三峯神社への参拝は早朝だったからとても寒かったが、山を下りて市街地に戻ってくれれば、陽射しも暖かく身軽に動ける気温になっていた。

「歩く歩く！　あのね、番場通りを歩いてみたいの。石畳の道と、ちょっと古い建物やステキなカフェや雑貨屋さんが並んでいるのよね」

番場通りは市内でもよく知られている道だが、通りの名まで知っているなんて、以前から秩父に来たかったというのは、リップサービスというわけではないようだ。

「じゃあ、今宮神社と秩父神社を参拝したあとで、番場通りに行きましょう」

「うん」

一度自宅に車を戻し、そこから秩父今宮神社に向かう。歩いて十分程度だ。

「わ、綺麗な観音様」

凜が目に留めたのは、古木の祠に祀《まつ》られた龍上観音《りゅうじんかんのん》像だった。

文字通り龍に乗る観音様で、表情もとても美しい。

参拝を済ませてこちらでも御朱印をいただき、続いて凜が向かったのは、境内の真ん中に威風堂々と枝を広げる大きな欅《けやき》の木だった。

「これがご神木……龍神木《りゅうじん》かぁ。立派だね」

そう言いながら、凜は龍神木の周りをゆっくりと回る。

「あ、あれかな、ハートの穴」

「ハート？」

「うん、そう。木の穴がハートの形に見えるんだって。で、見つけたらいいことがあってスマホの待ち受けにすると恋が叶う？　とかなんとか」

「へえ」

最近こういった類の話はよく聞くが、凜が恋愛に関して興味を持っていることが、……というより、こんなにあからさまに『恋』のことを口にするなんて思っていなかった。

恋……と、思わずそう呟いてしまった晴人を、凜は悪戯っぽく下から覗き込んでくる。

「まあ、そういう相手はいないんだけどね。わたしの場合は恋愛相手というより、ステキな仕事と相思相愛になれますようにってお願いしたいかな」

十九歳にして仕事が恋人ということか。

それはそれで立派な覚悟だ。

(俺にはいっぱい恋をしろって言ってたけど)

「ねね、あのハートの穴撮らないの？」

「え？」

「こういうのって女子は食いつくものよ。写真を撮って、ちちぶフィルムコミッションのサイトにアップすればいいじゃない」

「あ、なるほど」

FCメンバーは、どうもその辺りに疎い晴人と四十代男子たちだ。ありがたい凜のアドバイスを受けて、洞がハートに見える角度を確認しながら撮影した。

だが隣の凜はそんな晴人を見ているばかりだ。

(……あれ？)

「浅倉さん、もしかしてカメラとかスマホとか持ってきていないんですか？」

「うん。カメラはともかく、スマホ邪魔なの」

「……邪魔、ですか」

「だって持っていたら誰とでも繋がれちゃうから」

「……」

「オフの日くらい、通信機器は持ちたくないの。で、機械を通してじゃなくて、自分の見たいものを自分の目で見たいわ」

「……なるほど」

　確かに都内で日々忙しく仕事をしているのであろう。凛はスマホを持たない不安より、スマホがない自由を選んだということだ。

「連絡取れないと心配されませんか？」

「そこは、わたし普段から品行方正だから、信じてもらっているわよ」

　その笑顔は、品行方正とはちょっと言い難かったが、魅力的なことに違いなかった。

　秩父今宮神社から秩父神社へ向かう間にも、凛の興味を惹く店舗がいくつかあって、刀屋という看板に目を奪われていたり、ショーウィンドーに飾られたカエルの雑貨に可愛い可愛いとはしゃいだり、早朝から活動しているのに元気いっぱいだ。

「ケーキ！」

　リスの看板が掲げられた可愛らしいスイーツ店に吸い寄せられるように近づいていく。

「食べますか？」

「うん！」

　明るい店舗の中には、天井に様々なドライフラワーがつるされている。可愛らしいクッキーやジャム、そしてケースの中には美味しそうなケーキが並んでいた。

「わぁ、柿を使ったケーキって珍しいですねー！」

凜は積極的に女性店員に声をかける。にこやかな返事を受けて、凜はそのケーキを頼んだ。

「一ノ瀬くんは？」

「えっと」

いちごのショートケーキを頼むと、なぜか凜はふふっと笑った。

店外にテラス席があり、そこで食べられるようになっていた。

紅茶も頼んで椅子に座っていると、すぐにケーキはやってきた。

「あの、さっきどうして笑ったんですか？」

「一ノ瀬くんはきっといちごのショートケーキだなって思ってたら、ほんとにそれ頼んだから」

「……」

「定番が好きなのかなって。わたしは珍しいのがあったらそれを頼みがちだから」

「なるほど」

凜は大きく口を開けて豪快にケーキを食べる。けれどそれがまったく下品には見えず、いっそ見ていて気持ちがいいくらいだ。

「美味しかった！　ごちそうさまでした」

手を合わせた凜は、紅茶をゆっくりと口に運ぶ。

そうしてふいに空を見上げた。

「いいお天気だねぇ。ちょっと寒いけど風もほとんどないし気持ちがいい」

「ですね」

今年の秩父の冬はどうだろうか。もうすぐ映画の撮影も始まるし、いい天気が続きますようにと思う。

「早くここで撮影したいなぁ」

再来週にはクランクインだと聞いている。さらにクランクインの一週間後には、日本三大祭りに挙げられている秩父夜祭が始まる。

年末にかけて、ちちぶフィルムコミッションのメンバーもさらに忙しくなるだろう。

「撮影、がんばってください」

「ありがとう。ちちぶフィルムコミッションの皆さんにもお世話になります。よろしくね」

にっこり笑う凜は、変装しているのに凜そのものだった。


脚本家の山岸聡介の件があった以降は、秩父神社で不思議な経験をしたことはないが、やはり一歩足を踏み入れるその瞬間には、身が引き締まる思いがする。

凜は前二社同様、長い時間神様と相対していた。そして深く一礼をしたあとで、ニット帽をかぶり直す。

「本殿の周り回っていい？」

「もちろんです」

秩父神社の本殿の彫刻はぜひ観てもらいたい。

先日山岸の騒動があった『子育ての虎』の彫刻をチラリと見上げ、頭を下げてから、左回りに本殿を観て回った。続いて見えるのが、『お元気三猿』だ。

「見ざる聞かざる言わざるの日光の三猿と正反対なんだね」

「はい。秩父神社の三猿は、よく見て、よく聞いて、よく話す、ですね」

「よく見てよく聞いてよく話す、か……」

凜は三猿の説明書きに目を通し、ぽつりと呟いた。

「元気で、笑顔の絶えない生活」

そうして彫刻の三猿を見上げた。

凜はそのまま、その場から微動だにしなかった。

晴人もまた、隣で三猿を見上げる。

ふっくらした体格の三匹の猿は、表情豊かだった。笑っているようだったり、口を開けて何事か叫んでいるようだったりにも見える。

その時、それぞれ別の方向を見ていた三匹の猿が、一斉にぎょろりとこちらを見た――ような気がしたから、ハッと目を瞬かせる。

「……あれ」

気のせいか、と思いつつも、ここは秩父神社だ。以前の親子虎の騒ぎを思い出し、小さく首を竦めた。

「あのっ、浅倉凛さんですか……ッ⁉」

ふいに、高い声が晴人の耳を打ち我に返る。

見れば凛と同年代のカップルがおずおずと近づいてきた。

凛は三猿からカップルに目を向けるなり、びっくりするくらいキュートな仕草で、唇に人差し指を当てる。

「できたらちっちゃい声でお話させてください」

するとカップルは、あっはい！　とこくこくうなずいた。

「あの、わたしたち凛ちゃんのファンでっ」

「ありがとう。嬉しい」

女性の方が手を差し出してきたのを、両手できゅっと握ると、続いて男性も握手を求めてきた。それにも凛は笑顔で応じている。

「あのっ、一緒に写真を……」

そう言われた瞬間、ほんの一瞬だけ、微かに凛が目を伏せた――ところで、晴人は凛とカップルの間に、控えめに進み入った。

「すみません、事務所の方針で写真はご遠慮いただいております」

本当にすみません、と頭を下げる。ちょっと不服そうだったが、重ねて頭を下げると、しぶしぶうなずいてくれた。

凜は晴人に半分隠れている状態から前に進み出て、ごめんね、と謝る。カップルはすぐに機嫌を直し、凜に応援していますがんばってくださいとエールを送ってくれた。

凜はファンに対し最後まで完璧ににこやかに接した。だがそのカップルと距離を取るなり、少し足早に本殿の周りを回る。

後ろがざわついていた。先刻のファンとのやりとりで、凜だと気づいた参拝客がいたようだ。

隣に並んで、さらに歩調を早めると、凜も晴人同様早足になる。

「このまま出ましょう」

「……御朱印は、……仕方ないか」

凜は唇をとがらせながらも、晴人に従ってくれた。

秩父神社を出て、早足のまま歩いて車を置いた自宅まで戻った。

「あのカップルすごいわ。わたしのこの変装と演技を見破るなんて！」

悔しそうにしながらも、凜は明るい声でそう言った。

「あと、一ノ瀬くん、ありがと」

「え、何がですか？」

「咄嗟にマネージャー役をしてくれたじゃない。写真なんて絶対撮りたくなかったからほんとありがたかったわ」

（あ、やっぱり写真はダメだったのか）

凜に相談もせずにやってしまったことだったから、勝手なことをと怒られても仕方ないと思っていたがよかった。

「ええと、どうしますか？　すぐに宝登山神社に行きますか？」

「……そうだね」

変装がばれたことで落ち込んでしまったようだ。また声をかけられたらと思うと、積極的には動けないのかもしれない。

「晴人、お帰りなさい」

自宅前までやってきた晴人に、背後から祖母の寿々がのんびり声をかけてきた。

「ばあちゃん、買い物？」

車を置きに一旦自宅に戻った時には不在だったのだ。祖母が手にしているエコバッグに手を伸ばして持つと、ずっしり重い。

「ありがとう。あら、凜ちゃん」

変装している凜に、寿々はにっこり笑う。

「あ、こんにちは！」

「こんにちは。ようこそ秩父へ。晴人の祖母の寿々です」

「浅倉凜です。今日は一ノ瀬くんにたくさん秩父を案内していただきました」

車中で祖母のことを話題にしたためか、先刻のファンに対してより反応がやわらかい。

「もう秩父巡りは終わったの？」

「あー」

実は、と簡単に説明すると、そうだったの、と寿々はうなずいた。

「ね、もうお昼になるし、よかったらうちでごはんを食べていかない？　のんびりしたあとで宝登山神社に参拝したらどうかしら。それでね、わたしもついていっていい？」

寿々は、うふふと笑いながら、楽しそうにそう言う。

晴人は目を丸くした。凜もだ。

「この辺りで凜ちゃんが来ているって広まっているかもしれないでしょう？　晴人とふたりきりでいることで、噂になってしまったら凜ちゃんが困るじゃない。でもわたしも一緒にいたら、万が一凜ちゃんだってわかっても、『お祖母さん孝行をしているのかも』って思ってもらえるかもしれないわ」

思わず晴人と凜は顔を見合わせた。

祖母の突飛な発想に戸惑っているようだが、

「嬉しい。是非、一緒に参拝させてください！」

凜は破顔して、大きくうなずいた。


秩父市長瀞にある宝登山神社までは、自宅から車で三十分程度だ。

この時季宝登山神社は、午後五時から境内の紅葉ライトアップをするという。せっかくだからそのライトアップの時間に合わせて参拝したらという祖母の勧めを受けて、到着時間を調整することにした。参拝時間は午後四時半までのため、本殿、奥宮にも参拝する。境内をのんびり回れば、ちょうどいい時間になるだろう。

凜は祖母の寿々とすっかり意気投合していた。自宅で、ちょっと着てみない？　と誘われて、秩父銘仙の着物を身につけた凜は、嬉しそうにはしゃいでいた。

鮮やかな色味と大胆な柄の秩父銘仙は、はっきりとした顔立ちの凜によく似合っていた。

「一ノ瀬くん、写真、撮ってくれる？」

祖母と一緒に、猫の椿を抱っこしてファインダーの中で笑う凜は、テレビの中で観る時とも神社巡りをしていた時とも異なる表情をしていた。

「本当によく似合っているわねぇ。着物を着て参拝できたらいいのでしょうけど、それだとやっぱり目立ってしまうわね」

「……残念。でも今度ぜひ外で着て秩父を歩きたいです」

そうこうしているうちに出発時間になったため、今度は助手席に祖母を、後部座席に凜を乗せて車を出す。

凜は、御朱印帳を膝の上に乗せて眺め見ていた。

「三峯神社でいただいた、お犬様の絵が描かれた書き置きの御朱印もステキ」

御朱印帳のほか、書き置きの御朱印用ホルダーまでも用意していた凜は、そこに挟んだ御朱印も並べて嬉しそうだった。

「凜ちゃんは御朱印集めが趣味なのね」

「あ、はい。こうして持っていると、たくさんの神様に見守っていただいているような気持ちになるんです」

そう言って凜は、御朱印帳を胸にそっと抱きしめた。

スムーズに宝登山神社に到着した三人は、ロープウェイの運転に合わせて、先に奥宮への参拝をすることにした。

午後二時半のロープウェイに乗り、奥宮まで向かう。

下には緑が広がり、少し視線を先に向ければ、本殿や同敷地内にある宝玉稲荷神社《ほうぎょくいなりじんじゃ》が見えた。

凜は着席せずに立ったまま、下方へ視線を注いでいる。

中途半端な時刻だからか、ロープウェイに同乗しているのは、晴人たちのほかは、年配夫婦がふた組しかいない。芸能人である凜にとっては人の目を気にせずに参拝できるタイミングでよかったと晴人は思う。

五分で山頂に到着したあとは、そこから少し歩いた森の中にある奥宮へと向かった。

絶えず参拝客が来ていた三峯神社の雰囲気とは異なり、宝登山神社の奥宮は静謐《せいひつ》な空気に支配されていた。

寿々の歩調に合わせても、五分もかからず、奥宮へと続く階段が見えた。その先には白い鳥居がある。ゆっくりと階段を上っていき、鳥居を潜れば、また木の鳥居がある。そこを経ると、小さな奥宮が配されていた。

晴人は家族の健康を祈念する。

すぐに目を開けた晴人だったが、凜はずいぶん長く手を合わせていた。

三峯神社や秩父神社でも同様だった。晴人は真剣にお参りする凜の横顔をそっと見やった。

やがて凜は目を開くと、何か呟いた。声は小さかったが、晴人の耳に飛び込んでくる。

「お待たせしました」

「あ、はい。御朱印、いただくんですよね」

「うん。待ってて」

奥宮の右手側には売店と休憩所があり、御朱印は売店で書き置きのものをいただくのだという。寿々はやわらかな視線で彼女の背中を見つめながら小さく呟いた。

「御朱印が心の拠り所なのね」

たくさんの神様に見守ってもらっているようだからと言っていた。

凜は本日三枚目の御朱印をいただき、休憩所に座ると丁寧にホルダーの中に納めた。

「お待たせしました！」

本殿でも参拝するため、すぐにロープウェイを使って下まで戻ることにした。

時刻は午後三時半を過ぎている。

本殿で参拝、御朱印をいただき、寿々の体力に合わせて境内を散策していると、次第に日が暮れてゆく。落日はあっという間で、しばらくするとライトアップが始まった。

境内の紅葉が、光を受けて美しく輝く。

「まあ綺麗ねぇ」

「本当に」

凜も嬉しそうに目を細めてじっと紅葉に見入る。

晴人も紅葉を楽しんだあとで、何枚か写真を撮った。

「一ノ瀬くん、寿々さん、今日はありがとうございました」

凜は丁寧に頭を下げる。

「秩父は楽しんでいただけたかしら」

「はい。本当は参拝だけでもできたらいいなと思っていたんですけど、おふたりのおかげで神社以外でもとっても楽しませていただきました！」

「それはよかった。これから東京に帰るの？」

寿々の問いに、凜は首を横に振った。

「今日も泊まる予定です。明日までお仕事休みなので」

「え、そうなんですか？」

駐車場まで向かいながら、思いもよらぬことを聞いた晴人は、首を傾げた。

てっきり凜は今夜東京に戻るものと思っていたのだ。だがロケハン中の撮影スタッフも、今日は泊まりだと聞いているから、皆と帰るのだろうか。

「明日も秩父を散策されるんですか？」

「うん、そのつもり」

（それは）

心配がそのまま顔に出てしまったようで、そんな晴人を見た凜は、あははと笑う。

「大丈夫。だって本当は今日だってひとりで回ろうと思っていたのよ。スタッフさんがああ言ってくださったから、一ノ瀬くんがついてきてくれたんでしょう？」

「それはそうなんですが」

「一ノ瀬くんは心配性だなぁ。明日は今日より完璧な変装と演技をして、絶対に悟られないようにするから大丈夫だって」

「……」

「ねえ凜ちゃん、夕飯一緒に食べましょう」

そこまで黙って話を聞いていた寿々が、のんびりと口を挟んだ。

「えっ、お昼ご飯までいただいたのに、それは……」

「ええ、そんな水くさいこと言わないで。あ、お店で食べましょうか？　お昼はおそばだったから、夕飯はわらじカツにする？　みそポテトとかおっきりこみとか。お友達のお店で、とっても美味しい豚みそ丼を出してくれるのよ」

秩父名物の料理を指折り数える寿々に、凜は言葉を詰まらせた。

「それとね、明日もしよかったら、わたしと一緒に遊ばない？」

「は？　ば、ばあちゃん？」

遊ぶ、とはなんだと晴人が目を白黒させていると、

「友人が秩父銘仙作家でね、凜ちゃんにいろいろ着てもらいたいのよ。それで、お友達を何人か呼ぶから、秩父銘仙を着て、一緒に秩父を歩きましょう？」

「……」

「ばあちゃん、それはちょっと、浅倉さんにも都合があるし事務所的にNGってこともあるかもしれないから……！」

芸能人の凜に何を言うのだと焦りつつも、凜は思案顔だ。

「寿々さん、それ、ぜひご一緒させてください」

「えっ⁉　浅倉さん、ちょっと！」

「嬉しい。散策をしたあとは、孫夫婦のお店でお茶しましょうね」

「はい、ぜひ」

「じゃあ晴人、豚みそ丼を食べに行きましょう」

（ばあちゃん……）

柔和な顔立ちの祖母だが、こういう時は強引極まりない。

バックミラーでちらりと凜を確認するが、寿々の誘いをむしろ喜んでいるようだ。嬉しそうににこにこしている。

（本当に大丈夫なのか？）

大丈夫ならば、凛が楽しめるのであれば、晴人が何かを言うことはない。

祖母の提案で夕食は豚みそ丼となったために、晴人は自宅ではなく店の方へとハンドルを切ったのだった。

⛩

夕飯は外食で済ませ、そのまま凛が泊まる旅館まで送り届けた時には、午後八時を過ぎていた。祖父の面会は今日は無理だったなと、自宅まで戻ってきた晴人は小さく息をつく。

「晴人、今日は一日お疲れさまでした」

朝は四時起きだったから、さすがに眠い。「ばあちゃんもお疲れさま。ありがとう」と言いつつあくびをしたところで、

「おせぇ！」

ドンッ、と白い毛の塊が、晴人にタックルしてきた。

「う、うわ、主様⁉」

「なんで寿々までいねえんだ！　どこ行ってた何してた美味そうな匂いさせやがって！」

玄関口で待っていたハクが、苛立たしげな声音とともに、何度も突っかかってくる。

「ちょちょちょっと、主様ストップ！」

焦りながらハクを受け止める。

「まあまあ主様いらっしゃっていたのですか？　お待たせしてしまいすみません」

「ったくどこに……、ああ例の娘と一緒にいたのか」

どうも晴人の考えをまたしても覗いたらしい。

「主様」

「お腹空いていらっしゃいますか？」

「あるなら食う」

「はいもちろん用意しておりますよ。少しお待ちくださいね」

にこにこ笑いながら、寿々が開錠する。

「あの……」

ふいに、背後から今日一日ずっと聞き続けた声がかけられた。

その場にいた全員が振り返る。と、先刻旅館に送り届けたばかりの凜の姿があった。

「浅倉さん？」

「ごめんね、あの、忘れ物をしてしまって」

「忘れ物？」

「御朱印帳が一冊なくて、もしかしたらこちらに置いてきてしまったのかもって……」

「まあまあ、ちょっと待っていてね」

引き戸を開け、まず寿々が早足で部屋に入っていく。

「浅倉さん、一度入ってください」

「あ、うん、……、あの、もしかして、ハクロウ、くん？」

凜が、白い毛の塊——主様入りのハクロウくんの名をそっと呼ぶ。

「あ、そ、そうです。商工会議所のイメージキャラクターなんです」

「そう、なんだ……。こんばんは、ハクロウくん」

凜はキャラクターに対しても丁寧に頭を下げて挨拶をする。

「浅倉凜かぁ。本物の方が可愛いな」

ハクは無造作に凜へと顔を寄せてマジマジと見つめる。凜は目を丸くしたが、退くこともなく、こちらもじっとハクへと視線を注いでいた。

「主さ……じゃなくて、ハクロウくん！」

「なるほど明理《あかり》と友達なのか」

「え」

(明理、って……山岸明理さん？　あ、じゃあ俺を指名したのは)

明理から名を聞いていたのだろう。

ハクは今も凜の気持ちを勝手に読んだようだ。晴人が慌てる横で、凜はどこか探るような、それでいて縋《すが》るような眼差しで、ハクを強く見据えた。

「明理から、ハクロウくんは不思議な存在と聞いています。お会いできて光栄です」

「ふ、そうか。いろいろ神社巡りをしたそうだが、少しは気も晴れたか」

「楽しかったです。秩父はもっと閉じているのかしらと実は思っていたのだけど、人も神様もウェルカムなんですね」

「人間によるんじゃねえの」

（何を話しているんだ？）

「凛ちゃん、あったわ。これでしょう？」

祖母が凛の御朱印帳を持って戻ってきた。

「あ、ありがとうございます、寿々さん」

受け取った凛は、嬉しそうに御朱印帳を胸に抱く。

「あの、改めて、今日はありがとうございました。寿々さん、明日楽しみにしています」

「ええ、わたしもよ。気をつけて……晴人、送ってあげなさい」

「うん」

「いえ、タクシーで来て、待っていてもらっているので大丈夫です」

タクシーを使うほど、距離はない旅館なのだが、もちろん短い距離でも、夜だし徒歩は控えたのだろう。

「じゃあ、一ノ瀬くん、今日は本当にありがとう。ハクロウくん、さようなら」

「気をつけろよ」と、ふいにハクが、凛へ声をかける。

「え？　ええ」

うなずいた凛は、三人が見守るなか、タクシーに乗って旅館へと帰って行った。

「主様。……大丈夫でしょうか」

「まあまだ大丈夫なんじゃねえの」

何か、凜のことで晴人にはわからないことを話していると察したが、ふたりの会話に口を挟むことができない。

「中に入りましょう。晴人、早くお風呂に入って今日はゆっくりしなさい」

「うん」

「主様、小豆飯を用意しますから、どうぞ」

「おう」


風呂に入っている間に、着信があった。名を確認すると、山岸明理からである。

「明理さん？」

明理とは、彼女の父である山岸聡介がトラブルに見舞われ、無事解決した際に連絡先の交換をしていた。

折り返し電話をしてみると、コールふたつで繋がる。

『すみません、一ノ瀬さん』

と、開口一番謝られたものだから、その変わらない律儀さに、晴人は小さく笑った。

「いえ、ご無沙汰しています」

『あ、はい。お久しぶりです。あの、一回切っていいですか』

こちらからかけ直しますのでと切られそうになったので、慌てて止める。

「いやいや、このままで大丈夫だから」

『え、でも申し訳ないです』

「大丈夫」

重ねて言うと、明理は逡巡していたが、こうやって通話時間を長引かせている方が迷惑になると思ったのか、すぐに話しはじめた。

『あの、今日浅倉がそちらに行っていると思うんですが、あ、わたしと浅倉、小学生の頃からの友人で。友人というか、親友なんですけど』

明理と凛は、印象がずいぶん違うが、だからこそ馬が合うのかもしれない。

「うん。秩父市内を案内しました」

『一ノ瀬さんが？』

「です。御朱印巡りをしましたよ」

敢えて軽やかな声でそう告げると、明理は、そうですか、と呟き小さく息をついた。

「明理さん？」

『あの、浅倉の様子はどうでした？』

「と言われても、普段の浅倉さんのことをよく知らないので……おおむね元気だったかと」

『そうですよね、すみません。変なことを聞いてしまって。あの子、オフにはスマホを持たずにふらふらひとりで出かけてしまうんです』

「ああ……」

確かに、スマホは持たずに出かけると言っていたからびっくりしたのだ。

『最近は特にひんぱんに旅行していて、しかもそこでやることといえば神社の参拝で、御朱印を集めてまわっていて……』

正直わたし、浅倉がどうしてそんなに御朱印に執着するのかわからなくて、と明理は途方に暮れたように呟く。

「明理さん……」

理解できないけれど、それでも親友のことを心配しているのだ。

『ごめんなさい。こんなこと言っても、一ノ瀬さん、困りますよね』

「明日は祖母が浅倉さんと一緒に行動してくれるので、大丈夫だと思います」

『……え？』

「親友の様子がおかしければ気になるのは当たり前だと思う。もし何かあったら、出来得る限り力になるから」

『……一ノ瀬さん』

明理は少しの間押し黙ったが、やがて、ありがとうございます、と小声で礼を言った。

「そうだ、山岸さんはお元気ですか？」

話題を変えると、明理はすぐに返事が来る。

『父もわたしも元気です。あ、そうだ、一ノ瀬さん、わたし今度秩父に行きます』

「え、いつですか？」

『今月下旬です』

「……それって」

『映画のエキストラに応募して、先日当選の連絡いただきました』

「そうだったんですね！　応募ありがとうございます。その頃は寒いので、暖かい恰好でいらしてくださいね」

『ええ。楽しみにしています。父に言ったらびっくりしてましたけど』

笑う声を受けて、晴人もくすくす笑みを零した。

それからしばらく近況を話した。

電話を切る前、明理はそっと呟く。

『浅倉のこと……見守ってください』

わたしと、父の時のように――と。

祖母とハクも、何事か考えている節があった。凜は何か問題を抱えているのだろうか。

自室を出て居間に行くと、ハクはまだ帰っておらず、コタツに入りながら寿々のｉＰａｄを器用に操っている。

「主様、何見てるの」

「おう、こっち来てみろよ」

「……？」

画面を覗くと、たくさんの文字が並んでいる。

ふと、一文を読んだ途端に、眉間に皺が寄る。


『ビッチ凜の次の標的は○×だってよー』

『マジかよあいつ最近ほんと節操ねえな』

『待て待て○×じゃなくて△▼って聞いたぜ』

『うわ最悪△▼に近づくんじゃねーよきたねーなゲス凜』


あまりにも醜い言葉の羅列に、晴人は目を逸らした。

(ひどいことを)

「掲示板ってヤツだろ。今日会った娘のアンチの集いだ」

ハクが画面に触れるか触れないか、前肢をかざすと、そこからじわじわと黒い煙のようなものが立ち昇る。

「主様……⁉」

「悪意ってヤツはわかりやすい。こうして俺がちょっといじっただけで視覚化できるくらいだ。生身の人間つまり標的にされた人間がコレに触れたら、即劇薬になって当人の身も心も蝕《むしば》む」

台所で洗い物をしていた寿々がやってきた。このことを知っていたのか、痛ましそうに息をついている。

「最近のこういうのは目に余るわね……。芸能人になら、何を言ってもいい、有名税だとでも思っているのかしら」

寿々にしては珍しく憤りをあらわにしている。

(……浅倉さんは、知っているんだろうな)

「事の起こりは、あの娘のちょっとした失言だったようだ。だが大したことじゃねえ。それを、もともと娘を気に入らなかった輩たちがよってたかって糾弾して、それに乗っかった奴らがあちこちで娘の悪口を言うようになった」

炎上した、ということか。

『どうかわたしが負けないよう見守っていてください』

宝登山神社の奥宮で、凜はそう呟いていた。

御朱印を大事に胸に抱く彼女の姿も同時に思い出す。

(御朱印は、彼女にとって必要不可欠なものなんだな……)

「それでもあの娘は強いな。これだけの悪意に触れながらも心の均衡を保っている」

「こういうのって削除できないのかな」

「そんなのは娘側がとっくにやってるだろ。だがこういう輩はここがなくなってもまた別の場所に集う。キリがないんだろ」

「……」

あんなにキラキラしていて元気で明るい凜が、こんなに醜い言葉に晒されている——それが晴人をひどく悲しい気持ちにさせる。

「あら」

寿々が声をあげたのと、ハクが顔を上げたのはほとんど同時だった。

晴人はといえば、ふたりの反応につられて、首を傾げたところで、

きゃはははっ
きたよぉきたよぉきたよぉ

ふいに、幼稚園児がはしゃぐような甲高い声が耳に飛び込んできた。

「え……？」

晴人の前方を一陣の風が走り抜ける。

ぬしさまぬしさまぬしさま
じけんじゃじけんじゃじけんじゃ
はやくはやくはやく

同じ言葉が三度。だが声はいずれも少しずつ違っている。晴人の目の前にぴたりと留ま

ったのは——

「さ、さ、る……？」

おいらたちたちたちは
おげんきおげんきおげんき
さんざるさんざるさんざる

だよぉぉぉぉ————！

三匹の猿が、まるで特撮のヒーローのように両手をそれぞれ掲げて、ポーズを取った。
「な……、な、な、に……っ‼⁇」
「まあまあ、秩父神社本殿にお住まいのお元気三猿様方、夜分にいかがされました？」
笑顔で迎えたのは、祖母の寿々だ。
こんな突拍子もない出来事を前に、にこやかに対応する祖母が信じられない。

すずすずすず
こんばんはこんばんはこんばんは

よいよるだなよいよるだなよいよるだなぁ

「うぜえ」

三匹は同時にではなく、繋がるように同じ言葉を発するものだから、ハクはひどく嫌そうに暴言を吐いた。

晴人はといえばあまりのうるささに、つい両手で耳を塞いでしまった。

すると、

「「「耳を塞いではならぬ――――!!!!」」」

「「「ちゃんと聴け――――!!!!」」」

そう叫びながら、三匹の猿が晴人の両手を摑んで引っ張った。

あまりの声量に、目が回る。

「「「可愛い娘が捕らわれたよ!」」」

「「「影に捕らわれたよ!」」」

「え?」

「「「いそいでいそいでいそいで!」」」

「「「娘がどっかに行っちゃう」」」

娘……それは。

「思ったより早かったな」

「そうですね。……主様」

「……めんどくせぇ」

「どうか凜ちゃんをお助け下さい」

寿々が、ハクへ深く頭を下げる。

ハクはそんな寿々をじっと見やると、溜め息をついた。

「明日は小豆飯三杯」

「はい、承知いたしました」

ホッとしたように寿々は微笑んだ。

「仕方ねえ。行くぞ」

「俺も、……ですよね」

「当たり前だろ」

（……確かに、この件に関して言えば、傍観者ではいられない、というか）

傍観者でいたくない。

晴人はひとつ息をついた。

「待ってて、着替えてくる」

「「一分で！」」

「「のんびりするな！」」

「うわ、ハイ！」

晴人は慌てて自室に走った。

外に出た途端、あまりの寒さに全身がぎゅっと強張る。

「行くぜ」

すっかり着ぐるみのハクロウくんの扱いに慣れたハクは、外に出た途端恐ろしいほどの速さで走り出す。そのハクにまとわりつくように、三猿がはしゃぎながらついてゆく。

晴人は遅れがちになりながらも、必死にハクを追いかけた。

拝観時間外にやってきたのは今回で二度目だ。

ごめんなさい、と頭を下げながら、晴人は秩父神社の境内――お元気三猿の下までやってきた。

小さくうずくまっている凜を見つける。彼女の周りには、三体の黒い影が立っていた。

（あれは……）

小さな黒い影だ。目を凝らすが、顔が見えない。その影は少しずつ、少しずつ、凜へと近づいていく。だがうずくまっている凜は、影の接近にまったく気づいていない。

「浅倉さん……！」

思わず呼びながら、凜へと走る。

ハッ、と顔を上げた凜は、だが目の前、真後ろ、真横に立つ影を認めた途端、顔を歪めて悲鳴をあげた――刹那、ぐるりと世界が反転した。

「わ、わ……うわ……‼」

濁流に巻き込まれるような、圧倒的な力に翻弄され、晴人は身動きができず、ただただ流されることしかできない。

だが必死になって顔を巡らせると、ずっと先で、凜が三体の影に両腕と頭を掴まれている姿が目に入る。

「浅倉、さん……！」

気を失っているのか、凜からの返事はない。

「浅倉さん！」

こわい

ふいに、小さな声が、晴人の耳を打った。

ねえ、こわい

「……浅倉、さん？」
わたし、人が怖いの
何を言われているのか、どう思われているのか、考えるとこわくてこわくてたまらない

の
涙に濡れるその声に、晴人の胸はぎゅっと締めつけられる。
(元気で明るくてキラキラしていて……でもそれは、彼女が必死になって被っていた仮面だった)

ねえ助けて
助けて
誰でもいいから――わたしを怖い言葉から、怖い人から、悪意から、どうか助けて

凛の声は悲痛さを増していく。
濁流に巻き込まれた、その先に、ぽっかりと黒い穴があった。
凛はその穴の中にまで押し流され、ようやく底で止まる。
凛は、足を投げ出してそこに座り込んでいた。
うつろな眼差しで、目の前に立つ三体の黒い影をじっと見つめている。
「……なんで、何も言わないの?」
(あれは……)

三体には顔がない。そしてよくよく見れば、そのシルエットには耳もなかった。

何も言わず何も見ず何も聞かない。

『よく見てよく聞いてよく話す』、お元気三猿と正反対の存在ではないか。

凜が望むように、黒い影は彼女を傷つけない。顔も耳もない存在だ。

だが、ただいるだけで、影は凜を救ってはくれない。それどころか周りを囲むことで、
凜に何も見せず、何も聞かせず、話しすらさせない。

「浅倉さん」

晴人は凜を呼んだ。

凜は呆然としたまま、ゆっくり顔を上げ、そうして晴人へと目を向けてきた。

「浅倉さん、こっちに来てください」

「……」

「浅倉さん」

凜は首を横に振った。

「だって」

細く息を吸う音がする。伏せていた目を閉じると、凜は震える唇を開いた。

「だって、怖いよぉ」

そう言うなり、ぼろぼろと涙を零した。

言葉が怖い、人の目が怖い、何を言っても上げ足を取られて、悪いように受け取られて、

もう何を言ったらいいのか、どんな顔をしたらいいのかわからない。

「何をしても何を言っても、わたしを嫌いな人はわたしを悪く言う。わたしは」

「……」

「傷つけられるのは、もう嫌なの」

凛はぎゅっと何かを抱きしめた。何か――彼女が生きるよすがにしている御朱印帳だ。

「これがあればわたしは大丈夫。わたしは神様に守られている。だから大丈夫大丈夫大丈夫大丈夫……！」

ちっとも大丈夫ではない、悲痛な声で繰り返す凛を見ていられなかった。

晴人は凛に向かって大きな歩幅で歩き出す。

「浅倉さん」

腕を伸ばす。凛の手首に触れようとしたその時、黒い影が晴人の腕を弾いた。

「っ……ッ！」

ぬう、と音もなく近づいてきた黒い影の一体が、晴人に襲いかかってくる。

「うわ、……！」

慌てて影を引き剝がそうとするのに、ぬるぬるとした感触で手が滑り、摑むことができない。

「な、なんだこれ……！」

焦って顔を巡らせると、凛の前に立つ影が、いつの間にか四体に増えていた。晴人にのしかかってきている一体を合わせれば五体。

影を剝がすことができずにいるうちに、さらに増えていき、凜の姿が見えなくなってしまう。

影を張りつかせながらも、晴人は立ち上がり、凜を囲む影に向かってタックルをした。

だが剝がすことができない影を退けることもできず、晴人はその場に倒れ込んでしまう。

「うう……」

黒い影が邪魔するなとばかりに、うつぶせで倒れ込んだ晴人に、一体、また一体と、のしかかってくる。

重みは感じないのに、息ができなくて苦しい。

目の前が真っ黒になり、ブラックアウトしてしまうかもしれない。

「主様……！」

助けを求めても、応答がない。

（いるはずなのに……！）

くそ、と小さく悪態をついた晴人は、とうとうその名を呼んでしまう。

「〝ハク〟、助けてくれ！」

晴人がつけたその名を呼んだ刹那、

「だらしねえな」

呆れた声が背中から降ってきたかと思うと、晴人に張りついていた影が、あっという間に剝がされた。

呟き込みながらも起き上がると、着ぐるみだが『不機嫌です』と顔に書いているかのような不機嫌なハクが仁王立ちしている。

(俺は普通の人間なんだから、アヤカシをどうにかできるはずがないだろうが)

心の中で悪態をついたが、しっかりハクには伝わったようだ。

「少しは成長しろや。仮にも――だろうが」

「え？」

固有名詞だったような気がするが、途中がはっきりとは聞こえなかった。

ハクは、チッと舌打ちをすると、凜を囲む黒い影をぽいぽいと無造作に投げ捨てた。そして凜が大切に胸に抱く御朱印帳を奪う。

「え」

(主様？)

いったい何をするのかと戸惑う晴人と、ぼんやり顔を上げた凜の前で、ハクはあろうことか、御朱印帳を一枚ずつ引きちぎると、宙に放ったのだ。

その暴挙に、凜は真っ青になり、次いであまりの怒りに立ち上がると、ハクへ殴りかかった。

「何をするの！」

心の拠り所としている御朱印を破られて、冷静でいられるわけがない。

凜は御朱印帳を取り戻そうと手を伸ばす。だがハクは上空に浮かぶと、一枚、また一枚と、御朱印を破いていき、とうとうすべてをバラバラにしてしまった。

「どうしてそんなひどいことをするの！」

号泣しながら凜はハクへと拳を振り上げる。

「神ってのはなぁ」

ハクは一度息をつく。

「娘、お前の心を守ってくれるし、支えにもなるし行く先を照らす光にもなる」

ハクの声は、少年のように涼しげな音をしている。だが今は、どこか老成した先人が話すような重みを感じた。

それは晴人だけではなく、凜にも伝わったようだ。表情にまだ怒りも涙もあったが、握る拳はいつの間にか少しだけ下がっていた。

「だがな、そこから立ち上がって歩き出すためには、本人が心を決めて覚悟しなけりゃならない」

「わたしは、わたしはもう、立ち上がりたくないの。歩きたくないの……！」

「そのままでいいのかよ」

「……」

「お前を傷つける輩の方をなんで向くんだ。お前はなんにも悪いことをしちゃいないだろ？お前の力になりたい奴、お前の笑顔を望んでいる奴、お前のことが大好きな奴はたくさんいるだろう。なぜそっちを見ない。悪意にばかり目を向けるなんて、どうしてそんな無駄なことをする」

「――」

凜は、うっすらと目を見開いた。

その時、一枚ずつ破られて落ちていた御朱印が、淡い光を放ちはじめる。

そしてゆっくり、ゆっくり浮かぶと、凜を取り囲んだ。

「あ……」

凜の目に涙が滲む。

御朱印が放つ光は温かく優しい。

ふわふわと己を守るように浮かぶ御朱印を見るうちに、凜はその場に座り込んだ。

「わか、ってる……。悪い方ばかり見てちゃいけないって。でも、でもやっぱり怖いの。わたしに味方なんて、ひとりもいないんじゃないかって思っちゃうの……！」

「そんなことないよ」

思わず晴人はそう言っていた。

「……え？」

「だって、浅倉さんの危機を教えてくれたのは、お元気三猿なんだよ」

「……三、猿？」

ハクの足元に座る三匹の猿へと目を向ける。

「それに、明理さんが電話をくれたよ。浅倉さんのことを心配していたし、俺に、見守ってくださいって言ってくれた」

「……あか、り」

「浅倉さんの親友なんだよね」

「あかり、……明理」

親友の名を呟くたびに、凜の目に再び涙が滲み、頬へと零れ落ちてゆく。

「あのさ……、心ないひともいると思う。でも、独りじゃないよ。浅倉さんをちゃんと見て、浅倉さんの言葉をちゃんと聞いてくれるひとはいる」

「……一ノ瀬、くん」

「だから浅倉さんもちゃんと人を見て、その人たちの言葉を聞いて、そして自分の気持ちを浅倉さんの言葉で、素直に伝えてほしい」

それでも凜は、その場から動くことができずにいるようだった。

「浅倉さん」

晴人が手を伸ばす。

凜はゆっくりと顔を上げた。

まだ瞳は揺れている。けれど、ハクを、三猿を、そして晴人へと目を向けてくる。

次第に瞳に力が、光が、宿ってゆく。

凜がゆっくり立ち上がると、周りを囲む御朱印もまた、ふわふわと揺れた。

御朱印の光の外で少しずつ詰め寄ってくる黒い影を見る目は、まだ怯えている。

「怖いよ」

凛は唇を引き結ぶ。

「怖い、けど……。わたしは、わたしを好きでいてくれる人を、わたしの声を聞いてくれる人を、し……信じ、たい」

凛は絞り出すように、胸の内を吐露《とろ》する。

「信じ、たい、……信じるから。だから」

凛は唇を引き結ぶと、黒い影をかき分け、晴人たちのところまで、自ら歩いて戻ってきてくれた。

「……うう」

小さく唸りながら、凛はさらに涙を零す。そうして伸ばした晴人の手に、自らの手を重ね、ぎゅっと握った。

刹那、凛の後ろでうごめいていた黒い影が、突如として大きく膨れ上がった。

「……！」

「お前らの出番は仕舞いだぜ。夜に帰んな」

ハクが首に巻いた注連縄を解くと、黒い影に向けて刀の如く振り下ろす。

影は跡形もなくその場から消え失せた。

⛩

翌日は仕事のため、祖母の寿々に凜を頼み、後ろ髪引かれる思いで出社した。

仕事中は集中していたが、休み時間になると、祖母に電話をしようか、などと気になってしまう。だが祖母に任せようと思い直す、ということを何度か繰り返していた。

（逆に俺が連絡して、昨日のことを思い出させたら悪いし）

寿々と、寿々の友人たちが、凜を支えてくれるだろう。

「若社長、今日はいつにもましてシャキシャキしてましたねぇ」

智恵子《ちえこ》にそう言われ、そうですか、と頭を掻く。

「お疲れさまでしたぁ」

定時きっかりに仕事を終えた智恵子は残業することなくタイムカードを押し、その三十分後、晴人も事務所を出ようとした時に、入口のドアが開いた。

「いらっしゃいま、せ……、浅倉さん？」

「こんばんは、一ノ瀬くん」

「あ、こんばんは」

「どう？　どう？」

目の前でくるりと回りながら、羽織を軽やかに脱ぐ。その下に着ていたのは、鮮やかな模様の秩父銘仙だった。

「寿々さんからいただいたの！」

「すごい、よく似合っていますね」

「ありがとう！」

凛は、スキップするように晴人に近づいてくると、目の前でにっこり笑った。

「撮影スタッフの皆と、これから東京に戻ります。昨日は本当にありがとう」

頭を下げる凛に、慌てて晴人も彼女に倣う。

「あと、みっともないところを見せてしまってごめんなさい」

晴人は凛を見下ろした。

凛の身長は一五〇センチより少し高いくらいだから、晴人より三〇センチ近く小さい。見た目は本当に、風が吹いたら飛ばされそうなほど華奢だ。

けれど、

「みっともないなんて思いませんでした。強いなとは思いましたけど」

「……」

「でも、強いからこそ、気をつけてほしいな、と思います」

「気をつけるって、何を」

「がんばりすぎないように、ということです。好きな人や頼りになる人に弱音を吐いて愚痴を言いまくってもいいし、溜め込む前に発散してもいいし、泣いてもいいし、暴言だって吐いてもいいと思います」

「……」

晴人はにっこり笑った。

「俺、芸能界のことあんまり詳しくないけど、浅倉さんのこと応援してます」

「それ、今だけのリップサービスじゃないよね」

じっと見上げてくる凛に、もちろん、とうなずく。

「じゃあ、今度会った時までにわたしのこれまで出た映画かドラマ三本観ておくこと」

晴人は思わず笑みを零し、はい、とうなずいた。

「あと、連絡先教えるから、一ノ瀬くんも教えて」

思いもよらぬことを言われ、晴人は思わず、は？　首を傾げる。

「写真、送ってって昨日言ったでしょ？」

「あ、そうでした」

（びっくりした……）

今日はスマホを持ってきていた凛が、はい、と差し出す。晴人も携帯電話を手に、互いの連絡先を交換した。

「あのね、……正直、まだ、ちょっと怖いんだ」

「……はい」

「でも、……ありがとう。ちょっとだけど、前向きになれたよ。一ノ瀬くんと、ハクロウくんのお陰」

そんなことは、と言いかけ、だがそれは飲み込んだ。代わりに晴人は笑ってうなずいた。

「あとね、お願いがあるんだけど」

「はい？」

「浅倉さんじゃなくて、名前で呼んで」

「……え？」

「だって明理のことは明理さんって呼んでるんでしょう？　昨日そう呼んでいたし、本人からだって聞いてるのよ」

（なんだろう、親友同士、ちょっと張り合ってるのかな？）

「明理さんのことは、お父さんの山岸さんとも知り合いなので」

「そういうのはいいから、呼んでって言ってるの」

「あ、はい。えーと、凜さん？　凜ちゃん？」

「凜でもいいよ」

呼び捨てはさすがに、と目を瞬かせる晴人に、凜は、まあいいか、とひとつ息をついた。

「じゃ、また来週」

「はい。気をつけて、いらしてくださいね」

凜はこくりとうなずくと、ふいに両手を伸ばしてきた。

（え……？）

そうして一瞬だけ、ぎゅっと抱き着いてきたものだから、晴人は仰天して思わず声をあげそうになる。その寸前で凜は身を引いた。そうして悪戯が成功したかのように、下から笑顔で覗き込んでくる。

「お礼のハグ！」

「浅倉さ……凜さん、あの……！」

「さっきハクロウくんにもハグしたの。わたしを救ってくれたヒーローなんだから、平等にしないと」

「え、いや、は？　ヒ、ヒーローって……」

混乱して何度も首を傾げる晴人を前に、凜は声をあげて笑う。

無邪気で屈託のない声の中に影を感じることはない。そのことに晴人は心の底から安堵したのである。

幕間

しんしんと冷えた十一月の空気は穏やかに澄み、空に浮かぶ満月も星もくっきりと見える。着ぐるみであるハクロウくんの目を通しても、今宵《こよい》の空は美しい。

遠くからお囃子《はやし》が聞こえる。

「そういやもうすぐ例大祭か」

日本三大曳山祭と言われている秩父夜祭は、毎年十二月二日、三日に催される。祭りを前に、各地域で熱心にお囃子の練習をしているのだろう。笛や太鼓の音が心地よい。

「今夜は冷えますからねぇ。こちらをお持ちくださいな」

祠に戻る際、寿々に手渡された風呂敷包みの桐《きり》の箱の中に入っていたのは、ハクの大好物である小豆飯ともうひとつ。

――ホォウ
ちょうどお囃子が途切れるのを見計らったように、梟の鳴き声がハクの耳にスゥ、と飛び込んでくる。

ホォウ、ホォウ。

「なんだよ」

空に向けて、のんびり声をかける。だがその姿は夜の闇に紛れて見えない。

ホッ、ホッ。

「瑞鳥《ずいちょう》はずいぶんと心配性だなぁ。もっとゆったり構えてろよ」

風呂敷の結び目を解き、笹に包まれた小豆飯のおにぎりと、ステンレスマグを取り出す。

ホッ、ホッ、ホォウ。

「わかってるからそうせっつくな。小豆飯、食うか？　神酒もあるぜ」

神酒はひと肌に温められている。周到なことに、寿々は盃も用意してくれていた。

着ぐるみの手で器用に盃に酒を注ぐと、小豆飯とともに地面に置いた。

ホォウ。

ハクは、ははっと笑った。

「言われなくてもわかってるさ。俺を誰だと思ってる」

その答えに満足したのか、梟の気配が消失した。

「せっかちだなぁ」

食っていかねえのかよ、とハクが手元を見ると、小豆飯はそのままだったが、盃は空になっていた。

「瑞鳥は酒好きか」

ハクは笑う。

今一度注いだ盃の中に、まるい月が映る。ハクは改めて夜空を見上げた。

第三話　夢先案内神

「笠原《かさはら》さん、名刺のデザインを追加でつくったので、意見を聞かせてもらえませんか？」

一ノ瀬《いちのせ》印刷店唯一の社員である笠原智恵子《ちえこ》は、晴人とは二十以上歳の差があるのだが、感性が若く柔軟で、様々な面において頼りになる存在だった。

「若社長、早速取り掛かられたんですねぇ。どれ？」

智恵子はパソコン画面を横から覗く。

企業で使うものだけでなく、個人でも名刺を持つ人は多い。様々なデザインの名刺のテンプレートを用意しておき、そこに必要なテキストを入れる。祖父が社長を務めていた頃にも企業向けに名刺をつくっていたが、晴人は更に個人事業主も気軽に利用できるようなデザインをウェブサイトにアップすることにしたのだ。

今回は女性向けのデザインを五種類つくってみた。

「あら、ステキ！　いい感じじゃないですかぁ。さすがグラフィックデザイナーですねぇ」

「あ、グラフィックデザイナーじゃなくて見習い……」

「クレヨンで描いたようなボーダーと星柄可愛いですねぇ。これ、好きです」

智恵子はにっこり笑った。

誤解を解くことができずちょっと口ごもった晴人だが、褒めてもらえたのは嬉しい。智

恵子同様笑顔になるが、

「ただですねぇ、この猫柄はちょっと、うーん」

「え、え？　ダメですか？」

「猫自体は人気ですけど、だからこそいろいろ商品が出ていますでしょ？　何かしら特徴がないと、目に留まらないんですよぉ」

「……なるほど」

「思いきってインパクト勝負にするとか、……あ、ほら、若社長のおうちの椿《つばき》ちゃん。黒猫さんで可愛いじゃないですかぁ。椿ちゃんをモデルにしてみたらどうです？」

「あ、それ、やってみます」

「あとお花柄なんですけどぉ」

と、ダメ出しが智恵子の口からよどみなく出てくる。

最初に褒めてもらったボーダーと星柄以外は、すべてどこかしら変更が必要なようだ。

「話は変わるんですけど」

「はい？」

「若社長がハクロウくんのデザイン画を描いたって初穂《はつほ》さんから聞きましたよぉ。ハクロウくんのグッズ化なんて面白くないですかねぇ」

智恵子が突飛なことを言いだした。

「え、えっと？」

「ハクロウくん、わたし結構好きなんですよぉ。でもグッズ全然ないでしょう？　ここら辺でグッズ展開してもいいんじゃないかしらって。ハクロウくんの版権は商工会が持っているんですよねぇ」

「……笠原さん、もしかして仕事、忙しいかもしくは詰まっている、んですか？」

　これはあれではないか。忙しい時に限って関係ないことが気になったりしたくなったりする現象だ。

　すると智恵子は、ふっと黙り込んだが、すぐに口元に笑みを浮かべた。

「バレましたかぁ？　昨日のうちにチラシの変更個所連絡来るはずだったんですけど、担当さんと連絡つかなくて」

「えっ」

「それからクリスマスに向けてケーキ屋さんやオモチャ屋さんから注文いただいているんですけど、締め切り全然守ってくれなくて。なんなんでしょうねぇ」

「……」

「担当さんと連絡つかないところ、納期明日なんですよぉ。印刷機空けて昨日から待ってるのに、ばっくれられちゃって、これから突撃して来ようかと」

「……、ええと、どこですか？」

　それは市内の学習塾だった。

「子どもたちの冬休み前にポスティングするらしいんですよねぇ」

「俺が行きましょうか？」

「いえいえ、あたしの担当ですから行ってきますよぉ。若社長は名刺のデザインがんばってくださいな。企業の多くは四月に名刺を新調しますが、個人事業主は年明けに合わせて新しくする人も結構いらっしゃるんで」

いってきまぁす、とコートとトートバッグを手に、智恵子は軽妙な足取りで事務所を出て行った。

智恵子を見送ったあとで、晴人は画面上に並ぶ名刺に目を向ける。

貴重なアドバイスを得たことで、晴人にもそれぞれの欠点が見えてくる。

晴人は早速液晶タブレットに向かった。

修正を加えながら、智恵子の言葉を思い出す。

「ハクロウくんのグッズか」

実際にグッズ展開をするとなるといろいろ面倒なことも出てくるが、結構面白いかもしれない。

秩父市にはイメージキャラクターの『ポテくまくん』がいる。

調べてみれば、ポテくまくんのグッズはたくさん出ていた。

ぬいぐるみはもちろん、缶バッジやタオル、ペンやメモ帳といった文房具、さらにみそポテトをイメージしたキャラクターだからか、サブレやプリン、饅頭など、食品関係もたくさんある。

グッズは、道の駅や地場産センター、各売店等、幅広く置かれていた。

「すごい」

ご当地キャラクターとは、こんなにもたくさんグッズが出るものなのかと感心する。

ほかにどんなキャラクターがいて、どんなグッズが発売されているのかと俄然興味が湧いてきて、まずは県内のキャラクターをサーチする。

「ずいぶんいるんだな」

埼玉県はキャラクター王国と言われていて、県、市はもちろん、町や村、商店街に至るまで、たくさんのキャラクターが存在している。

県のキャラクターは、県鳥であるシラコバトがモチーフの『コバトン』と、二〇一四年に誕生した『さいたまっち』だ。

「コバトン……は見たことあるかも？」

首を傾げつつウェブサイトをどんどん見て回る。

たまに、「あ、このキャラは見たことがある」といった有名キャラクターもいて、名前で検索すると様々な形で商品展開していた。

ぬいぐるみだけでも数えきれないほどの種類が発売されているし、そのキャラのミュージアムまであり、経済効果が数十億円という記事を見つけた時には目を瞠った。

「すごいんだなぁ」

テレビではいわゆる『ゆるキャラ』をあまり見なくなったし、卒業と称してキャラクターの利用をやめる自治体のニュースを読んだことがある。だが一方で、きちんとキャラを活用し、かつビジョンを明確にしている自治体は、イベントへの参加もコンスタントにおこなっている。根強いファンも多いのだろうし、何より地元で暮らす人たちに受け入れられ愛されているのだろうなと晴人は思う。

「グッズか」と、ハクロウくんのグッズを想像してみる。

ふわふわした白毛に愛嬌のある造作をしているから、ぬいぐるみにしたらきっと可愛いだろう。デフォルメもしやすいので、雑貨にも向いているように思う。

……などということを考えている自分に、晴人は思わず笑いを洩らした。

「いやいや人気キャラでもない限り、そうそう売れるもんでもないだろう」

ハクロウくんはポテくまくんと違い、この一年、キャライベントには出演していない。

首を振りつつも、ついつい液晶タブレットを使って『ハクロウくん』を描きはじめていた。

いつもは首に巻いている注連縄を外して手に持ち、それを炎虎へと投げかける絵だ。

炎虎と対決した時のハクは、煌々《こうこう》たるオーラに包まれていた。

「こう言ったらなんだけど、ハクって絵になるな」

さすがは神様——と思いかけて、晴人は首を傾げる。

そういえば、祖母の寿々《すず》や秩父神社の虎、三猿たちから『主様』と呼ばれているが、ハクは本物の神様なのだろうか？

アヤカシを退ける力を持つのだから神様なのだろうなぁとは思っているのだけれど、寿々からきちんと話を聞いたことはない。

おいおいね、とは言われているものの、いつ話を聞かせてもらえるのだろう。

秩父銘仙を着てコタツで寝そべるハク、猫じゃらしを使って椿を遊ばせるハク、小豆飯を所望するハクと、いろいろ描いてみる。

描きながら、晴人はふと笑みを零した。

ファンタジーと現実が地続きになっている今の状況に馴染みつつある自分がおかしかったのだ。

（東京にいた頃とは、本当に何もかもが変わったなぁ）

祖父が倒れ、印刷店を継ぐために、秩父に帰ってきた。

毎日忙しいが、楽しいし充実している。戻ってきてよかったと思っている。

けれど――。

ふと、晴人はペンを止めて、液タブに描いたハクをじっと見つめる。

『おまえさ、グラフィックデザイナーになるのが夢だったんじゃないのか？』

ふいに思い出す、東京に住んでいた頃の、先輩の声。晴人は目を伏せた。

空いているスペースに〝夢〟と書いた。しばらくその文字を見つめていたが、晴人はきゅっと唇を引き結ぶと消去した。

「……いまさらだよな」

ハクの絵は、存外うまく描けたので保存し、晴人は名刺の修正を再開した。

⛩

平成二十年に廃校になった芦ヶ久保《あしがくぼ》小学校は、現在あしがくぼ笑楽校《しょうがっこう》と名を変え、映画やドラマの撮影がおこなえる。

映画『ちちぶ妖精物語』は、秩父市の隣、秩父郡横瀬町《よこぜまち》にあるその『あしがくぼ笑楽校』でクランクインする。

鉄筋校舎と木造校舎があり、撮影は木造校舎と裏手にある体育館でおこなわれる。

撮影を三日後に控え、晴人が所属するちちぶフィルムコミッションも大忙しだった。

「晴人ー、初日のケータリングの数、確認したか？」

「あっ、はい！　キャストと撮影スタッフ合わせて四十二人で、朝はパン食とスープ、昼は弁当、夜はバイキング、お湯も出るウォーターサーバーを三基、インスタントのコーヒー紅茶緑茶ドリンク類が出せるよう確認済みです」

「俺たちの分もそれにプラスしておくんだぞ」

「あ、はい」

「あと、明日から制作と美術班がやってくるから、そっちの食事の確認も頼む」

「何人いらっしゃるんでしたっけ？」

「ええと、確か」

大野が手元の書類に目を落とす。

「明日は十六人、明後日はプラス十人、の予定」

「わかりました。朝からですよね？」

「そう」

「ストーブも準備してますよね？」

「うん、もちろん。体育館と食事をする家庭科室にそれぞれ置く予定」

「進行は、と」

「スケジューラーさんに確認取ったのを、そっちに拡大して置いてます」

「おおサンキュ」

ひとつひとつ間違いないよう、忘れ物がないよう、念入りにチェックをしていく。この分ではまだまだかかりそうだと、ちらりと壁時計に目をやったところで、晴人はふと首を傾げた。

「あの、新井《あらい》さんはどうされたんですか？」

三人組の中で一番元気で声の大きいパン屋の新井の姿がない。酒屋の店主である大野は、ああ、と笑った。

「例大祭があるからなぁ。新井は屋台囃子保存会のメンバーだから、あっちにも顔を出さないといけないんだ」

「例大祭……、あ、秩父夜祭のことですね」

そういえば大祭を前に、最近お囃子を練習する音がよく聞こえてくる。

「そう。晴人は寿々さんから例大祭に参加するよう言われていない？」

「祖母から？　いえ、全然」

「そうか。撮影もあるから、こっちに集中しろってことかもな」

「そう、ですかね？」

「竜生《たつお》さん、白羽屋《しらはや》商店街地区のまとめ役だからこの時期はいつも忙しくしてたよ。――そういえば、竜生さん元気？　って、入院してるのに元気もないか」

ははは、と大野は笑う。晴人も苦笑した。

「入院していても元気ですよ。元気すぎて逆に今は退院させられないって先生に言われてしまいました」

「へえ？　どうして」

旅館経営をしている島田《しまだ》も、手を休めて会話に参加してくる。

「その秩父夜祭があるからです。せっかくよくなってきたのに、祭りとなったら屋台に乗ったり綱を引っ張ったり無茶をするに違いないって」

晴人が緩く首を振りながらそう言うと、ふたりは確かに、と大笑いだ。

「笑い事じゃないんですよ。じいちゃん、絶対祭りまでには退院するって言い張って、先生は絶対退院させないって大喧嘩しちゃって」

笑い事じゃないと言ったのに、ふたりはさらに声をあげて笑った。

「竜生さんらしいなぁ！」

「主治医って、あれだろ、竜生さんの幼なじみの息子だろ？　昔からの付き合いだから、竜生さんの性格完璧に把握しているよなぁ」

晴人は大きなため息をついた。

「大野さんや島田さんは、夜祭の方は大丈夫なんですか？」

ふたりは顔を見合わせ、肩を竦め合った。

「今回の映画は市にとってもでかいプロジェクトだからな」

「商工会から、こっちをがんばれって言われているよ。ただまあ、そういうわけだから、例大祭が終わるまでは、撮影の方にあまり人員割けないとも言われている」

「そうですか。……ですよね」

秩父市にとって例大祭は年に一度の大きな祭りだ。例年三十万人以上の来場者がやってくる。

夜祭を楽しみにしている市外からの客たちは、祭りが終わるとそのまま翌年の宿を予約していくという話も聞く。そのため今回撮影するにあたって、旅館やホテルの空きがほとんどなく、キャスト・スタッフの宿の確保にかなり苦労したのだ。

「映画で例大祭の場面があればプラスになるだろうし、まあ持ちつ持たれつ、だな」

「確かに」

「でもまあ、正直この時期の撮影は辛いよなぁ」

ぼやく大野にうなずきながら、島田が、というわけで、と続けた。

「うちだけでなく、近隣のフィルムコミッションにもサポートを頼んでいるから」

晴人は秩父に戻ってきて初めてフィルムコミッションという存在に出会ったのだが、調べてみれば、映画やドラマの撮影を招致する部門を、たくさんの自治体が設けているのだと知った。

埼玉県には『埼玉県ロケーションサービス』があるし、秩父市の周辺でいえば、今回の横瀬町の他、長瀞町、本庄市、深谷市、熊谷市などにもある。

大きな撮影の場合、連携することもあるのだそうだ。

「晴人は撮影の同行は初めてだよな」

「はい」

「期待しているからな」

「がんばれー若者！」

「は、はい、がんばります」

大野と島田にそれぞれ左右から両肩を叩かれた晴人は、こくりとうなずいた。

「こんばんはぁ」

ノックとともに事務所に男性がふたり入室してきた。

「あ、笹原《ささはら》さん、若田《わかた》さん、遠路お疲れさまです」

島田が入口まで足を運び、ふたりを出迎える。

面識のない晴人が小さく首を傾げていると、島田が、来い来い、と手招きをした。

「『ちちぶ妖精物語』撮影クルーのおふたりで、美術プロデューサーの笹原さんと美術進行の若田さん」

スッキリとした短髪の、切れ長の双眸の笹原は四十代後半だろうか。彼より十歳ほど年下と思しき若田は、肩ほどの長さの茶髪の男だ。

「一ノ瀬です、よろしくお願いします」

名刺交換をしつつ頭を下げ合う。

「へえ、面白い名刺ですね」

「『一ノ瀬印刷店』なるほど、印刷屋さんですか」

手にした晴人の名刺をマジマジと見ている。

「はい。何かご入り用の際にはぜひ」

印刷店ということもあり、晴人は一枚の小さな紙の中に、目を惹くような趣向を凝らして、会話のきっかけにしていた。

「こちらこそ明日からよろしくお願いします」

明日は早朝から旧芦ヶ久保小学校に入り、撮影準備をする。美術班の笹原と若田は撮影スタッフの責任者だという。

「もう全員いらしているんですか？」

「ええ。あ、先日連絡させてもらった人数から、ひとり増えました」

「おっ、ええと、宿は」

「ああ、それは、本人が個人的に予約したそうなので大丈夫です」

「そうですか」

島田からちらりと目線を送られる。

(明日の食事の件、かな)

あとでケータリングをしてもらう業者に連絡をしなければとうなずく。

「ちなみに、今いらしてます」

カツンと、石を叩くような、硬質な音がした。

「こんばんは」

それまで事務所の外にいたらしい人物が、ふたりの後ろから入ってきた。

白髪交じりの、サラサラの真っ直ぐな髪がまず目に入った。顔へと視線を向ければ、五十代半ばくらいだろうか、長身瘦躯《そうく》の、どこか教育者を思わせるやわらかな物腰の人物である。蛍光灯の光を受けて、淡い茶色の双眸が印象的だった。

一歩進み入ってくると同時に、カツン、とまた音がする。

その人物はステッキを手にしていた。わずかに肩が傾く様子を見て、足が不自由なことに気づく。

(あれ?)

どこかで見たことのある顔だ。

その疑問はすぐに解決した。

「か、春日井《かすがい》監督……!?」

芸能界に詳しくない晴人でも知っている有名監督であり、映画『ちちぶ妖精物語』でメガホンを取る人物だった。

「どうも、今回はよろしくお願いします」

穏やかな声とともに、深々と頭を下げられた晴人たちは、慌てて同様に挨拶を返した。

「監督は明日いらっしゃるかと」

「そのつもりだったんですけどね、なんだか待ちきれなくて」

監督――春日井涼《りょう》は、ふふっと楽しげに笑う。その笑顔は、まるで初デートを明日に控える少年のように無邪気なものだった。

「邪魔にならないよう隅っこにいるから、僕のことは気にしないでくださいね」

ずいぶんフランクな監督さんなんだなぁと思う。とはいえ『監督』と呼ばれる人物に会ったことは一度もないのだから、ひと口に『監督』と言っても十人十色なのだろう。

晴人はこれまで、映画は年に二、三作観る程度で、監督や役者のことはあまり知らない。単に自分の好きそうなテーマやストーリーだからということがほとんどだった。気に入ると複数回映画館に足を運ぶこともあるがそれは稀で、今まで二度ほどしかない。

そのうちの一作が、春日井が三年前に撮った映画だったのだ。さらに偶然にも、春日井は浅倉凛が初めて主演を務めた映画の監督でもあった。

『今度会った時までにわたしのこれまで出た映画かドラマ三本観ておくこと』

『ちちぶ妖精物語』のヒロインである凜に先日そう言われ、視聴した一本が、彼女がスクリーンデビューをした映画だった。

当時彼女は中学一年生で、多感な中学時代の一カ月間を瑞々しく描いたその映画は、映像もストーリーもとても美しく、晴人のお気に入りの一本になった。

だから今回、春日井が監督を務める『ちちぶ妖精物語』の撮影に携わることができて、晴人は内心ワクワクしていたのである。

⛩

翌日は早朝から撮影の準備に取り掛かることになっていた。

旧芦ヶ久保小学校は、校門左手にプールが、前には広い校庭が広がり、さらにその先には二階建ての木造校舎と右奥に新校舎（廃校だが）と呼ばれている鉄筋コンクリートの校舎がある。

校庭に車を乗り入れ、外に出ると、あちこちから寒い寒いと声があがった。

十一月も下旬だ。いよいよ秩父に冬がやってくる。

ホォウ、ホォウ。

鳥の鳴き声が聞こえてきた。

（……フクロウ？）

この辺りでもフクロウの姿が見られるという。校舎裏の森に住んでいるのかもしれない。

（でもフクロウって夜行性だよな。早朝に鳴くのか？）

首を傾げつつ耳を澄ますが、聞き間違いだったのか、鳴き声は聞こえてこなかった。

「やあ、これはいいですね」

隣に並んだ春日井が、ニコニコしながら校舎を見上げる。

「イメージぴったりです」

監督にそう言われ、晴人はホッとする。

「ＦＣやロケハンの皆さんにがんばっていただいたんですね」

「原作小説と脚本を読んだ時、廃校が重要な舞台になると皆と話していたんですが、すぐにこの旧芦ヶ久保小学校はどうかと名前が挙がったんです」

「特にあの木がいいですねぇ」

「センダンの木ですね」

資料にあった木の名を告げると、ほう、と春日井は軽く目を見開く。

「ご存じですか？　センダンの木は、昔梟首の台に使われていたそうですよ」

「え、キ、キョウ、シュ、ですか？」

咄嗟にそれが何かわからず、問いを返す。

「獄門台です。つまり斬首した首を置く台のことです」

ゴクモン、ザンシュ、と来て、ようやく晴人はそれが、『獄門』、『斬首』だと気づき、え⁉　と思わず叫んだ。だが春日井の方はといえば、なぜか楽しそうに笑っている。

「梟首の梟って『フクロウ』ですよね。現代の我々からすれば、フクロウって『不苦労』とも言われて、むしろ縁起がいい生き物なのに、なぜ悪人の首＝梟首って言うのかなぁ、と子どもの頃不思議に思ったんですよ」

「は、はあ、言われてみれば、どうしてでしょうね？」

「もしかしたら昔はフクロウって縁起の悪い生物だったのかなと思いまして、調べたことがあるんですよ」

「……なるほど」

「『梟』は、たけだけしい、つよい、という意味もあるんですよね。それで――」

「監督、行きますよー！」

滔々と話す春日井を制するように、スタッフが声をかけてきた。

「またそうやって若者を摑まえて。ほんと『先生』ですねぇ」

笑いながら突っ込むスタッフに、春日井は、くしゃくしゃと頭を掻いた。

「いや、申し訳ない。君の仕事の邪魔をするところだった。この話はまたあとで」

「あ、は、はい」

一度頭を下げると、手招きをしている島田へと走る。

（面白い監督さんだなぁ）

晴人は春日井のプロフィールを思い出す。

春日井涼が映画監督として世に名が出たのは十年前だ。それ以前の経歴が面白く、彼は元々教師だったそうだ。三十歳まで小学校の教師をしていたが、映画を撮りたいという夢を追い、有名監督に師事。十年裏方として下積みを経験し、その間こつこつと脚本を書き溜めていたという。

自身が脚本を書いた監督デビュー作は、それなりにヒットした。晴人も当時観ることはなかったがタイトルは覚えている。監督として春日井の名が一気に世に広まったのは、三作目の、浅倉凛の映画デビュー作で、これも春日井が脚本も手がけた。この作品で、凛は日本映画の賞で新人賞を、春日井は脚本賞を受賞した。

三年前まではコンスタントに年に一作撮っていたのだが、晴人が大好きな映画を撮って以降、彼がメガホンを取ることはなかった。

今まで春日井は原作物を手掛けたことがない。『ちちぶ妖精物語』は、彼の脚本ではないが、久しぶりの春日井作品なのだ。

撮影は木造校舎とその裏にある体育館でおこなわれる予定だ。

今日は晴人と島田が撮影クルーについてきたのだが、旧芦ヶ久保小学校は秩父郡横瀬町にあるため、事前に各部屋の鍵を受け取っていた。

設営に二日、その翌日から撮影が始まる。

旧芦ヶ久保小学校での撮影は一週間の予定だ。

ヒロインの凜やその同級生たちが同窓会のあとで小学校にやってきて、そこで時空を超えてきた妖精と出会うという重要なシーンが撮影される。

クランクインは体育館だ。撮影スタッフたちは、美術監督の下、テキパキと動きはじめた。

晴人と島田、それから他地域のFCメンバーの手も借り、設営の補助をおこなう。精密機械が多いため、皆細心の注意を払って運び込む。早朝から始めたのだが、機材を運ぶだけであっという間に時間が経ってしまった。

「晴人、そろそろケータリング来るからそっちの用意を頼む。木造校舎の昇降口な」

「はい！」

気づけばもう昼近い。晴人は体育館から木造校舎へと走った。

折よく業者がやってきたため、昇降口左手の調理室に運んでもらう。

晴人は撮影スタッフたちがすぐ来てもいいように、弁当と飲み物を丁寧に並べる。隣の家庭科室が畳敷きのため、そこで食事をしてもらう予定だ。

エアコンがないので、ストーブをいくつも運び込んでいた。それらのチェックをしていると、廊下を歩く軋《きし》む音が耳に飛び込んでくる。同時に、コツ、と何か硬い音も聞こえて、晴人は廊下へと目を向けた。

「やあ、こんにちは」

「春日井監督」

晴人も含め、スタッフは動きやすいようにトレーナーやジャージといった恰好《かっこう》をしているが、彼はグレーのコートに首には黒のマフラーを巻き、黒のスラックス姿である。長身痩躯の彼は、ロングコートがよく似合っていた。

そういえば設営中の体育館で春日井の姿は見かけなかったが、どこにいたのだろう？

「昼食の用意ができていますので、お好きな時に食べてください」

「ありがとうございます。ええと、一ノ瀬くん、でしたかな？」

「あ、はい！」

「撮影する部屋を見ておこうと思っていたのだけど、鍵がかかっているんです。案内していただく時間はありますか？」

「わかりました。ちょっと待っていてもらえますか？　向こうに連絡しておきます」

「はい」

春日井は晴人の両親とほとんど年齢の変わらない年頃だが、誰に対しても丁寧な口調で話すようだ。それが逆に少しだけ緊張を誘う。

晴人は携帯電話で体育館にいる島田に連絡を取った。

『わかった。そろそろ昼飯に行くって言っている人たちもいるから、俺がそっちに行くよ』

「よろしくお願いします」

手短に電話を切り、ポケットに入れておいた木造校舎の各部屋の鍵を取り出した。

「お待たせしました」

「いえいえ、まずは一階からお願いします」

「はい」

　晴人は木造校舎内の見取り図を頭に浮かべた。

　一階は、今ふたりがいる調理室と家庭科室の隣に校長室がある。さらに職員室、放送室、保健室と続く。二階には、階段側から図書室と理科室、一番奥には音楽室と準備室があった。

　晴人はまず、家庭科室の隣の校長室の鍵を開けた。

　校長先生の机と椅子の他、ロッカーや木の戸棚が壁に並んでいる。

　春日井は、ほう、と呟く。カツ、カツ、と杖をつきながら室内をゆっくり歩いた。

「思っていたより広いんですねぇ」

　そう言って、よかった、と笑う。晴人は撮影に参加したことはまだ一度もないため、映像を撮るために、あんなにたくさんの機材が必要なのだと今日初めて知った。機材がたくさんあるということは、それを使う人間も入るわけで、きっとこの部屋の中もいっぱいになるのだろう。

　隣の職員室の広さも確認し、廊下に出る。春日井は立ち入りできない部屋にも興味があるのか、窓ガラス越しに室内を覗いている。

　右に左に視線を向けながらゆっくりと歩く春日井に合わせ、晴人の歩調も緩やかだ。

古びた木の壁や廊下が、まるで子供だった頃にタイムスリップしたような、そんな不思議な感覚を齎す。

「なんだか懐かしい気持ちになりますねぇ」

春日井も晴人と同じような思いでいるのだろうか、どこか感慨深げにそう呟いた。

「僕が通っていた小学校も木造校舎でしてね、長年使って黒ずんでそれでいてきちんと丁寧にワックスがかけられて、ピカピカに光る廊下を、よく走ったなぁ」

楽しげな様子が想像できて、晴人の顔も自然とほころぶ。

「この学校の雰囲気によく似ていましたよ。木枯らしが吹く冬には木枠のガラス窓がカタカタと揺れて、教室にはだるまストーブが置かれていたんですよ。ご存じですか？　だるまストーブ」

「え、っと、名前は聞いたことありますが、実物は見たことがありません」

「昭和まで使われていたんですよ。だるまそのものの形ではなくて、寸胴《ずんどう》型なのでそう呼ばれていました」

「なるほど、そうなんですね」

あとで調べてみよう、と思いつつうなずく。

「一ノ瀬くんはおいくつですか？」

二十二歳ですとこたえると、春日井はふいににっこり笑った。

「二十二歳で社長さんとは素敵ですね」

晴人は、えっ、と目を丸くしたが、すぐに昨日名刺を渡したことを思い出す。

「あ、いえ、入院している祖父から店を預かっているという感じです」

「以前からこちらにお住まいなんですか？」

ゆっくりと階段を昇りながら、春日井は問いかけてくる。穏やかな教師からの言葉のように聞こえるのは、彼の前職がそれそのものだったからだろうか。自分のことを話すのは得意ではないのに、晴人は自分でも不思議に思うくらい滑らかに返事をしていた。

「三カ月くらい前まで、東京に住んでいました」

「向こうでも印刷業を？」

「いえ、……アルバイトで」

「アルバイトで？」

「ええと、グラフィックデザイナーのアシスタントをしていました」

春日井は、ほう、とひとつうなずくと、一段上から晴人へと目を向けてくる。

「グラフィックデザイナー志望なんですか？」

「絵を描くのが好きなので、何かしら携われたらと思っていました」

「もしかして名刺に描かれていたイラストは君が？」

「あ、はい」

印刷店ということから、『こんな名刺もつくれますよ』という案をできるだけ詰め込んだ盛りだくさんな名刺になっている。

スケルトン和紙と呼ばれるわずかに透ける紙にレーザー加工を施し、切り絵と自分が描いた絵を繋げるように描いている。

「あのイラスト綺麗ですねぇ。色もいいし、和紙の質感と合っていてとてもいい」

映画監督にあからさまに褒められて、晴人は恐縮するあまり、目が泳いでしまう。

「あ、ありがとうございます。橋をレーザーで切って、『秩父ミューズパーク』から臨める雲海を描きました」

「本当にあの名刺のように見えるんですか？　君が描いた雲海の色は素晴らしかった」

晴人はにっこり笑ってうなずいた。

「条件さえ合えばちょうど今の時季が見頃です。ぜひ、監督にも見ていただきたいです」

「いいですねぇ。秩父の雲海は見たことないから、時間ができたら案内してください」

「はい」

階段を昇り終え二階に到着すると、右手に図書室がある。

開錠し、中に入ると、学習用の机と椅子が並び、壁に沿って本棚が置かれている。本棚には本が入っているが、撮影ではすべて取り除き、さらに机を片づけて本棚も増やすと聞いている。体育館の設営が終わったら、今度は図書室での作業に取り掛かるのだ。

「明るいですねぇ」

よく晴れた十一月下旬の陽光が、窓の外から降り注ぐ。

図書室の隣は理科室だ。骨格標本が置かれているのを見て、春日井は「あ、ちゃんと置いているんですねぇ」と言いながら笑っていた。

理科室の隣の教室には、子ども用の遊具が置かれている。

「向こう端は音楽室と準備室ですね」

「楽器は置かれているんですか？」

「ええと、はい。資料では、ピアノや鉄琴、ドラムセットなんかがあるみたいです」

他の部屋同様、鍵を開けて扉を開け……、ところがどういうわけか、開かない。

「あれ？」

もう一度鍵穴に差し込んで逆に回してみるが、手ごたえはない。

「おかしいな」

加減しながら前後に揺らして左にスライドさせるが、やはり開かなかった。

「開きませんか？」

「はい、どうしたのかな」

音楽室は使用禁止ではないのに、と首を傾げながら、今度は少し強めにガタガタと揺らしてみた——次の瞬間。

ドンドン！

突然内側から扉を叩く音がしたものだから、晴人は、うわっ、と声を上げて飛び退った。

目を丸くしながら、同様に驚いている春日井と顔を見合わせる。

「え、えっ？　……あれ？」

「今日はうち以外、来ていないんですよね？」

「ええ、もちろんです」

旧芦ヶ久保小学校は、映画やドラマの撮影のほかにも、いわゆるコスプレイヤーたちが集って撮影会をおこなったり、ちょっとした催し物をしたりすることも多いのだという。

だが今日から十日間は貸切だ。

晴人と春日は揃って窓から室内を覗く。

教室の前側には黒いカバーがかけられたグランドピアノが置かれ、机や椅子が並ぶ。ほかの楽器は後方にまとめて置かれていた。室内を注意深く見ても、やはり人影はない。

「窓の鍵は、開いていないよね」

春日井が窓枠に手を触れさせた次の瞬間、突然ガタガタッ、と窓が震えた。

「うわっ」

春日井は慌てて手を離す。

「え、地震？　……じゃないよね、え、な、なんだ？」

なんだと訊かれても、晴人もわけがわからない。晴人と春日井は再び目を合わせた。

「……、ええと、もしかしたら、窓からは見えないところで、何かがたまたま倒れて扉を塞いでいるのかもしれません」

「そう、だね。だが今の窓が震えたのは……」

「それは、触った時に振動で、音がした、とか……？」

春日井は、それには納得しかねる、という顔をしていた。もちろん言った晴人でもそう思うのだから当然だろう。

「うちの方で確認しておきますので、音楽室の確認はあとで大丈夫ですか？」

「もちろん。開かないんだから仕方ないね」

そう言いつつも、春日井は名残惜しそうに音楽室を覗く。

「——うちの小学校でも、七不思議のうちのひとつが音楽室にまつわるものだったなぁ」

春日井が呟く。

それは晴人に聞かせるというより、昔を思い出しての独白のように思えた。

懐かしさと、少しの感傷を齎す声音だった。

後ろ髪引かれながら音楽室前から歩き出したのだが、一歩目を踏み出した時、晴人の耳に、ピアノの音と歌声がスゥ、と入ってきた。

ギクリと肩を震わせた晴人は、咄嗟に春日井に顔を向けた。はっきりとしたメロディーだったから、春日井にも聞こえたと思ったのだ。ところが春日井は何事もなかったように真っ直ぐ前を見ている。

（……あれ、確かにピアノと歌声が聞こえたんだけど）

いや、だったら逆に怖い。空耳にしておけと晴人の中の常識が囁く。

（ああ、嫌な予感がする）

それは、秩父神社で遭遇したあのアヤカシ騒ぎの時とまったく同じ感覚だった。

まさかここでも？　いやいや、廃校とはいえ、普通の建物だ。神社とは違う。そうそうおかしな出来事など起こるはずもない。

「一ノ瀬くん、どうかしましたか？」

「あ、……いえ、なんでもないです」

慌てて首を横に振り、春日井に合わせながらも、ふたりは行きより明らかに歩調を早めて一階へと戻ったのである。

⛩

「……ということがあったんだけど、空耳だよね」

「その場にいなかった俺にわかるわけないだろうが」

「そうだよね。うん、わかってる」

食後に飲むほうじ茶の入った湯呑みを両掌《てのひら》で包み込みながら、晴人はひとつ息をついた。

あのあと島田やほかの市のＦＣメンバーと連れ立って再度音楽室に行ったのだが、やはり扉は開かなかったのだ。

そのため明朝町の担当者と学校の管理人に来てもらうことになった。

（扉がガタついているだけならいいんだけど）

あのピアノと歌声がどうしても気になる。

秩父に帰ってきて何度か不思議な経験をしている身としては、単純な理由であってほしいと願うばかりだ。

晴人の左脇に座る着ぐるみのハクロウくん――の中にいるハクは、今夜も腹いっぱい好物の小豆飯を食べたからか、満足そうに猫の椿をかまっている。

「撮影準備は順調なの？」

柔和な笑顔で、祖母の寿々が声をかけてくる。手元にはほうじ茶と、姉夫婦が経営しているカフェからもらってきたというガトーショコラが置かれていた。晴人の前にも半分食べかけのショートケーキがある。

晴人はてっぺんに乗るイチゴを口に入れながら、うん、とうなずいた。

「体育館の設営が早く終わったから、明日の予定だった図書館の方にも取り掛かれたよ」

明日は仕事があるために日中には行けないが、終わり次第駆けつける予定だ。

「祭りも始まるし撮影もあるしで、『知知夫』も賑やかになるな」

ハクは心なしか楽しそうだ。あまり見ない機嫌のよさに、晴人は目を瞬かせる。

「主様は『秩父』が元気だと嬉しいのでしょう」

「うるさいのは好かねえが、賑やかなのはいい」

（それってどれくらい違うんだろう？）

「全然違うだろ？」

「あ、主様また！　心の中を読むのはやめてほしいって言ったのをすぐ忘れる」

何度注意しても聞かないのだから無駄だとは思うものの、やはり言わずにはいられない。

「お囃子は、主様にとって心地好い音なのですね」

「まぁなぁ」

着ぐるみなので表情はわからないが、寿々の言葉にハクは満足そうにうなずいた。

「そういえば晴人、今日凛ちゃんからメールをもらったの」

「は？　え、凛さんから？」

寿々がニコニコ笑いながらうなずく。

以前凛が秩父にやってきた時に、ふたりはすっかり仲良くなったようだ。晴人と連絡先の交換をしていたが、祖母ともやりとりをしていたとは知らなかった。

「明後日から撮影が始まるでしょう？　撮影期間はずっと秩父に泊まるらしいのよ。それでね、もしよかったら一緒に泊まりませんかって誘ってくれたの」

「え、え？　凛さんが泊まるホテルに、ばあちゃんも泊まるってこと？」

「ええそう。本当はうちに泊まってほしかったから誘ったのだけど」

「ええっ⁉」

「ほら、やっぱり凛ちゃんは芸能人だし、うちには晴人がいるしまずいわよねぇって言ったら、『じゃあ寿々さんが泊まりに来てください』って言ってくれたの」

嬉しそうに笑う寿々に、晴人は、「そ、そう……」と気の抜けた返事しかできなかった。

「お友達もエキストラで参加されるんですって？」

「あ、明理さんのことかな？」

「そうそう、その明理ちゃんと、旅館の離れに泊まるそうで、露天風呂もあって、広いからぜひ女子会をしましょうって言ってくれたのよ」

「……へえ」

いつもにこにこ笑っている祖母だが、こんなに楽しそうな顔を見るのは久しぶりだ。特に祖父が入院してからは見たことがない。

晴人はにっこり笑った。

「凜さんが言ってくれているなら、楽しんできて」

その凜から、夕食後メールが入った。

『今から電話しても大丈夫ですか？』

メールで事前連絡をしてくるなんて丁寧な子だなと、晴人は笑みを浮かべる。大丈夫ですと返信すると、すぐに電話がかかってきた。

『こんばんはー！』

夜のテンションではない、元気な声だ。だがきっと、まだ少し空元気ということもあるのだろう。

「こんばんは」

『久しぶり！』

「久しぶり……ですか？」

凜が秩父にやってきたのは、一週間前だ。久しぶりというほどではないだろうに、と思っているとと、あのね、とちょっと尖った声が返ってきた。

『いつ一ノ瀬くんから連絡来るかなーって待っていたのに、全然音沙汰ないんだもの』

「ええと、写真は送りましたし、それ以外は特に用事がなかったので……」

そう言うと、あからさまに溜め息をつく音が聞こえてきた。

『わたし前に、一ノ瀬くんがモテないのって、周りの人たち見る目がないなぁって言ったけど、そういうとこ、確かにモテないと思い直したわ』

「……？」

凜が何を言いたいのか察することができずに首を傾げていると、

『まあ、そういうところが一ノ瀬くんらしいといえばらしいんだけどね。それでいいと思うよ、一ノ瀬くんは』

やわらかな凜の声が耳をくすぐる。

「ええと、……ありがとうございます」

なんでお礼言うかなぁ、と凜は明るく笑った。

『あのね、今日電話したのは、寿々さんのことで』

「聞きました。ホテルに泊めていただくとのことで、ご迷惑じゃありませんか？」

『全然！　撮影の終了時間がずれ込むこともあるし、逆にわたしの方がご迷惑おかけしちゃうかもしれないんだけど、明理と一緒にたくさん寿々さんのお話聞きたいの』

それに、旦那様が長期で入院されていらっしゃるとうかがったから、少しでも気分転換になったらいいなって――そう凛は付け加える。

(女の子は気が回るなぁ)

もうひとりの孫である晴人の姉、初穂は今妊娠後期で、無理はできないし、心配もかけたくない。だから晴人は、自分が祖父母を支え、気にかけていようと思っていたのだが、日々の忙しさにかまけ、メンタルのケアができていなかったかもしれない。

(逆にばあちゃんには生活面で甘えてしまっているし)

休養はもちろん、息抜きや気分転換も必要だろう。

「凛さん、ありがとうございます」

寿々が泊まるのは、十二月二日、ちょうど秩父夜祭の日だ。その日と翌三日、撮影隊は夜祭の画を撮るのに多くの時間を取るから、キャストのスケジュールは幾分余裕がある。

それを考えての日程のチョイスのようだ。

「明後日からの撮影、お待ちしています」

『はーい。よろしくお願いします。もう今日から設営しているのよね?』

「ええ。春日井監督もいらしてますよ」

『あら。一ノ瀬くん監督とお話しした?』

はい、とうなずく。

「学校の先生のようで、ついいろいろ話してしまいました」

『学校の、先生?』

「おおらかで全生徒を見守り包み込むような校長先生、という感じかな、と」

そう言うと、凜は、再度ええ⁉　と頓狂な声をあげた。

「あれ？　ええと、凜さんの印象は違うんですか？」

『全然違う。初めて監督の作品に出演した撮影時、わたし小学六年だったけど、なんか同級生と話している気分だったもの』

それこそ、ええ⁉　と叫びたい。

『なんていうか、映画が好きすぎて、絶対妥協しないし、相手が子どもだろうと人生の先輩だろうと関係なく接するし、本気で喧嘩するしすぐ泣くし、なんていうか純粋すぎてこの人これから大丈夫なの？　って、小学生のわたしが心配しちゃうくらいだったわ』

凜の『春日井評』に、今度は晴人が絶句する。

『……まあ、最近ちゃんとお会いしていなかったし、今作の顔合わせの時もガッツリ話してないし、わたしの印象は七年前から止まっているといえばそうなんだけど』

「そう、なんでしょうか」

それにしても違いすぎる。

『……何かあったのかなぁ』

納得できないらしい凜は、きっと電話の向こうでしきりと首を傾げているのだろう。

『何か』とはなんだろう？

「あの、何かあったんですか？」

『ん？　そうだね、あったかなかったかはわからないけど、ほら、こういう世界って――ああ、この世界だけじゃもちろんないけど――結果を出すことがすごく重要だから』

結果が大事な世界で、……結果が出せなかったという、ことだろうか？

（順調に映画をつくっているように見えるんだけど、そうじゃないのかな……？）

『ま、お会いしたらはっきりするわよね』

凜はそう言って自らを納得させたようだ。

それから他愛ない雑談のあとで、凜からの電話は切れた。

「芸能界って大変だな」

凜は、ほかの世界もそうだろうけど、と言っていたけれど、彼女のあの件だって、芸能界に身を置いているからこそ起こった出来事だった。

凜が接してきた監督と今日会って話した春日井の印象の違いが気になり、春日井のことを調べようかなとパソコンに手を伸ばしかけたが、すぐにその手をオーディオケースへと翻した。

（監督に関する噂なんて調べても憂鬱になるだけかなぁ）

そう思い、晴人は春日井監督の映画のＤＶＤを取り出す。

映画館で三度観たが、手元に置いて何度も視聴したくて以前購入していたのだ。そんな作品は滅多にない。

デッキに挿入したところで、ノックもなく自室の扉が開いた。

「うわ……、主様、あれ、まだ帰ってなかったんだ」

「映画を観ると先刻言っていただろ。俺も観る」

「……主様ネットだけじゃなく映画にも興味を持つようになったんですか」

部屋の主を無視して、ハクはベッドに腰を下ろす。

「早く見せろ」

「あ、ハイ」

なんだかんだで偉そうなハクだが、反抗することなく晴人はスタートさせた。

晴人が一番気に入っている映画のタイトルは、『踊るフクロウ』という。

主人公はごく普通の三十代のサラリーマンなのだが、この男がある日『フクロウ菌』という謎の菌に侵され、フクロウの能力を身につけてしまうというコメディだ。

とにかく芸達者の俳優のフクロウぶりが凄まじく面白く、まさに抱腹絶倒、何度観ても笑い転げたものだ。

一方凛が主人公の映画は『花橘《はなたちばな》の香《かおり》、ふわり。』というタイトルで、少女たちの恋と友情の狭間に揺れる繊細な描写が素晴らしく、両作品を同じ監督が撮ったと知った時には本当に驚き、素人ながらすごい人だなと感動した。

『踊るフクロウ』はハクも大層気に入り、愉快、愉快と手を叩いてはしゃぐほどだった。

「この話をつくった奴は天才だな。べらぼうに面白い。それにこの役者大したもんだ。梟の生態や動作をよく捉えている。あいつ等ほんとこんな感じだぜ」

「主様フクロウの友達がいるんですか？」

問うと、どうやら愚問だったらしい。呆れたような雰囲気が漂ってくる。

「お前俺を誰だと思ってるんだ？」

「え、主様」

「からかってんのか？」

ハクから立ち上るのは怒気だ。晴人は慌てて口を開く。

「そんなこと言ったって、俺、主様が何者か聞いてないんだけど」

すると、はた、とハクの動きが止まった。

「そうだったか？」

「そうですよ」

ハクと出会って一カ月半余り。ほぼ毎日のように一ノ瀬家にやってきて毎回小豆飯とたまにお神酒を供し、さらにごくごくたまに、アヤカシで困った晴人を助けてくれる。その間『ハク』とは何者かと気になることは何度かあったが、最近はあまりにも晴人の生活に馴染みすぎていたために、逆に改めて訊きづらくなったということもある。

着ぐるみの『ハクロウくん』は、フクロウ同様視線は動かせないから、顔ごとこちらに向けてくる。

「寿々から何も聞いていないのか？」

「前に、主様は『一ノ瀬家の守り神のような存在』とだけ聞いているけど」

守り神ではなく、守り神のような、というところが引っ掛かるのだ。

ハクはその言葉を聞いて、ふーん、と呟いた。それは肯定とも否定とも取れない反応だったので、晴人はますます首を傾げる。

「主様とうちって、どれくらい前からの付き合いなんです？」

「忘れた」

「え」

「忘れるくらい昔からの付き合いだからなぁ」

そんな昔からの付き合い、ということは、それだけハクは長生きをしているわけだ。

「主様っていくつなんですか？」

「はぁ？　それこそ忘れた」

……どうやらこれはハクの方から話す気はない、ということらしい。

(どうしても聞きたいってわけじゃないからなぁ)

まあ、話す気になったら話すだろうし、とのんびりそんなふうに考えていると、ハクがこれ見よがしに溜め息をついた。

「そういうところよく似てるなぁ。腹立つ」

「？　誰と誰が似てるんです？」

「なんでもねえよ」

ハクはすっくと立ち上がる。

「え、お帰りですか？」

「お帰りだよ。――ああ、そうだ」

ドア前まで進んだハクが、急に振り返った。

「フクロウに気をつけとけ」

「え？」

「学校とフクロウは縁があるからなぁ」

それはもしや、音楽室の件だろうか。

だがさらに問おうとした晴人へ、ハクは別れの挨拶も一切なく、唐突に去っていった。

「フクロウ？」

⛩

翌日仕事を終えて、急ぎ木造校舎に行った晴人は、校庭に出ている春日井とばったり会う。春日井はセンダンの木のそばに立ち、校舎をじっと見上げていた。

「監督、どうされたんですか？」

日も暮れかかっている。日中は暖かかったのだが、急に気温が下がってきて、手袋をしていなければ手がかじかんで痛いくらいだ。

「ああ、一ノ瀬くん。フクロウの鳴き声がいやに耳につきまして」

「フクロウ、ですか？」

「はい。学校の管理人さんに伺ったら、裏の森に営巣しているらしいんです。ただ鳴き方が、以前聞いたものとずいぶん違って聞こえたので気になりましてね」

「どういう鳴き方だったんですか？」

「いやぁ、たくさんのフクロウが、子どもが歌っているように鳴いていましてね」

そう言えば昨日早朝にやってきた時、フクロウの鳴き声が聞こえたことを思い出す。さらに、ハクの昨夜の言葉も頭をよぎり、不安を覚えて森へと目を向けた。

（フクロウに気をつけろって、どう気をつけたらいいんだ？）

耳を澄ますが、フクロウの鳴き声は、今は聞こえない。

「いや、すまない。少し気になっただけですから、校舎に入りましょう」

「はい」

建物の中に入っても、さほど暖かいわけではないが、風がない分ホッとする。

「設営はほぼ終わったそうですよ」

「そうですか、よかった」

これで明日のクランクインは滞りなくおこなわれる。

安堵の笑みを浮かべると、春日井は丁寧に頭を下げた。

「ちちぶフィルムコミッションの皆さんには大変お世話になりました。これからもよろしくお願いします」

「こちらこそありがとうございます。行き届かないところもあるかと思いますが、明日からも精いっぱいがんばります」

　よろしくお願いします、と頭を下げ合う。

（やっぱり凜さんの言っていた監督のイメージと全然違うなぁ）

「フクロウって……」

「え？」

　話しながらも、耳についたというフクロウのことが頭の隅にあったのだろう。突然春日井はフクロウの話をし始めた。

「フクロウって、眼球が球体構造ではなく、眼窩に固定されているから、顔ごと動かさないといけないいんですよね」

「あ、それ『踊るフクロウ』で知りました」

　春日井の監督作品だ。タイトルを告げると、春日井はおや、と目を見開いた。

「観ていただいたのですね」

「ええと、……これは本当のことなんですが、俺、監督の『踊るフクロウ』、一番好きな映画なんです。映画館で三回観て、ＤＶＤも持ってます」

「おやおや」

　本当かな、という顔をした春日井だが、晴人をマジマジと見つめると、にっこり笑った。

「どうやら本当みたいですね。ありがとう」

　だがその笑顔のあとで、一瞬だけ眉根が寄せられたことに、晴人は気づいてしまった。

「……春日井監督？」

呼び声に、すぐに春日井は目尻の皺を深めた。

「なんでもないですよ。嬉しいです。あの映画は、僕も大好きなんです。役者もスタッフも、みんなすごくがんばってくれた」

自分の作品を大好きと言えるのは素敵だと、晴人は素直に思うから、春日井同様、にこりと笑った。

「凜さんが主演の映画も観ました」

「それはもしや浅倉くんからのリクエストですか？」

先日浅倉くんがロケハンについてきたということをスタッフから聞いていますよ、と穏やかに話すその表情に、先刻一瞬見せた陰りはない。

「リクエストしてもらえたお陰で、素敵な映画を観ることができました」

こうして縁あって興味を持つジャンルができたのだから、少しずつお気に入りの映画を見つけていけたらと思う。

撮影スタッフ、ＦＣメンバーと合流し、今日の作業は終わったことを確認する。

「足を運んでもらったのにすまなかったなぁ」

そう言って晴人の肩を叩いたのは、現在超絶多忙の新井だ。ＦＣでの活動と例大祭の掛け持ちで、一見元気そうだが目元に疲れが滲んでいる。

「あ、扉が開なかったっていう音楽室だけど、開いたぜ」

「え、そうなんですか？」

拍子抜けしていると、新井は豪快に笑った。

「おまえも忙しいから使う鍵を間違えたんじゃねえの？」

そんなことはないと思いつつ、結果開いたのであればいいか、と晴人は苦笑しながらう
なずいた。

「お騒がせしました」

「いやいや。じゃあ皆さん、お疲れさまっした！」

「撤収するぞー」

新井に続き、美術の笹原の声に、はーい、と返ってきた。

「春日井監督」と、前を歩く春日井へ晴人は声をかけた。

「はい？」

「音楽室の扉の件なんですが」

「ああ、先ほど新井さんたちと一緒に確認しました。スムーズに開きましたよ」

「そう、……ですか」

「扉が開けづらかっただけのようですね。なんにせよよかった」

はい、とうなずいた時、ふわり、と目の前を何かがよぎった。

――ホォウ

（フクロウ？）

「なんだ？　煙か？」

撮影スタッフが、怪訝そうな顔をしながら首を傾げている。晴人も辺りを見回し、ふと隣を歩く春日井に目を向けると、きつく唇を引き結んでいる。柔和な表情しか見たことがなかったから、晴人は戸惑いながら、春日井に歩み寄った。

「監督？」

だが春日井は一点を見つめたまま、晴人に顔を向けることはない。

（……なんだろう、なんか、違う）

急に不安が増してきて、晴人は思いきって春日井の腕を摑もうと手を伸ばす。

ふわふわと漂う白い煙のようなものは、校庭中に広がっていた。

「いや、煙じゃないぞ。においがしない」

確かに、火事や焼畑といった、何かが焼ける時のにおいは一切漂ってこない。

「霧か」

霧は瞬く間に濃くなってゆき、視界を閉ざしてゆく。

「これ、すごくないですか？」

恐る恐るといった声が、どこかから聞こえてくる。

みるみるうちに、隣を歩く春日井はおろか、目の前に手をかざしても見えないほどの霧で覆われてしまった。

「こんな霧じゃあ車の運転は大変じゃないか」

「しばらく待てば、晴れると思いますよ」

新井の言葉通り、霧はあっさりと晴れてゆく。

よかった、と再び校庭に停めた車へと向かうが、晴人はその場に立ち竦み、一歩も進めなかった。

「晴人、どうしたー？」

(腕を掴んだはずなのに)

「――」

「晴人？」

「あ、あの、……監督、いらっしゃいますか？」

「……？」

皆きょとんとしながら顔を見合わせる。

「監督のすぐ隣を歩いていたんですけど、いらっしゃらなくて」

そう言うと、新井がおいおい、と笑いながら近づいてきた。

「監督だったら先に帰られたぞ」

「……え？」

「ああ、俺もそう聞いてるよ。設営が思ったより早く終わったから、市内をぶらっと歩いてみようって仰っていたし」

「え、でも」

まさに霧が出る直前まで、晴人と話していたし、確かに腕を摑んだのだ。

ほかに春日井を見た人物はいないのかと周囲を見回す。だがここに春日井がいないことを不審に思っている者はいないようだった。

「最近忙しいから疲れてるんだろ。今日は帰って早めに休め！」

新井がバンバンと晴人の肩を強めに叩く。

（……俺の勘違い？　いや、違う）

晴人は木造校舎を振り返った。

電気はすべて消して、施錠も済ませている。暮れかけた夕闇の中、木造校舎を見ているとなんだか息が詰まるような圧迫感を覚えた。

ホォウ。

晴人の耳にフクロウの鳴く声がスゥ、と忍び込んできた。肩を震わせ、空を仰ぐ。だがその姿は見当たらない。

「晴人、どうした？」

「あ、いえ……フクロウが」

「フクロウ？」

だが新井にはフクロウの鳴き声は聞こえなかったようだ。怪訝な顔をしている。

「さ、帰るぞー」

晴人はじりじりとした焦りを覚えつつも、ひとまず皆と歩調を合わせ、車へと向かった。


「主様、主様！」

祠に駆け寄ると、賽銭箱の前で、大声でハクを呼ぶ。

「ぬーしーさーまー！」

「うるせえ」

連呼に、たまらないとばかりに祠の中から返事があった。

「主様、監督が行方不明！」

「はぁ？」

「だから、昨日一緒に観た映画の監督が、いなくなっちゃったんだよ」

「知らん。どこかで晩酌でもしてるんじゃねえか」

「いやいや！」

晴人は急いで春日井が行方不明になった時のことを話して聞かせる。するとハクが溜め息をつく音が聞こえてきた。

「そりゃあ捕まっちまったんだろうよ」

「捕まった、って、えっ、ナニに？」

そわ、と鳥肌が立つ。

（もしかして山岸さんと同じ、アヤカシに……？）

「昨夜言っただろうが」

フクロウに気をつけろってな。

祠の中からあっさりそう言うハクに、晴人は眉間に皺を寄せる。

「いや、全然わからないし……！　というか主様、監督捜すの手伝ってください！」

「はぁ？　面倒。たまにはお前ひとりで解決してみせろよ」

「無理だよ！」

「なんで？」

なんで？　なんて当然ではないか。晴人自身、アヤカシをやり込める力なんて一切持っていないのだから。

「やる気になりゃできるはずだぜ」

いやいや、と晴人は思いきり首を横に振る。

「手伝ってくれたら、小豆飯のほかに、とっておきのお神酒を供えるから！」

「とっておき？」

声の調子ががらりと変わるのだから、本当にこの『守り神のような』主様は俗っぽい。

「とっておき！　酒屋の大野さんからいただいた秩父の銘酒ですから」

「……」

ハクは祠の中で一拍黙り込んだ。だがそれももしかしたら考えるフリだったのかもしれない。意外と早く、小さな咳払いが聞こえてくる。

「仕方ねえな」

そう言うや、オオカミ姿のハクが祠から音もなく出てきた。

晴人は『ハクロウくん』用にと祠の脇に組み立てた簡易小屋の中から袋を引っ張り出す。中から『ハクロウくん』を取り出すと、ハクは滑らかに中へと吸い込まれてゆき――すっくと立ち上がった。

「行くぞ」

「ええと、……どちらへ？」

「決まってんだろ」

その学校だよ、とハクは口こそは面倒そうにそう言うが、その歩調は速い。

「とっとと終わらせて神酒飲むぞ」

（お酒目当てかぁ）

だがやる気になってもらえるのはありがたい。

「よろしくお願いします」

ひとつ頭を下げると、先を進むハクに続いた。

ハクを乗せた軽自動車のエンジンを止めた晴人は、急いで外に出る。

先刻よりさらに気温が下がっている。晴人は身震いした。

「はぁ、なるほどなぁ」

「え？」

ハクは夜空を、続いて校舎、さらにその裏の森へと順に目を向ける。

「な、何か見えるんですか？」

「見る前に聞け。お前には聞こえねえ？」

（聞こえねえ？　って、音？）

慌てて息をひそめて耳を澄ます。

日中は無風に近かったが、夜になって風が強くなってきた。その風が揺らすセンダンの木の葉ずれの音は聞こえてくる。

音を聞いているだけで身が震える。鼻先までマフラーを引き上げながら、晴人は何か聞こえないかと集中した。

すると、風の音にまぎれるように、ごくごく細い音がかろうじて聞こえてきた。それはまるで絹糸のように細く弱々しく、だが密やかなきらめきを纏っている。その音にひたすら耳を傾けていると、

（ピアノ？）

楽器の音だけではない。変声期前の少年たちののびやかな歌声も聞こえる。

「あ、これ、合唱？」

聞き覚えのない歌だが、馴染みのいいフレーズやメロディーを辿ってゆくと、校歌ではないかと晴人は思う。

合唱に聴き入っていると、次第に目の前が白く霞《かす》んでゆく。

これは先刻と同じだ。また霧が出てきたのだろうか？

「主様、この霧、……主様？」

隣にいたはずのハクが見えない。濃い霧のせいかと、晴人はハクがほんの少し前までいた場所に手を伸ばす。だが指先に触れたのは、なぜか硬い感触だった。

目を瞬かせた、その一瞬で霧は晴れ、さらに晴人は校庭ではない場所に立っていた。

「え」

慌てて辺りを見回す。そこは昨日今日と幾度となく通った、旧芦ヶ久保小学校の昇降口で、手が触れたのは左手にある調理室の壁だった。

「え、え？　いつの間に？」

呆気に取られながら周りを見回した晴人は、はたと我に返る。

「主様、主様……!!」

背筋を震えが走る。晴人は鳥肌の立つ腕を服越しにさすりながら、一歩踏み出した。するとと目前にふわりと白い何かが見えたものだから、ひっと竦《すく》みながら飛び退った。

「うわっ、な、……っ、監督!?」

限界まで目を見開いた晴人はその白い何かが、現在行方不明の春日井が着ていたライトグレーのロングコートであることに気づいた。

「春日井監督！」

だが彼は晴人を無視して、背を向けたまま廊下を歩いていってしまう。

晴人は慌てて彼を追い、昇降口から中に入って彼が消えた左手に走った――ところで、もふっ、とした感触とぶつかった。

「うわ、……あ、主様！」

「てめえちゃんと前を向いて走れ！」

「ご、ごめん……！　ていうか、主様どこに行ってたんですか」

「お前こそどこほっつき歩いてたんだ」

「え、俺は気がついたら昇降口にいて、それで、あ、主様、監督見つけた！」

「は？　どこにいる」

「こっちに歩いて行ったんだけど……、主様見てない？」

「見てねえよ」

「いやいや、確かにこっちに歩いて行ったんですって」

ハクは一拍黙り込んだ。そうしてぐるりと背後へと身体ごと向く。

「行くぞ」

「あ、うん」

着ぐるみの『ハクロウくん』は可愛らしさを表すために、脚も短めだ。その短い脚を使って、ハクは軋む廊下をスムーズに歩く。

頭の中には、すでに校内図は入っている。調理室、家庭科室、校長室と、一室ずつ扉を開けて中を覗くが、人の気配は一切しない。職員室、放送室、保健室まで来ると、その先は壁で、左手が玄関、右手が階段になる。

「あ」

その階段を、杖をつきながら一段ずつ昇る春日井の背中が見えた。

「監督！」

駆け上がって後ろから肩に触れたのに、どういうわけかするりと手はすり抜けてしまう。それどころか今の今までいたはずの春日井の姿がどこにもない。

「え……⁉」

慌てて一階を見下ろすがハクしかいない。二階まで昇ってもそこに春日井はいなかった。

「どういうことだ？」

「こりゃ目くらましを掛けられてんな」

後ろからやってきたハクはのんびりと呟く。

「目くらまし？」

「お前以外の人間が、その監督がいないことを不審に思わなかったのもそうだ」

「……目くらましって、誰がそんなことを？」

「そのうち会えるだろ」

今一度廊下をじっと見つめていると、ふと、おかしなことに気づく。

「電気消したはずなんだけど」

それなのに、『図書室』という札が見える。二階全体がぼんやり明るい光を発しているのだ。そういえば一階もそうだったではないか。それに、

「主様、図書室の隣が理科室なんだけどさ、その先に、左に曲がる廊下が見える？」

「見えるな」

「真っ直ぐしかないいんだけど、なんで左に廊下があるんだ？」

「だから目くらましなんだろうが」

あっさりそう言われ、晴人は押し黙る。

「監督捜すんだろ」

「う、うん」

いや、だが『目くらまし』をされているであろう場所をわざわざ進むのは、非常に勇気がいる。

晴人は慎重に廊下を進んだ。すると、白い靄《もや》が視界を横切る。ハッと息をのんだ次の瞬間、どういうわけか、ハクとともに一階の職員室にいた。

「え、え……⁉」

辺りを見回しても、やはり二階ではなく一階の職員室だ。

「めんどくせー」

ハクがうんざりといった口調で呟く。

(うう、やっぱりこの校舎のどこかにアヤカシがいるのか……)

まさか神社ではないところで、こんな不思議な経験をするとは思ってもみなかった。

晴人とハクは、再度二階に向かった。

図書館、理科室と進んだ先に、どういうわけかぽっかりと黒い空洞があった。

しかもその空洞からは、伴奏のピアノと合唱が聞こえてくる。

はっきり聞こえる歌詞に、やはりこの学校の校歌であることを確信する。

「主様、あの空洞は」

なんだろう、と言おうとした時、その空洞の中からまたしても靄がふわりと漂い……気がついた時には再び一階の職員室に戻っていた。

「……主様、どうしよう」

何度二階に行っても、また一階に戻ってきてしまうのではないか。

(つまり、二階のどこかに監督はいるってことだよな)

だからあの白い靄は、晴人たちをそこ——春日井に近づけないよう、目くらましを仕掛けているのだ。

だが、なぜ?

なぜアヤカシは春日井を捕らえたのだろう?

今まで出会ってきたアヤカシは、それぞれそのアヤカシと捕らわれた人物の気持ちがリンクしていた。

娘と喧嘩をした山岸と子を失った炎虎しかり、口さがない輩たちの言葉に傷ついていた凛と、彼女を孤独の闇の中に閉じ込めようとした三猿の影しかり。

（ということは、この学校にいるアヤカシと監督は共通する何かがあるのかな）

晴人は唇を引き結ぶと、昨日から今日にいたるまで、春日井とした会話を思い出す。フクロウのこと、自分が過ごした小学校のこと、春日井の作品のこと。そして

『監督、何かあったのかなぁ』

凛の声が、ふと、頭をよぎる。

（何か、……あったんだろうか）

春日井はコンスタントに映画を撮っている。毎年一作ずつ、凛が主演の映画は三作目、晴人が好きな『踊るフクロウ』は七作目だ。だが七作目以降、三年間一作も撮っていない。

『踊るフクロウ』の話をした時、春日井が一瞬だけ顔を曇らせたことを思い出す。

（三年前に何かあったのかな）

昨夜やはり調べておけばよかっただろうか。

途方に暮れる晴人とは異なり、ハクは「ほんとめんどくせー」とブツブツつぶやきつつ三度二階へと歩を踏み出した。

「主様、何か対策を立てないと何度行っても一階に飛ばされちゃうよ」

「仕方ねえ」

「え、いい案でもあるんですか？」

慌ててハクについて階段を昇る。

「力技でいきゃなんとかなるだろ」

「力技、って……、っいやいや、建造物破壊は絶対ダメ！」

「ちょっと穴開けるくらい大丈夫だろ」

そう言って意味ありげに空洞に掌を向けるから、晴人は慌ててその腕にしがみついた。

「触るな！」

「ご、ごめん、でも大丈夫じゃないですから！」

「だったらお前が考えろ」

理科室の手前で、晴人はぽっかりと空く洞をじっと見据える。空洞からはエンドレスでピアノと合唱が聞こえてくる。何度も聞くうちに、すっかりメロディーを覚えてしまった。と。

澄んだ子どもたちの歌声に混ざり、成人男性も歌っていることに気づく。

「……春日井監督？」

「梟の声も聞こえるな」

ハクの言うとおりだ。ごくごく小さな鳴き声だが、ピアノと歌に合わせて、ホォウ、とフクロウが鳴いている。

「……歌」

メロディーだけでなく、歌詞も少しずつ頭に入ってくる。

「これ、この小学校の校歌だと思うんだ」

「へぇ？」

「ほら、『武甲を仰ぎ』とか『芦ヶ久保』とか歌詞の中、に……あれ」

わかりやすい歌詞の一部を口ずさんだ晴人だったが、ふいに異変を感じる。

「な、……なんだ？」

洞の奥が徐々に明るくなってゆく。よくよく見れば、まるで迷路のようだ。その迷路を歩く、ひとりの男が目に飛び込んでくる。

「監督……！」

春日井は杖をつきながら、右に左に折れながら、ひたすら歩いていた。

カツ、カツ、という杖の音は小刻みで、精いっぱいの速さで進んでいるようだ。けれど迷路に出口はなく、ここかと思った出口が突き当たりで、そのたびに春日井の表情が曇るのを、晴人はじりじりしながら見ることしかできずにいる。

「歌え」

ハクが鋭い口調でそう言う。

「は？」

「その校歌とやらを歌え」

とにかく歌え！　とハクに怒鳴られて、首を竦めながらも、覚えている限り歌ってみる。

すると白い靄が目の前で大きく膨らんだ。

靄は形を取ってゆく。晴人は歌いながら、大きく目を見開き、その靄を見上げた。

「……フクロウ？」

それは巨大な白いフクロウだった。

バサッ、と羽ばたきが聞こえたかと思うと、強風が晴人とハクを襲った。

「わ、わ……っ」

思わず手で顔を覆う。

「誰も立ち入ってはならぬ」

「……っ!?」

耳元に触れる声は低く、渇いた冷たい空気のようだった。

背けた顔を前に向けた途端に、うわっと声をあげてたたらを踏んだ。目前に巨大な白いフクロウが迫って来ていたのだ。

「立ち入ってはならぬ」

まるで地の底から響いてくるかのような低く太い声に、晴人は震え上がる。

(巨大フクロウが、喋ってる……)

だが驚きは一瞬で去った。これが、春日井を捕らえているアヤカシなのだ。

「出て行け」

フクロウは言った。だがその声に被せるように、隣に立つハクが一歩前に出た。

「続きを歌え」

わけがわからないが、晴人は腹を決めて再度校歌を歌いはじめた。

するとどうしたことか、巨大な白いフクロウが、徐々に小さくなってゆく。

わからない歌詞はハミングでごまかしながらどうにか歌っていると、目の前のフクロウが突如として消失した。そしてその代わりに、空洞の奥から靄が縄のように伸びてきて、晴人に巻きついた。

「うわ！」

咄嗟に隣のハクの腕を摑んだ刹那、晴人は春日井同様に、迷路に引き摺り込まれていた。

「……、なんだここ」

ひたすら高い壁が乱立している。その壁と地面はほんのり発光しているが、先へと視線を転じると、まったく前方が見えない。

すると、スゥ、とその壁が透ける。その先には春日井が眉間に皺を寄せながら、ひたすら歩いていた。

「監督！」

手を伸ばし、走りかけた晴人の前に、再び巨大フクロウが立ちふさがった。

「……！」

「誰も立ち入ってはならぬ。出て行け」

フクロウは先刻よりさらに低い口調で告げる。

晴人はキッとフクロウを睨みつけた。

「入ってはならぬと言いながら、どうして監督や俺たちをここに引き摺り込む？　出て行くから、監督を返してくれ」

迷路に人を捕らえて離さない矛盾を突くと、フクロウはぴたりと動きを止めた。

「そうだ。早く返そう」

「否、アレは返さぬ」

「人を捕らえても無駄だ」

「否、人はここにいなければならぬ」

「……な、なんだ？」

どう見てもフクロウは一羽しかいないのに会話をしている。

（どういうことなんだ？）

一方は春日井を返そうと言っているのに、もう一方はそれを拒む。まるで二羽いるかのようだ。

その晴人の疑問はすぐに晴れた。

フクロウはぐるりと真後ろを向いた――刹那、晴人は思わず叫んだ。

「顔が、ふたつ……！」

「双面の梟か。珍しいなぁ」

珍しいと言いつつ、ハクは驚きもせず、声ものんびりしたものだ。

「いやいや、珍しいなんてひと言で片付けられるようなもんじゃないって……！」

思わず主様に突っ込むが、泰然としているハクを見ていると、晴人の動揺も次第におさまってゆく。

「双面の、フクロウ……って」

「表と裏だ」

フクロウといえば、と秩父神社の『北辰の梟』を思い出す。

口にしなくても人間の感情を読み取れるハクが、「お前にしては鋭いな」と笑った。

「アレは『北辰の梟』の影だ」

「影、って……お元気三猿の時みたいな？」

ああ、とハクはこともなげにうなずく。

「なんで秩父神社の『北辰の梟』の影が、廃校に？」

「ここが学校だからだろうよ」

「確かにフクロウは学問の神様みたいなこと言われるけど」

「そういうことだろ」

だがなぜ廃校にフクロウのアヤカシが人間を捕らえようとするのかさっぱりわからない。

『北辰の梟』は、秩父神社のご祭神である妙見様をお守りしている瑞鳥といわれている。

その瑞鳥である『北辰の梟』の影は、一体何を求めているのだろう？

双面の梟の後ろの迷路で、春日井はひたすら歩いている。だが相当疲れているようで、杖をつく音が、弱々しくなってゆく。

ハラハラしながら、晴人は巨大な双面の梟を見上げた。

「なあ」

ぐるり。表のフクロウがこちらを向く。

「どうして人間を迷路に捕らえるんだ？」

だが問うても、フクロウは嘴《くちばし》を閉じたままだ。何も言わない。

焦りながらも、晴人は懸命に考える。

人はここにいなければならない。

表の顔のフクロウは、そう言っていた。

（ここ、って、……学校のことか？）

「学校に、人がいないといけないってこと？」

とにかくここに春日井を捕らえている表のフクロウから何かを引き出さなければと、晴人は思いついたことを口にする。

すると表のフクロウは、ホォウ、と鳴いた。

「え、何？」

耳を澄ました晴人は、フクロウの向こう側でひたすら歩く春日井の周りを子どもたちが走る姿をとらえた。

ねえ先生、遊ぼう！

先生、昼休みはドッジボールして遊ぼうよ。

ドッジボールは昨日したでしょ。先生、ピアノを弾いて。あたしたち歌うから！


はしゃぐ子どもたちは幻影だろうか。

教師がピアノを弾く。子どもたちが歌う。

それは先刻聞いた、この学校の校歌だった。

伸びやかな子どもたちの歌声に合わせ、フクロウの身がゆらゆらと揺れる。まるで聴き入っているかのようだ。


幻影はさらに続く。

元気に廊下を走る子どもたち。机に向かい、黒板の文字をノートに書き写す子どもたち。

嬉しそうに給食を食べる子どもたち――。

それらを、フクロウはじっと見つめていた。

晴人もまた、在りし日の学校の様子をじっと見つめる。

（もしかして、フクロウはこの頃に戻りたい、のか……？）

だから春日井を――春日井は監督になる前は小学校の教師だった――呼び寄せた？

そう思い、フクロウの向こう側にいる春日井に視線を向ける。するととうとう歩みを止めてしまった春日井が目に入り、思わず走り寄ろうとした。だが寸前でフクロウの羽ばたきにより生じた強風に阻まれる。

「う……っ」

つかれた

その時、春日井の掠れた声が聞こえた。

もう歩けない　もう進めない

「か、監督……！　春日井監督！」

叫び声は、だが春日井には聞こえていないようだ。春日井はその場に座り込んだ。左脚を伸ばし、右膝は立てている。春日井は右膝に額を押しつけた。

「……疲れた」

今一度、ぽつりと呟いた。

映画監督になるのが夢で、教職を辞した。教師でいた時間は、それなりに苦労もしたが今思えば楽しいものだった。子どもたちは可愛い。わたしは音楽が好きだったから、音楽の授業は特に楽しかった。わたしが弾くピアノに合わせ歌う子どもたちの合唱は、少々音が外れていても軽やかにどこまでも伸びて、耳を、心を、幸せにしてくれた。

その教職を辞めたあとの助監督時代は、大変なこともあったがやはり充実していた。師事した監督は人格者で波長もいたく合った。あの監督の下で学べて、わたしは運がとてもよかった。

そうして十年前に、念願だった自身の脚本で映画を撮った。絶対の自信作だったが、自分が思うほど世間に受け入れられることはなかった。――だがそれでも一定の売上をクリアしたのは、新人監督としては上出来だったのだろう。

羽ばたきとともに、春日井の心が声となって飛んでくる。

二作目もそこそこの売上だった。満を持して撮った三作目で、ようやく『映画監督』として認知されたように思う。

毎年一本ずつ撮った。いずれもわたしの脚本で、どれも自信作だったし、絶対に売れると思っていた。

だが、わたしは、己を過大評価していた。

に苛まれている。

「……監督」

声は普段の春日井とまったく違っていて、聞いている方の胸が痛くなるような、絶望感

四作目、五作目、六作目。それなりに売れた。

だがあくまでもそれなり、だ。

――わたしは傲慢で、他者からの評価が欲しいのだ。面白かった、最高だった、こんな映画が観たかった、次の作品が楽しみでたまらない――そんな、耳に心地よい賛辞が欲しいと願う、浅い人間なのだと、ある日気づいてしまった。

フクロウの羽ばたきが激しさを増す。まるで雪風のように冷たく、頬が強張る。

七作目。

これが評価されなければ、監督を辞めよう。

誰にも言わなかったが、背水の陣で臨んだ映画は、――やはりそれなりの評判しか得ることはなかった。

それだけの人間なのだ、わたしは。

（七作目って、『踊るフクロウ』だ）

万人に好まれる映画などはない。そんなこと、春日井だってわかっているはずだ。

それでも評価を得たいと願うのは、春日井だけではない。世間の評判などまったく気にしない人だっているだろう。けれど懸命に取り組んだからこそ褒められたい、認められたい。そう願う人を、子どものようだと嗤《わら》うことなどできない。

（逆に、子どものような心を持ち続けるからこそ取り組めることだってある）


わたしにとって、作品はラブレターなのだ。

気持ちの押しつけかもしれない。喜んで受け取ってくれる人はそんなにいないかもしれない。それでも想いの丈を綴らずにはいられない。

その想いを、自分が望むようには返してもらえなかったからといって、嘆くのは筋違いなのだろう。けれど――もう、……つかれた。


「ならばここで昔のように先生でいたらいい」

双面の表の顔のフクロウは囁く。

「……先生？」

「そうだ。子どもたちに囲まれ、ピアノを弾き、歌を歌う」

すると春日井は、二十年前を思い出したのか、ふわりと微笑み――だが次の瞬間、落涙した。

「わたしには映画を撮る才能なんてなかったのだ」

涙声に、晴人は小さく息をのんだ。

才能、という言葉が晴人の胸を刺す。逡巡したのは一瞬だった。晴人は引き結んだ唇を開いた。

「監督、俺、東京にいた頃、グラフィックデザイナーになりたかったんです」

「――」

ふっと春日井は目を見開く。

絵を描くこと、クライアントの要望に応じ、様々なデザインをすること、総じてものづくりが好きで、恐らくそれは、東京にいなくても継続できる夢なのだと思う。

『才能がない』

専門学校時代から同じ事務所でアルバイトをしていた晴人が、アシスタントをしていた期間は、三年半だ。たった三年半で諦められるような夢ならば、それは本気ではなかったのかもしれない。

晴人がアシスタントについた先輩グラフィックデザイナーは、大きな自治体や有名企業のコンペを何度も勝ち抜いてきた、才能の塊だった。まだ二十代で、晴人よりたった五つ年上というだけのその人物の『作品』を見るたびに、己の『才能』というものを振り返らずにはいられなかった。

ひとくちにグラフィックデザイナーと言ったって、様々な仕事がある。晴人はその先輩グラフィックデザイナーのようになりたかったわけでは決してない。

ただ憧れていた。

彼のような才能はないかもしれないけれど、自分なりにがんばっていきたい、と。

だがそれは、もしかしたら負け惜しみのような気持ちだったのかもしれない。

絶対に敵わない相手だ。憧れだけ抱いていればよかったのに、ある日、ひとつの事件が起きた。

「俺が勤めていた事務所は、希望すればアルバイトでもコンペに参加ができました」

社内コンペは先輩だろうがアルバイトだろうがまったく関係なく、実力勝負だ。また、隠れた逸材を探すために、名前を伏せた形で提出されることになっている。

先輩に「おまえも出せ」と発破をかけられた晴人は、寝る間も惜しんで準備した。

そうして臨んだコンペ当日、晴人は驚いた。

「俺が出した作品が、その先輩とすごく似ていたんです」

もちろん晴人は彼がどんな作品を持ってくるのか、まったく知らなかった。彼の方もそうだ。そうしておこなわれたコンペで、晴人は愕然とする。

「……似ているって思ったのは、俺だけでした」

コンペの審査員たちは、満場一致で先輩グラフィックデザイナーの作品を選んだのだ。

似ているとはいえ、細かい部分は異なる。その細かい部分に、明らかな実力の差が出たのだろう。

「その時には、もう夢を持つことこそが、苦しくなりました」

（俺の声、届いていますか？）

彼は身動《みじろ》ぎもせずずっと俯いたままだ。

似たものをつくれても彼以上のものはつくれない。もちろん先輩は第一線で活躍している会社のエースだ。比べる方がどうかしている。だが、先輩との差を知るたびに、自分がこれから何年もかけて勉強し、経験を積んでも、彼には追いつけないだろう。――そう思い知らされるたびに、晴人の心に、夢に、微かな亀裂が走る。

亀裂は日を追うごとに少しずつ、少しずつ深くなっていった。

決定的な出来事はなかった。ただ、毎日の小さな積み重ねが、晴人を夢から遠ざけた。

そんな時に、姉の初穂から、祖父の入院を知らせる電話がかかってきたのだ。

この頃、晴人が幼い頃から抱いていた夢は、端から摩耗し、曇り、小さくしぼんでいた。

「……」

微かに春日井の眉間が寄せられるのを見て、晴人は一歩、彼へと近づく。

「それでも、完全に失ったわけじゃないんです」

場所を変えても、絵を描き、デザインに携わることはできる。東京でアシスタントしていた頃のような大きな仕事ではないが、物をつくり続けることができる。

社員の智恵子に助けられながら、祖父の代ではしていなかった仕事の幅を少しずつ広げている。

「ここで、チャレンジしたいこともあります」

未来への展望もある。

東京での生活を思い出すこともあるけれど、夢を継続することはできる。

「俺は、最初に見た夢は叶わなかったけど、監督は夢を叶える力を持っていた。だから、……、だから簡単に諦めてほしくないんです」

春日井は己の夢だった映画監督になり、夢が現実になったからこその苦しみがある。それは実際にその場に立たなければわからなかった苦しみで、晴人はそんな彼を少しだけ羨ましく思う。

夢を現実にできてからがはじまりなのだ。その先にも苦しみはある。

春日井の気持ちを理解しながらも、一方で羨望してもいて、両極の思いが晴人をも苦しめる。

ぎゅっと拳を握ったその時、

「お前まで苦しくなってどうするんだよ」

呆れたようなハクの声に、晴人はハッと我に返った。

「あいつにそっくりだな、そういうところ」

（……あいつ？）

「お前の先祖だよ」

センゾ？　先祖か、と目を瞬かせていると、ハクは溜め息をついた。

「まったく人間ってやつは仕方ねえな」

スウ、と息を吸う音が聞こえる。

刹那、耳をつんざくような声で、ハクが吠えた――！

「うわ」

（と、遠吠え……!?）

初めて聞くハクの遠吠えは全身が硬直するほどの迫力で、思わず晴人は身を縮めていた。

「ぬ、主様、なに……!?」

いきなりなんで遠吠え？　と問うた次の瞬間、双面の梟の背後に座り込む春日井へ、黒い疾風がドン、とぶつかった。

「ああっ！」

座り込んでいた春日井は、その場に倒れ込む。

「監督！」

バサッ！

羽音が聞こえるが、姿は見えない。だが何か、――そう、目の前の双面の梟ほどもありそうな、大きな大きな鳥のように感じる。

「な、何？」

「悩む暇があれば手を動かし脳を働かせとことん学べ！」

それは雷の如き一喝だった。

「え、え……？」

迷路に転がった春日井は、何が起きたのかわかっていないような顔をしている。晴人だってそうだ。

（な、何がいるんだ？）

「あいつ説教魔だから呼びたくなかったんだよなぁ」

だが隣のハクは、春日井の前にいる存在がなんなのかわかっているようで、小さくぼやいている。

「ぬ、主様主様、な、何が来てるのか教えてくれませんか？」

「わかんねえのか？　てめえの目は飾りかよ」

「いや、だって暗くてよく見えな……」

「ちゃんと見ろ」

叱責に、晴人はよくよく目を凝らして暗がりを見つめる。

バサッ、バサッ、という羽ばたきと思しき音と、黒い塊が見えた……ような気がした。

その時双面の表のフクロウが、高く鳴いた。

「北辰の主よ、邪魔をするな！」

彫刻の『北辰の梟』は小さく愛嬌のある顔立ちをしている。だが暗がりからうっすらと浮かび上がってきた梟は、双面のフクロウ以上に大きく、首を竦めてしまうほど厳つい表情だった。

「お前こそ黙っておれ！」

カッと目を見開き、『北辰の梟』は双面のフクロウを一喝して黙らせた。

「たかだか十年取り組んだ程度でなんと情けない。夢ならば一生を懸けるくらいの覚悟がなくてどうする！」

（う……、厳しい）

『北辰の梟』の言葉は、晴人の胸にも刺さる。春日井は呆然と『北辰の梟』を見上げた。

「わ、わたしには、才能が……」

「才能の有無など臨終間際にならねばわかるまい」

「……わたしは駄作を作り続けることに耐えられないのです」

その言葉には黙ってはいられなかった。

「駄作なんて言わないでください！」

双面のフクロウ越しに、晴人は力いっぱい叫んだ。

「俺っ、俺、本当に、『踊るフクロウ』大好きなんです。それを駄作扱いするなんて、いくら春日井監督でも黙ってはいられません！」

大きく目を見開いた春日井は、だが細く長い息をつくと、肩を落とした。

「……、すまない。ありがとう」

ありがとうと言いながら、春日井の表情は苦しそうに歪むばかりだ。

「今度の作品は、わたしのものではない。今度こそ……今度こそ、失敗は許されない」

「……」

「もし失敗したら、……もし、過去のように評価されなかったら、酷評されたら……」

恐ろしさの余り身を竦ませる春日井を、『北辰の梟』はドン、と押し倒した。そうして強靭《きょうじん》な爪を、春日井の頭に押しつける。

「ヒッ」

「『北辰の梟』さん、乱暴はやめてください！」

すると『北辰の梟』はくるり、と晴人に顔を向けた。

「ぼうずは黙っておれ」

（ま、またぼうずって言われた……）

秩父神社の彫刻たちは、なぜか成人男性の晴人を『ぼうず』と呼ぶのだ。

「失敗することが恐ろしいのであれば、失敗しなければいいではないか」

「……っ、……そ、そんな簡単なことではないんです」

「評価がされなかったら？　評価が落ちている今だからこそ好きなようにすればいいではないか」

（うっわ……、『北辰の梟』ってめちゃめちゃ唯我独尊タイプ⁉）

妙見様を見守る瑞鳥というから、もっと穏やかで優しいタイプかと思っていたのだが、とんだ勘違いだったようだ。

「あのっ、映画って監督ひとりのものじゃないから！　お金だってかかるし、たくさんのスタッフやキャストたちの力が合わさって、初めて映画ってできるんです」

そう叫ぶと、春日井はふっ、と顔を上げた。

「もちろん監督による力が大きいと思う。でも、映画は監督ひとりのものじゃない。その映画に携わった全員の、そして出来上がってからは映画を観た人たちひとりひとりのもの、みんなのものでもあるから……！」

視聴する側の勝手な希望だ。でも晴人は受け取る側の気持ちも汲みたいと、物作りのはしくれとして心に留めていた。

「……みんなのもの」

「この前もさっきも言いましたけど、何度でも言わせてください。俺、監督がこれで辞めようって思った七作目の『踊るフクロウ』が本当に好きなんです。俺ひとりの好みや意見なんてたかが知れてるかもしれません。でも……、うまく言えないけど、ひとりひとりが集まって大勢になるわけで、ひとりがいなきゃ大勢にはならないから」

どう言ったら春日井に晴人の気持ちが伝わるのだろう？　春日井の絶望を前にして、自分が夢を諦めたことまで話したけれど、晴人は自分の想いを口にすることが得意ではない。これ以上どう伝えたらいいのかわからず、もどかしさに首を振った。

「お前の気持ちそのままを伝えりゃいい」

その時、ハクがらしくもないアドバイスをしてくれる。ハッと横に立つハクを見るが、着ぐるみの彼の表情は変わらず、何を考えているのかはわからない。

（……気持ちをそのまま、伝える）

「俺……」

晴人は今自分の心に在る想いを、そのまま伝える。

「監督の撮る新しい映画を、見せてください。俺、観たいです」

ただ、そうとしか言えなかった。

「観たい……」

「観たいです」

苦しくても、夢と現実を繋げて、そうして一歩踏み出した彼が、どんな物語を見せてくれるのか——それが観たいのだと、晴人は深くうなずく。

北辰の梟の影である双面のフクロウが見せる子どもたちの幻影は、未だ春日井の周りで走ったり歌ったりしている。

「先生、学校をやめちゃうってほんと？」

「映画監督になるの？」

春日井は、ハッと目を見開き、周りに立つ子どもたちを見上げた。

「先生がつくる映画ってどんな映画かなぁ」

口々に春日井に話しかける小学生たちは、もしかしたら彼の教え子なのかもしれない。

春日井は押し黙り、子どもたちひとりひとりを見つめ——ゆっくりと手を伸ばす。すると子どもたちはこぞって春日井の掌に、自分たちの手を重ねた。

「先生の映画、楽しみにしているね！」

「いっぱい面白い映画つくってね」

「観に行くからね」

「さみしいけど、応援しているよ！」

にこにこ笑う子どもたちに、春日井もまた笑みながら涙ぐんだ。

「……うん」

うなずくと、子どもたちはひとり、またひとりと笑顔のまま消えていく。

「——ああ……」

双面の表のフクロウが、無念そうに息を漏らした。大きな身体がみるみるうちに小さくなり、最後には通常見かけるほどの大きさになっていた。双面のフクロウの変化とともに、迷路はいつしか消失していた。そのことに気づいた晴人は春日井へと走り寄るが、もう双面のフクロウが邪魔をすることはなかった。

「監督……！」

手を差し出すと、子どものように涙を流す春日井が、照れくさそうに目元を拭《ぬぐ》った。

「ありがとう」

脚に気をつけて引っ張ると、春日井はしっかり立ち上がった。そうして双面のフクロウを真っ直ぐに見つめる。

「申し訳ない。ここで……この学校で教師をすることはできない」

ホォウ、と双面のフクロウが切なく鳴いた。

そして春日井は『北辰の梟』に顔を向けた。

「もう少し……いや、しばらく、……うん、臨終間際まで、足掻《あが》いてみようと思う」

それに対しての『北辰の梟』からの返事はなかった。ただ、バサッ、と羽ばたきをする。

そうしてくるりと顔を真後ろに向ける。

「主様、お神酒を我にも振舞っていただきたい。また参ります故」

ハクはヘッ、と呟く。

「図々しいな。欲しいならこいつに言っとけ」

こいつ、が自分のことだと察した晴人は、こくこくとうなずいた。

「えっと、とりあえず一升瓶で足ります?」

ホォウ、と『北辰の梟』は鳴く。どことなく嬉しそうに聞こえたのは気のせいだろうか。

大きな羽ばたきとともに『北辰の梟』は去っていく。

ホォウ。

双面のフクロウもまた、鳴き声をひとつ残し、その場から消えた。

「一ノ瀬くん」

「あ、監督、怪我はありませんか？」

巨大フクロウの爪に頭を掴みかかられたのだ。

心配で顔を覗き込むが、傷らしい傷は見当たらない。春日井も大丈夫とうなずいた。

「ありがとう、一ノ瀬くん」

「え」

「今作、がんばるよ。君に……わたしが撮った映画を観たいと思ってくれている人たちに観てほしいから」

晴人はパッと破顔した。

「楽しみにしています。俺も、FCとしてがんばりますので……！」

「君の映画でもある、ということだね」

先刻の自分の言葉を思い出して、ちょっと照れ臭くなった晴人は、頭を掻いた。

「それから、君の新しい夢が叶うよう、祈っています」

祈る、なんて言われて、晴人は目を瞬かせる。

「ええと、……ありがとうございます。がんばります」

「ところで彼は？」

背後でつまらなそうに「早く帰るぞ」とそっぽを向いているハクに、春日井は興味深そうな視線を注ぐ。

「あ、えっと、商工会議所のマスコットキャラクター、『ハクロウくん』です」

「へえ。カッコいいですねぇ。今回の映画に出ません？」

「え？」

「いや、『ポテくまくん』も出演するから、ハクロウくんもどうかなと思いまして」

「映画？　そういや昨夜観たのはあんたが撮ったヤツか」

いまさらかよ、と突っ込みたくなる。

「面白かったぜ、あれ。特に梟の描写が秀逸だった」

「ありがとう」

「あんたの映画かぁ。まあ暇だったら出てやってもいいぜ」

「ぬ……っ、ハクロウくん！　勝手に決めない！」

いつ生まれたのかもわからないハクがこの時代に非常に順応しているところはすごいのだが、まさか映画に出てもいいなんて言うとは思ってもみなかった。

「では暇だったらぜひ」

「か、監督、あのっ」

どういうわけか意気投合しているハクと春日井に挟まれ、困惑する晴人であった。


翌十二月25日、晴れ渡る青空の下、いよいよ『ちちぶ妖精物語』がクランクインした。

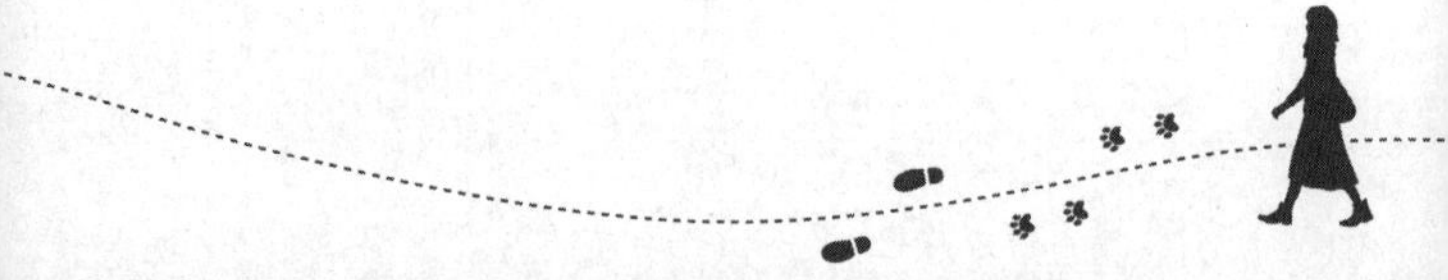

幕　間

君は今、辛くないかい？

僕はそっと囁きかける。

鋭く尖った青い鱗を身に纏う君は、強靭で美しい。けれどその立派な龍体に巻きつけられた黒い鎖を見るたびに、僕は自分が縛められているかのような苦痛を感じる。

大きな眼は、何を見ているんだろう？

昔話によれば、君は毎晩そこから抜け出して、近くの池に飛び込んでは暴れ回っていたんだってね。

それを聞いた時、どうして君はそんな行動を取ったんだろうって思ったんだ。

だから調べてみたんだけど、君の行動の意味を考察する書物は見当たらなかった。

ねえ、どうして君は池に入って暴れたんだ？　人間を驚かせるため？　単に悪戯がしたかったから？　龍だから、水が恋しくなったのかな？

反対側にも龍がいるね。君の兄弟かな？

いろいろ考えてみたけれど、僕は君じゃないんだからわかるはずがないよね。

つなぎの龍。

だから、君の話をつくってみたんだ。

僕の文章、評判いいんだよ。小説家になりなよって言ってくれる人もいる。それもいいな。僕はあんまり社交的じゃないから、ひとりで何かをやる方が合っている気がする。そう言ってくれた先輩は結構見る目があるからさ、ちょっとがんばってみようと思っているんだ。

ねえ、つなぎの龍、聞いてくれる?

そう訊ねた時、龍の大きな眼が、ぎょろりと僕を見た――ような気がした。

ハッとして僕は身震いをしたけれど、多分見間違いだろう。

黄昏時《たそがれ》――誰《た》そ彼《かれ》時。この世のものとそうではないものがまじわる時間帯だ。

空気はオレンジ色に染まり、そこかしこの輪郭がぼやける。見上げるつなぎの龍もだ。

僕はかばんの中に入れていたノートを取り出した。

普段は家にあるパソコンで小説を書いているのだけれど、つなぎの龍の話は、自分の文字で書きたいなと思ったのだ。

もう一度つなぎの龍を見上げると、また眼が動いた気がした。けれど今度は驚かなかった。

聞きたいと思ってくれるのかな。そうだといいな。

僕は小さく唇を綻ばせると、ゆっくり息を吸った。

第四話　神龍の恋わずらい

小説【妖精物語】　作：葉宮眞吾《はみやしんご》

プロフィール：三月二十四日埼玉県秩父市に生まれる。大学在学中に本作【妖精物語】を執筆、ジュブナイル文庫に投稿し、入賞。

「久しぶりに会えたんだから、みんなで小学校に行ってみない？」

そう提案したのは、いつも朗らかな笑みを浮かべている人気者の朱美《あけみ》だ。

彼女の言葉に、男子たちはこぞって賛成する。それは六年前とちっとも変わらない光景で、あたしは小さく肩を竦めて笑った。

「でもいきなり行っても中に入れないと思うよ」

首を傾げつつ慎重な意見を口にしたのは、幼い頃から秀才と言われていた幸音《ゆきね》である。長い黒髪にキリリとした眉と切れ長の瞳、高校で弓道部に所属している幸音は、和服が似合う美人だ。

「そうだなぁ、もう廃校になって三年経つんだもんな」

「あたしたちが卒業して、六年も経つんだね」

感慨深く呟くと、その場にいた五人は揃ってうなずいた。

男子三人、女子三人。小学生の時仲良しだったメンバーだ。——といっても、あたしたちが通っていた小学校は一学年たったの二十人程度だったから、学年全員が幼なじみといった感じだ。

来年三月に、あたしたちは高校を卒業する。生まれ育った秩父を去る仲間がほとんどだ。だから「同窓会しない？」と朱美から提案された時、一も二もなくうなずいたのである。

今だって、別々の高校に通っているからなかなか会えない。これからはもっと顔を合わせる機会はなくなるだろう。だからその前に、みんなと会っておきたかった。

「理子《りこ》は秩父に残るんだよな？」

隣を歩く亮平《りょうへい》が平坦な声で問うてくる。機嫌が悪いわけでもテンションが低いわけでもなく、亮平は子どもの頃からこれがデフォルトだった。のっぽで痩せていてぼさぼさの黒髪で度の強い眼鏡をかけている。お洒落になんて全然気を使わない亮平だけど、眼鏡を取るとびっくりするくらい澄んだ瞳をしていることを、仲間はみんな知っている。

「うん。おばあちゃんの後を継いで和菓子屋さんになるんだ」

我が家は女所帯だ。もともとお店を切り盛りしていたのはおじいちゃんとお父さんだったのだけど、あたしが高校一年生の時にふたりとも事故で亡くなってしまった。

お母さんは進学を勧めてくれたけれど、やっぱり少しでも早くおばあちゃんとお母さんの力になりたかった。

「そうか。がんばれ」

「うん。亮平は、進学希望だよね？　どこの大学に行くの？」

亮平は県北では偏差値が一番高い県立高校に通っている。だから進学するとばかり思っていたのだけれど、彼は首を横に振った。

「海外に行く」

「は？」

「卒業式のあとで、日本を発つ」

何度か瞬きをしたあたしは、次の瞬間、ええっ!?　と叫んでしまった。

「なに、どうしたの、理子？」

「えっ、えっ、いや、……亮平、ほんとに!?」

こくりとうなずく。

「え、海外って、どこ？」

アメリカ、といつものように平坦な声が返ってくる。

あたしは、アメリカ……とつぶやいたきり絶句してしまった。

「姉さんがアメリカで働いているのは知ってるよな」

「……うん」

亮平には一回り年上のお姉ちゃんがいる。ふたり揃って頭がよくて、お姉ちゃんは大学卒業後渡米したとは聞いていた。

「ニュージャージー州にいたんだ」

それを聞いた途端、あたしは大きく目を見開いた。そんなあたしを見た亮平はひと呼吸分黙り込んだが、そのあとでゆっくりとうなずいた。

「『妖精事変』があったところ」

いつの間にか亮平とあたしが話すのを、ほかの四人も聞いていた。そして亮平の口から『妖精事変』と出た途端に、小さく息をのむ。

『妖精事変』。——半年前に世界中を騒がせた事件だ。

妖精は架空の生き物だ。あたしだって妖精が実在しているなんて思ってもみなかった。けれどその『妖精』たちが、ニュージャージー州に突如として『落ちて』きたのだという。

背丈は百五十センチ程度ですらりとした体躯をし、髪の色は、澄んだピンクや水色、キラキラとした銀色をしていて、引き摺るほど長い。髪と同じ色の瞳は小さな顔の半分ほどもあり、まるでマンガから飛び出して来たような姿をしているそうだ。

あまりにも可憐でか弱くて、そのうえ背中には透明な翅《はね》まで生えていた。

そのため彼等は便宜上『妖精』と呼ばれるようになった。

専門家の話によれば、妖精はあたしたちの世界とは別の次元から、ある一帯——わかりやすく言えば村とか町とか——がまるごとこっち側に『落ちて』きた。だから妖精だけではなく、彼等（性別があるのかはわからないけれど）の住んでいた家とかお店とか畑とか森とかもすべてが。

別次元に『落ちて』しまうのは、彼等の世界ではよくあること、なのだそうだ。そして彼等はとても頭がよく、あたしたちの世界のこと、言葉、文化などを、瞬く間に学習した。そしていずれ帰れると思うから、この世界に間借りさせてもらいたいと言ってきた。

アメリカはもちろん、世界中が大騒ぎだ。

妖精を受け入れるのか排除するのか――。アメリカは妖精を受け入れた。

妖精は『落ちた』その場所で、アメリカ政府に守られながら、慎ましく過ごしていた。けれどやがて彼等が、地球人とは比べ物にならないくらいの能力、そして武器を持つことを知った人たちが、妖精たちを侵略しはじめた。

彼等の持つ特別な力を自分たちも手に入れたい――と。

妖精を攫《さら》おうとしたり、暴力をふるって彼の武器を強引に奪おうとしたり……。

それからはもう泥沼で、妖精たちがやってきた三カ月後に、最悪の事件が起きた。妖精のひとりが、人間の手によって殺されてしまったのだ。

それまで我慢を重ねていた妖精たちは、ついに怒りを爆発させた。

そしてニュージャージー州の彼等がいた一角は、謎の発光により跡形もなく消え失せてしまったのだ。

「姉さん、その騒ぎに巻き込まれてしまったみたいで、今も連絡が取れないんだ」

そんな話、初めて聞いた。

でもそれはあたしだけじゃなくて、ほかの四人も初耳だったようだ。

朱美は口元を押さえているし、幸音は目を見開き、唇をきつく引き結んでいる。

「それで、おまえが行くのか？」

男子のうちのひとり、岳人《がくと》が目を剝いて亮平に詰め寄った。

こくん、と亮平はうなずく。

「本当は今すぐにでも行きたいけど、親が反対してて」

「そりゃそうだよ」

もうひとり、和広《かずひろ》が語気を強めてうなずく。

「ひとりで動くわけじゃない。姉さんの婚約者が向こうにいるから、一緒に捜す」

それで両親もしぶしぶ了解したのだそうだ。

「で、でもさ、おまえが行ったって、どうにかなるわけじゃないだろ？」

和広が、やめておけよと亮平の腕を摑んだ。

「そうよ。あの辺りは進入禁止になっていて、政府関係者や軍人しか入れないんでしょ？」

朱美も何度もうなずく。

けれど亮平は無言を貫く。その顔を見れば、考えを翻さないであろうことは、幼なじみのあたしたちはすぐに理解する。

あたしたちは顔を見合わせる。――引き留めたい。でもきっと無理だ。

「……亮平」

それでも気持ちよく送り出そうという気持ちにはなれなくて、名前を呟いたきり、俯いてしまった。

「……ねえ、あれ、何？」

微かに緊張を帯びた幸音の声に顔を上げる。

幸音が指す方を見るなり、全員が大きく目を見開いた。

これから向かおうとした場所――三年前廃校になった、あたしたちの母校の方に、光る物体がゆるゆると降りていく。

一瞬怖《お》じ気《け》づいたのに、気がつけばその光に向かって走っていた。

あたしだけじゃない。みんな驚くくらい全力で走る。

最初に着いたのは亮平だった。それから和広、岳人、あたしは息を切らしながら、四番目に学校前の校門にやってきた。

「な、なんなの？」

息を切らしながら、校庭を見た途端に、あたしは絶句する。

目の前に立っていたのは、虹色のふわふわとした長い髪をなびかせ、見る角度によって青になったり黄色になったりピンクになったり……信じられないくらい神秘的な色をした大きな瞳の――明らかに人間じゃない、イキモノだったのだ。

「柴崎《しばざき》理子役の浅倉凜《あさくらりん》さん、本日クランクインです！」

演出部のスタッフの大きな声と拍手が響く中、『ちちぶ妖精物語』のヒロイン、浅倉凜がニコニコ笑いながら、旧芦ヶ久保小学校の体育館に入ってくる。

「おはようございます。浅倉凜です。今日からよろしくお願いします」

スタッフの一番後ろで晴人《はると》も拍手をする。

凜の後ろから、彼女と同年代の男女五人が次々とやってきた。凜を含むこの六人が、『ちちぶ妖精物語』のメインキャストだ。

晴人は前に並ぶキャストから、その周囲を囲む撮影クルーへと目を向ける。

先日の設営に携わった美術班、監督の春日井《かすがい》のほか、プロデューサーやカメラマン、照明班、音響スタッフなどが顔を揃えている。

本日十一月二十五日の午前八時に、映画『ちちぶ妖精物語』がクランクインする。

スタッフたちは撮影前の最終チェックのため、まだ暗いうちから旧芦ヶ久保小学校内での準備に取り掛かった。もちろん『ちちぶフィルムコミッション』に所属するメンバーも全員が来ている。初めて映画の撮影現場に参加する晴人は、キャスト、スタッフたちがこんなにたくさんいることに、改めて圧倒されていた。

（弁当を手配したから人数はわかっていたんだけどさ）

初めて見る機械の種類の多さにも、上から撮影するためのクレーンが運び込まれ、カメラを乗せるレールが体育館を突っ切るように敷かれている様にも驚いた。

そこかしこで忙しく動く撮影スタッフたちの邪魔をしないよう、だが手が必要な時はすぐに駆け付けられるように、晴人を含むＦＣメンバーはそばでスタンバイしていた。日常とかけ離れた場所にいることに、なんだか足が地についていないような、夢見心地な気分を味わえる。

と、凛が晴人に気づいて、ニッと悪戯っぽく笑うと、手を振ってきた。

目を丸くしながら思わず同じように手を振って返すと、凛の横にいた黒髪の少女が興味深そうな視線を晴人に向け、次いで凛に何やら耳打ちしている。次の瞬間、ふたりはパッと笑顔になった。そんなふたりのそばにいる同年代の役者たちも会話に加わる。そこに監督の春日井が進み入り、六人それぞれに声をかけると、皆和やかに笑い合った。

（仲がよさそうだな）

約十日ぶりに会う凛の屈託のない笑顔に、晴人は内心ホッとしていた。

「それではみなさん、よろしくお願いしまーす！」

声がかかると同時に、キャストたちは背筋を伸ばした。

ライトがつき、周りにレフ板を持つスタッフが何人も立つ。役者の動線やカメラの位置調整、テストをおこなったあとで、春日井の撮影開始の声が響く。助監督がカメラの前でカチンコを構えた。

「五、四、三、――」

拍子木のような澄んだ音が聞こえ——『ちちぶ妖精物語』の撮影が始まった。

あまりの眠さに、一瞬、意識がふっと途切れた。

「——長、若社長？」

笠原智恵子《かさはらちえこ》の呼び声に、晴人はハッと顔を上げる。

「うわっ、はい⁉」

智恵子が目を丸くして晴人を凝視している。だがすぐに、何慌ててるんですかぁ、とのんびり笑われた。

「お昼休みなんですから、眠かったらどんどん寝ちゃってくださいな」

「あ、はい。……あの、何かありましたか？」

「いえいえ、今日が締め切りのチラシの納品も全部してきましたし、電話が繋がらなかったところからもさっきようやく連絡来ましたし、絶好調ですよぉ」

「それはよかったです」と、ホッと胸を撫で下ろす。何しろ例大祭を五日後に控え、市内はどこもかしこも浮き立っている状態だ。先日担当者と連絡がつかないと困っていた智恵子だが、無事それぞれの納期をクリアしたようだ。

「それより若社長、最近残業三昧じゃないですか。若いとはいえ無理は禁物ですよぉ」

「あ、はい。ありがとうございます」

師走が目前に迫り、仕事も次から次へと入ってくる。本当にありがたいことなのだが、まだまだ新米の社長職に加え、ＦＣでの映画撮影現場にも顔を出す毎日だ。どうしても仕事が押してしまい、終わらない分は残業でなんとか片付けている状態だった。

だが疲労は溜まっているものの、毎日充実している。特に映画の撮影は、見るもの聞くもの初めてのものばかりで、とても楽しくいい刺激を得ていた。

（やっぱり物作りっていいなぁ）

絵はひとりで描くが、映画のようにたくさんのプロが集まってひとつのものを作り上げていく作品も楽しいなと思う。だから、身体は疲れているけれど、楽しさの方が勝っているし、もちろん仕事も手を抜きたくないからがんばれていた。

それでも気を抜くとふっと意識が飛ぶ。あまり眠れていないから仕方ないなと小さくあくびをした。

「あ、それで、どうかしました？」

「ああ、さっき初穂《はつほ》さんから電話がありまして、仕事が終わったらカフェに寄ってと伝言をいただきましたぁ」

（姉さん？）

「初穂さん、今何週でしたっけ？」

「ええと……三十五週、だったかな」

「あらぁ、じゃあもうすぐ臨月じゃないですか。あと一カ月くらいで生まれるんですねぇ」

そう考えるときっとあっという間だろう。予定通りならば、年明けには甥っ子か姪っ子が誕生する。

「なんだかドキドキしてきた」

智恵子はうふふと笑う。

「今日は早めにお帰りくださいな」

「あ、はい」

姉の用事はなんだろう、と首をひねりつつうなずいた。

映画の撮影も今日は早く終わったとFCメンバーの島田《しまだ》から連絡が入ったため、晴人は七時前には印刷店をあとにした。

——寒い。ここ数日で、秩父はすっかり冷え込むようになった。今夜は風も強く、晴人は首を竦めながら少し離れた場所にある駐車場まで急ぎ歩く。

遠くからお囃子の音が聞こえてくる。

例大祭を控え、練習も一層熱心におこなわれているようだ。

今年は映画の撮影で例大祭に関わることはできないけれど、来年は参加できたらいいなと思う。晴人はそこで、ふと、目を瞬かせた。

来年のこと——来年も秩父で暮らしていること——を自然に考えている自分に気づいたからだ。

東京からリターンして二カ月半ほどが経つ。晴人にとって秩父はもう生活の場となっているのだなぁ、と思うと、なんだか笑みが零れた。

晴人はお囃子の拍子に合わせて頭を振りながら車に乗り込み、カフェアサミに向かった。

駐車場に車を停め、店に入ろうとしたところで、あれ、と首を傾げる。

ドアノブに、『営業終了』の札がかかっていたのだ。

カフェアサミの閉店時間は二十時のはずなのだが、と思いつつ扉を引き開けると、暖かな空気が頬に触れてホッと息をつく。店内を見渡せば、女性客がふたりいた。彼女たちが目に入った晴人は、あ、と小さく声をあげた。

ふたりも晴人に気づいて、同時にこちらに顔を向けてくる。

「明理《あかり》さん、凜さん」

手袋とマフラーを外しながら歩み寄ると、

「こんばんは、一ノ瀬《いちのせ》さん、お仕事お疲れさまです」

きっちり立ち上がってそう言ったのは山岸《やまぎし》明理だ。

「お疲れさまー！」

一方浅倉凜は、にこにこ笑いながら晴人の腕をぽんぽん叩いた。

「あ、ありがとうございます。あの」

「以前寿々《すず》さんに連れてきていただいて、コーヒーもケーキもとっても美味しかったから明理と来たいなって思っていたの」

六時に夕飯を食べちゃったから、今日はコーヒーだけお願いしたのだけど、と続ける。

テーブルの上を見れば、確かにコーヒーカップが二つ並んでいる。

「そうだったんですね。ご来店ありがとうございます」

恐らく凛が来店してくれたから、のんびり寛いでもらおうと、渉《わたる》が気を利かせて営業終了の札を下げたのだろう。

十九時以降は客の入りもさほどないということもある。

「明理さんは、早めに来てくださったんですね」

明理は『ちちぶ妖精物語』のエキストラに参加するのだが、その撮影は明後日の十一月二十九日からで、三日間おこなわれる。

「はい。浅倉とも久しぶりだから早く会いたかったし、それにまた秩父に来たかったので」

滑舌のいい明理にそう言われて、晴人は笑顔になる。

「ありがとう」

「前回は全然観光できなかったから、撮影前にいろいろ見て回りたかったんです」

確かにアヤカシの炎虎に捕らわれた父を捜すためにやってきた明理に、観光をしている暇なんてなかったのだ。

「晴人くん」

厨房でコーヒーを淹れていた初穂の夫である浅見《あさみ》渉が、柔和な面に笑みを浮かべながら小さく手招きをする。

晴人はふたりに頭を下げてから、渉のもとへ向かった。

「こんばんは」

「お帰り。仕事お疲れさまです」

「ただいま、です。あの、姉さんから呼び出されたんですけど」

店内はほっこり暖かくて、晴人は着ていたコートを脱ぎつつ首を傾げる。

「ああ」

渉はにっこり笑うと、居住スペースになっている奥の部屋にチラリと視線を向けた。するとタイミングよく初穂が顔を覗かせる。

「あら、晴人。早かったわね」

「早めに仕事を終わらせてきたん……、あれ、ばあちゃん？」

初穂の後ろから顔を見せたのは、自宅にいるとばかり思っていた寿々だった。

「初穂がね、今夜は一緒に夕食をどうかって誘ってくれたのよ」

「あたしがおばあちゃんの煮物が食べたくなっちゃったからなんだけどね」

「初穂くん、最近サトイモがブームらしくて」

渉がこっそり耳打ちをしてくる。

晴人は小さくうなずいた。

妊娠初期には、「渉さんがつくってくれるキャラメルプリンしか食べたくない」と言っていたらしい。

「まだもう少しかかるから、晴人、凛ちゃんたちとお話でもしてきたら？」

寿々が、にこにこ笑いながら手を振っている。

振り返ると、明理と凜も寿々に手を振り返していた。

「手伝うよ」

「煮込んでいるだけだから大丈夫よ」

そう言われ改めてふたりに視線を向けると、凜が悪戯っぽく笑いながら、おいでおいでと手招きをしている。

「晴人くん、どうぞ」

淹れたてのコーヒーをス、と渡された晴人は、一瞬の躊躇のあとで、渉に礼を言いふたりが座る席へと向かった。

「失礼します」

遠慮しながら椅子に腰かけると、早速とばかりに凜が顔を寄せてきた。

「明理と話していたんだけどね」

「あ、はい」

コーヒーカップを持ち上げながら耳を傾けていると、

「『ハクロウくん』ってナニモノなんだろう、って」

いきなりそんな問いを投げかけられ、危うくカップを落としそうになる。

「え、え……っ？」

「なんだか不思議なことをおっしゃっていたし、どんな方なのかしらって」

「ああ……」

で、どうなの？　とぐいぐい来るのが凜で、節度を持って一定の距離を取りつつも、興味を隠さない強い視線を向けてくるのが明理だ。

確かに、着ぐるみ姿でやってきたうえに、アヤカシの扱いにも慣れているハクを見たら、興味を持つのは当たり前だろう。

炎虎や三猿の影と相対したハクを思い出して、晴人はどう答えようかと内心唸った。

「えーと、ハクロウくんは、ですね」

うんうん、とふたりは真剣に晴人を見据えてくる。

（俺も、主様のこと知らないもんな……）

だから答えようがないのだ。

どうしようかと焦っていると、凜がますます顔を寄せてくる。

「これはわたしの想像なんだけど」

「あ、は、はい……？」

「ハクロウくん、ていうか、ハクロウくんの中の人って」

（――中の人）

「アヤカシ退治を生業としたどっかの神主さんじゃないの？」

「――」

「でも彼は日本最大の神道系宗教法人である神社本庁に所属しない小さな神社の神主さん

で、ほかの神社に足を運ぶの憚《はばか》られるから、着ぐるみで活動をしている。……どう？」

秘密を打ち明けるような生真面目な表情で、晴人が思いもよらない突飛な予想を繰り出してきたのは凜だ。すると隣の明理もまた、真剣な顔で唇を開く。

「わたしも神主さんかしらと思ったのだけど、付け加えるならば」

「……ならば？」

「ご当地キャラマニアのハクロウくんの中の人は、『アヤカシ退治もできるスーパーキャラクターハクロウくん』の設定を遵守している役者さん……スーツアクター兼神主さんなんじゃないかしらって」

（そ、そういえば明理さんと主様が顔を合わせた時、そんなワードをつい口走ってしまったような……）

ハクロウくんの中の人は、『ご当地キャラマニア』と。

どうなのどうなのと徐々に距離を縮めてくるふたりに、晴人はたじたじだ。

「だって着ぐるみを着ているのにあんなに素早く動けるなんて、優れた身体能力でなければできないと思うの。いろんなキャラクライベに行ってたくさんのキャラさんと触れ合っているわたしが言うのだから間違いないわ。中の人なんていないかのような素晴らしい動き……！　わたし感動したもの」

明理はキャラ好きで、よく一緒に写真を撮ると言っていたことを思い出す。

凜にしろ明理にしろ、『ハクロウくん』と実際に会い、直接関わった上での『中の人』

の考察だから、リアリティがある（いや、神主兼スーツアクター、という人物が実在している確率は極めて低いだろうが）――のだが、ハクはそもそも人間ではないのだから、『人』に当てはめるのは無理がある。

　言葉を詰まらせる晴人を、ふたりはじっと見つめてくる。その眼差しに、小さく喉を鳴らすと、凜が、うーん、と唸った。

「もしかして、ハクロウくんの正体って、明かしちゃダメって言われているとか？」

「ダメというか、ええと」

　とりあえずうなずいておけと自分でも思うのに、軽くかわしたり嘘をついたりといったスキルを持ち合わせていない晴人は、困惑顔のまま小さく肩を落とす。

　そんな晴人を前に、十九歳コンビは顔を見合わせた。

「一ノ瀬さんを困らせようと思って訊いているわけではないので」

「言えないんだったら言えないってちゃんと言った方がいいよ。そんな困った顔されたまま黙り込まれちゃったら、こっちだってどうしようってなっちゃう」

　明理と凜に続けて言われ、

「あ、……あ、そうですね。すみません」

　頭を下げるなり、なんで謝るかなぁ、と凜は首を傾げる。

「一ノ瀬さんらしいけれど」

「だね」

ふたりが揃って笑うから、晴人は頭を掻いて申し訳ないと言うことしかできない。

「そうそう、監督がね、ハクロウくんも出演してほしいって、今日いらしたFCの島田さんにラブコール送っていたから、今日明日には連絡がいくんじゃないかしら」

「え」

先日確かにふたりでそんな話をしていたが、まさか春日井監督が本気だったとは、と絶句する晴人とは真逆で、凜は楽しみでたまらないといった笑顔である。

「ハ、ハクロウくん、演技できるかな……？」

「あら、ということは、わたしのスーツアクターという想像は不正解かしら」

「いや、俺も見たことないのでわかりませんが」

映画を楽しんで観ていたし、案外ノリノリで芝居をするかもしれないなぁ、主様、と内心呟いていると、晴人の後ろからテーブルへと手が差し入れられた。

「お腹に空きがありましたらどうぞ」

渉がレトロポップな模様の皿をテーブルに置く。一口で食べられる大きさのクッキーだ。菓子を見た途端、三人が揃って声をあげる。

「ハクロウくんじゃないですか！」

「試作なのでサービスです」

「渉さん、これ？」

渉は眼鏡の奥の切れ長の瞳を、悪戯っぽく細める。

「この前智恵子さんがいらっしゃって、初穂くんとハクロウくんについて大層盛り上がりましてね」

「……はあ」

「なんでもハクロウくんのグッズがつくりたい、と」

そういえばそんなことを以前にも言っていた。

「可愛いですね。食べるのもったいない」

明理の感嘆の声に改めて皿の上の菓子に目を向ければ、デフォルメされた可愛いハクロウくんクッキーと目が合う。

「ハクロウくんをデザインしたのは晴人くんだけど、それを立体化させたのは初穂くんでしょう？　それで智恵子さんとすっかり意気投合して、何かつくってみよう、と」

「……なるほど」

「文房具系やぬいぐるみもいいけど、まずは手に取りやすい食べ物ではどうかということで、何かつくってほしいと頼まれたんです」

それで自分たちではなく渉に頼むとは、と苦笑している間に、凜と明理は早速「いただきまーす」とクッキーを口に入れている。

「美味しいです！」

「口の中でホロホロ崩れる感じが懐かしいなぁ。なんだかホッとできるお味ですね」

「浅倉、もしかして食レポの仕事狙っているの？」

ただ美味しいというだけではない感想の凜に、明理が肘でつつく。

「ばれた？　なーんて、ほんと美味しいです」

「ありがとうございます。クッキーというより、ショートブレッドですね」

「ショートブレッドって、確か普通のクッキーよりバターを多く入れるんですよね」

「ですね」

「それだと形が複雑なものを作るの難しくないですか？　ショートブレッドって、既製品だとフィンガー型が多いですよね」

「そうですね、でもハクロウくんのふわふわ感をクッキーで表すには、硬い生地よりやわらかい方がいいかなと思いまして」

「あ、確かに」

（明理さんも凜さんもよく知っているなぁ）

晴人などさっぱりわからず、ただただ聞き入るばかりだ。

ふたりはあっという間にクッキーを平らげ、ごちそうさまでした、と頭を下げる。ふたりとも美味しいものを食べたからか、いい笑顔だ。

「あ、浅倉、もう八時になるわ」

「ええ、早っ！」

「じゃあ、そろそろ宿に戻ります。ごちそうさまでした」

「コーヒーもショートブレッドもとっても美味しかったです。今度はケーキ食べに来ますね」

帰り支度を始めたふたりに、寿々が晴人のコートを手にやってきた。

「晴人、旅館まで送ってあげて」

「うん」

そのつもりでいたから、すぐにうなずいて、コートを受け取った。

明理と凜は躊躇うように顔を見合わせるが、

「遠慮はなしよ」

寿々が間髪容れずそう言うので、ふたりはありがとうございます、と笑顔になる。

「寿々さん、二日楽しみにしていますね！」

「ええ、わたしもよ」

「車を店の前に回して来ますから、待っててください」

晴人はコートを着つつ、カフェアサミを出た。


「晴人、申し訳ないのだけど、仕事に行く前に主様に小豆飯をお供えしてきてくれる？」

「うん。昨日は主様来なかったのかな？」

昨日はエキストラの撮影で、晴人は朝から夜遅くまで現場に行きっぱなしだったのだ。

「どうやら一昨日たくさんお神酒をいただきすぎたようで、ずっと横になっていらっしゃったようよ」

「主様も二日酔いするんだ」

前に小豆飯の食べ過ぎでお腹を壊したことを思い出しつつ、あの祠の中で、うーうー唸っているハクを想像すると、守り神（のような）存在なのに、とても身近に感じられて、思わず笑みが洩れ零れる。

小豆飯を手に、普段より早めに出ることにする。

気温はすでに冬のそれで、加えて秩父連山からの吹き下ろしに、晴人はぎゅっと身を縮めた。

「さむ……！」

マフラーをぐるぐる巻いて急ぎお社へと向かった。

竹林を吹き抜ける風の音に首を竦めながら、参道を進む。石段を登り、切妻屋根の祠が目に入るなり、晴人は小さく声を漏らした。

(誰かいる……)

背を向けているから、知り合いかどうかはわからない。ただその人物の服装から、若い男性ではないかと想像する。

オフホワイトのショートコートに、やわらかそうな黒髪が見える。あとわかることといえば、少し猫背だなというくらいだろうか。

それにしても、誰だろう、と首を傾げる。

　この境内でハクと出会って以来、幾度となくここに出向いたが、誰かに会ったことは一度もなかった。

（まあでも、一応神社？　だもんな）

　誰かが参拝してもおかしくないと納得し、晴人はまず手水舎に向かい手と口を清めた。

　その間も、彼は熱心に手を合わせている。

　砂利が敷かれているために、静かに歩こうとしてもどうしても音がする。その音に気づいたのだろう、男性はふっと顔を上げ、晴人へと目を向けた。

　年の頃は晴人と同じくらいだろうか？　印象的な大きな目だから、もしかしたら実年齢より若く見えるタイプかもしれない。

（知らない人……だな）

　秩父市民ではないかもしれない、と内心首をひねる。

　だが地元でもないのに、こんな朝から、しかもわかりにくいこのお社を見つけてわざわざ参拝する人なんているだろうか？

　男性はその大きな目を、二度瞬かせた。だがすぐに人懐こくにこりと笑うと、丁寧に礼をしてその場から去っていった。

　首を傾げつつ持ってきた小豆飯をバッグから取り出し……あれっ、と思わず声をあげた。

　すでにそこには、竹の皮に包まれたお供えが置かれていたのだ。

　晴人は振り返ったが、男性の姿はすでになかった。

る。

「おお、朝から小豆飯をふたつもらえるとは今日は運がいい」

機嫌のいい声に祠に向き直ると、賽銭箱の上に白いオオカミがだらしなく寝そべってい

「主様、これも小豆飯なんですか？」

「しかも炊きたてで美味そうだ」

「……へえ」

炊きたてということは、晴人が知らないだけで、この辺りに住んでいるのかもしれない。

だがそれにしても、お供え物に小豆飯をチョイスするとは、もしかしてハクの知り合いなのだろうか？

「おい、寄越せ」

「あ、どうぞ」

先に置かれた小豆飯を手に取って結び目を解く。すると小豆飯のおにぎりが三つ綺麗に並んでいる。確かに竹の皮越しにほんのり温もりを感じるから、握ってそう時間が経っていないようだ。

ハクは目を輝かせ、顔を寄せてきた。

場所は境内、そして白狼姿だから、着ぐるみ状態の時とは異なり、ハクは直接小豆飯にがっつり顔を突っ込んできた。

「うめえ」

「それはよかった。あのさ、今の人は、知り合い？」

「少し前に何度か来たことがあるな」

「へえ」

晴人はしょっちゅうここに足を運んでいるが、一度も会ったことがない。

十年前は、少し前とは言わない、と言いかけ、口を噤む。ハクと人間である晴人の感覚に誤差があるのは仕方がない。

「十年くらい前か」

「そうなんだ。俺、ここで人に会ったの初めてだからびっくりした」

「モノズキなんだろ」

ハクはあっという間に男性のお供え物を平らげ、すぐに晴人へと、ちょいちょい、と前肢を伸ばしてきた。

晴人が持ってきた小豆飯を差し出すと、嬉しそうに食べ始める。ものの三十秒ですべて平らげたハクは、満足そうに賽銭箱の上でごろんと転がった。

（いつも思うけど、そこ寝心地悪くないのかなぁ）

「あいつがやってきたのは高校生の頃だな。神社仏閣巡りが趣味だかなんだかで、『知知夫』のあちこちを歩いて回っていると言ってた」

「え、あのさ主様、それ俺が聞いてもいいこと？」

恐らくそれは、あの男性が神様に向けて話したことではないか。

「お前が何者か訊いたんだろうが」

「そ、それはそうだけど」

「別にあいつの願い事まで言う気はねえよ」

ムッとしたようにそう言われ、晴人は急いでうなずいた。

「うん。俺も聞きたくないし」

「だが大学進学を機に『知知夫』を出て、それ以来来てなかった」

「へえ」

「さっき長々と来られなかった日のことを話してたぜ」

進学を機に、ということは、実家がこの辺りにあるのだろう。だったら晴人が知らなくても当然だ。

「あ、でも、十年前くらいだったら、俺と姉さんがここにいた頃だな」

両親の海外赴任について行かず、晴人と姉の初穂は祖父母の家で三年間世話になった。もしかしたらその時、すれ違うくらいはしていたかもしれないなぁ、と晴人は思う。

「映画撮影と例大祭のダブルで、『知知夫』もずいぶん賑やかだな」

それがハクにとっては嬉しいらしい。声が、いつもより弾んでいる。

「そうだ、撮影始まったよ。明理さんや凜さんもいらしていて……あ」

「なんだよ」

「ふたりから、『ハクロウくん』は何者かって聞かれてしまいました」

そう言っても、ハクの反応は薄い。

（やっぱり言う気はないんだなぁ）

晴人が考えていることはハクには筒抜けなのに、それでもだんまりだ。ということは、ハクの口から、ハク自身を語ることはないのかもしれない。

「あと、春日井監督が本当に主様を映画に出したいみたいなこと言ってるらしいから、もし出演するならちゃんと設定を考えといてください」

「設定？」

「『ハクロウくん』の中の人設定」

「めんどくせー」

途端にぷい、とそっぽを向くハクに、つい先日までは乗り気だったのにと、晴人が突っ込む。すると、

「お前、今日は休みか」

そう言ってあからさまに話題を変えてきた。

「え、仕事に決まってるじゃないですか」

「時間は？」

慌てて時間を確認すると、就業時間まであと五分。

「うわ、やばい……！」

ハクが、ヘッ、と牙を見せて笑う。

「行ってきます！」

「おう」

そして今日も忙しい一日が始まった。

⛩

この日、晴人は奇跡的に定刻前に今日の仕事が終わった。

「笠原さん、俺これから撮影現場に行ってきます」

「はいはい、行ってらっしゃい」

「何かありましたら携帯に連絡ください」

「大丈夫ですよぉ。今のところ難しい案件は抱えていませんから」

智恵子ににこやかに見送られ、晴人は撮影現場である旧芦ヶ久保小学校に向かった。

旧芦ヶ久保小学校は、市内ではなく隣の秩父郡横瀬町にある。西武秩父駅から車で十五分程度の場所にあり、一ノ瀬家からはそれにプラス五分で着く。

今日は旅館の島田が朝から撮影に参加していた。

「旅館は僕がいなくてもまあなんとかなるからね」

優秀な仲居さんと若女将の奥さん、采配上手な大女将の母が揃っているからさ。

そう言って、島田はほぼ毎日撮影現場に足を運んでいる。例大祭間近のこの時期、旅館経営の島田が暇であるはずがない。だがなんとか都合をつけて時間を割いているＦＣメンバーの活動ぶりを見ていると、晴人もいつまでも半人前ではいられない、早く力になりたいと思っていた。

彼らが、厳密にいえば仕事ではない――フィルムコミッションの活動は無償でおこなっている――熱心に活動するのは、自分たちが住む『秩父』のためだ。

どの自治体でも、観光客を呼びたい、願わくはこの地に住んでほしい、だから地元のいいところをどんどん発信していきたい、そうやって自分たちが住むこの地を好きになってほしい――ＦＣメンバーはそんな想いで活動している。

東京に住み続けていたら、こんなふうに考える機会はなかったのではないかと晴人は思う。

不便な部分があるからこそ工夫をする。不便を感じる以上に楽しみも喜びもある。姉の初穂や義兄の渉に勧められてＦＣで活動することになって、晴人の世界は広がった。

（主様と会ったことも大きいな）

秩父に帰ってくるまで、不思議な経験など一度もしたことがない。以前秩父に住んでいた時にもだ。最初こそ戸惑ってばかりだったが、人間は、それが超常現象であっても毎日続けば、それを日常として受け入れるものなのだなぁと、我ながらおかしくなる。

「そういえば『妖精物語』の登場人物もそんな感じだよな」

高校生である六人組の前に落ちてきた妖精。彼らは最初こそ警戒していたけれど、一緒に過ごすうちにどんどん妖精を受け入れ、利用したり排除したりする輩から守ろうと思うようになるのだ。

映画『ちちぶ妖精物語』の中では、妖精たちはパフォーマンスキャプチャーを使い、CGで表現されるのだという。妖精役の俳優の動きをそのままキャラクターに反映させるそうで、初めてその姿を見た時、晴人は大層驚いた。

というのも、妖精役の役者は、濃紺の身体にぴったりとしたスーツ——と呼ばれているが、一見競泳選手が着ているような水着に見えた——を着用し、同色のヘルメットも被っている。スーツや顔には動きを感知するためのコードがついており、ヘルメットはカメラ付きだ。そのカメラで、役者の口の動きを拾うのだという。上下左右、周りにはたくさんのカメラが設置され、役者の動きをスキャンする。そのデータをもとに、『妖精』というキャラクターを作り上げるのだそうだ。

昨今ではCGはよく使われているけれど、こんなに大変なのかと呆気に取られたものだ。身長百五十センチ、華奢な体躯という設定の妖精にぴったりな、妖精役の役者は、小柄な女優だった。

晴人が撮影場所である体育館に入った時には、妖精と六人組が顔を合わせているシーンに取り掛かる直前だった。

「晴人」

島田が静かな足取りで体育館入口までやってきた。

「お疲れさまです」

お疲れさま、と島田は柔和に笑う。

「あの、エキストラの撮影は？」

「ついさっき終わったところ」

三日間にわたるエキストラを交えた撮影が無事終わったことに、晴人はホッと安堵の息をつく。

「メインキャストはこれから撮影ですか？」

スタッフやキャストたちは笑顔で団らん中だが、どこか空気がピンと張りつめている。

「そう。これ今日の割り本」

「ありがとうございます」

割り本は、台本からその日撮影をするシーンを抜粋した分だ。

目を通したあとで、晴人は改めてライトに照らされている撮影現場に視線を向けた。と、

「あれ……？」

体育館の隅っこでパイプ椅子に座るひとりの男性に目が吸い寄せられる。どこか居心地悪そうに足をきちんと揃えており、緊張している様子がうかがえた。

「どうした？」

「あの、端に座っていらっしゃるのは」

今朝ハクのお社で会った、白いダッフルコートの男性ではないか。

ああ、と島田は笑みを浮かべた。

「『妖精物語』の原作者で、葉宮眞吾さん」

「えっ」

思わず声をあげた晴人の腕を掴んで、島田が歩き出した。

「島田さん？」

「本番始まる前に挨拶しておこう」

忙しく動いているスタッフたちの邪魔にならないよう、彼らの背後からぐるりと回り、男性へと向かう。

（『妖精物語』の作者さんかぁ。俺とあまり年齢変わらないように見えるのにすごいな）

「葉宮先生」

客商売を生業としているからか、島田本人の気質か、彼の柔和な笑顔は警戒心を解く。実際男性も、島田に声を掛けられてホッとしたように小さく笑った。

「島田さん、あの、先生はやめてもらえませんか？」

すると島田は、今度はにやにやと笑った。

「秩父を代表する作家さんを、昔みたいに呼び捨てにはできませんよ」

（あ、知り合いだったのか）

すると男性の方もまた苦笑して、いやいや、と首を振った。

「ま、ほんとに嫌だって言うんでしたら、眞吾くんと呼ばせてもらいましょうか」

「ぜひ。……それで、彼は」

「一ノ瀬晴人です」

「FCで最年少メンバーなんですよ。つい数か月前にこっちに戻ってきましてね」

「一ノ瀬」

男性は大きく目を見開く。

（……なんだ？）

「もしかして、……あ、いや、白羽屋商店街の印刷屋さん？」

そうです、とうなずく。すると男性は、懐かしそうに目を細めて微笑んだ。

「子どもの頃、竜生さんからいろんな遊びを教えてもらいました」

懐かしいなぁ、と大きな瞳をキラキラ輝かせる。そんな表情をすると、晴人より年下にも見えて、ますます年齢不詳だ。

「ああ、自己紹介がまだでした。葉宮眞吾と申します」

男性――葉宮はパイプ椅子から立ち上がると、びっくりするくらい深々と頭を下げる。

驚いた晴人は、咄嗟に同じくらいの角度で礼をすると、島田が笑いだした。

「ふたりして腰が低すぎですよ」

はっとしたタイミングも同じで、葉宮と目が合うなり、互いに苦笑を零す。

「眞吾くん、暇そうだね」

葉宮は唇をきゅっと引き結ぶと、困ったように肩を竦めた。

「僕の地元での撮影なので、ぜひ現場にいらしてくださいと誘っていただいたのですが、……どうにも場違いというかなんというか」

「何を言ってるんだか。眞吾くんの作品だろう？」

するとと葉宮は、何度も首を横に振る。

「小説と映画は違います。確かに僕は原作者ですが、映画は映画として独立したひとつの作品として世に出るわけですし、原作とは切り離して考えてほしい。そんなところに僕が伺っても、邪魔というか目障りというか、スタッフさんや俳優さんたち、逆にやりづらいだろうなぁと申し訳ない気持ちになります」

早口でそう言い募る葉宮に、晴人は呆気に取られる。

（なんていうか、……奥ゆかしい？）

「眞吾くん、高校生の頃と全然変わってないね。未だに内向的なんだ」

「社交的でしたら小説なんて書いていません。……あ、少なくとも僕は、です。社交的な作家さんを悪く思っているわけではありませんので、誤解しないでくださいね」

その、どこか必死な物言いに、申し訳ないのだが思わず笑みが零れた。

「眞吾くん……っ、そんな焦って言わなくてもわかるよ。だけど、今君がここですごく居心地の悪い思いをしているというのはよくわかった」

葉宮はハッとして、すぐに面目ないとばかりに肩を落とした。

「小説は、ひとりで書き続けるものですからね」

落ち込んでいるのか俯く葉宮に、なんとか顔を上げてもらいたくてそう言うと、

「そういえば晴人は絵を描くのが得意でひとりでこつこつするタイプだもんな。なんかふたり似てるな」

背丈は、晴人は長身で百八十センチ弱だが、葉宮は百七十二、三センチほどだろうか。ふたりともやせ形ではあるものの、どちらかというと一見とっつきづらそうと思われる容姿の晴人と、大きなキラキラした瞳が印象的な葉宮とでは、印象がまったく異なる。

だからふたりして、島田の意見には異を唱えたいという表情でいると、それそれ、と笑いだした。

「外見じゃなくて内面な」

（……そ、そうか、なぁ？）

自分ではわからないし、多分葉宮もそうは思っていないようだ。

「あれ、そういえば眞吾くん、初穂ちゃんとは顔見知りなんじゃないの？」

晴人の姉の名が出た時、葉宮は一瞬大きく目を見開いた。だがすぐに、口元に笑みを浮かべて、はい、とうなずく。

「同じ高校でした。学年は違って、一ノ瀬先輩が三年の時に僕が一年でしたが」

「あっ、それ前に姉に聞いたことあります」

「え？」

葉宮は驚いたように目を瞬かせる。

「あの、『妖精物語』が映画化されることになった時、秩父出身の葉宮さんのことが話に出て、それで姉が同じ学校に通っていたと」

「そうだったんですか」

うなずいて、にこりと笑顔になる。

「嬉しいな」

「はい？」

「一ノ瀬先輩、学校で人気者でしたから、まさか覚えていてくれているとは思っていなかったので」

姉が人気者だったと聞くと、弟としてはなんとも面映ゆい。だが島田はうんうんとうなずいている。

「初穂ちゃん、二年三年と生徒会長で、学校の校則を変えたり文化祭を盛り上げたりいろいろやったからね。眞吾くんも確か生徒会に所属していたんだよね」

書記でした、とうなずく。高校時代を思い出したのか、やわらかな笑みを浮かべた。

「文化祭で生徒会がお芝居をすることになった時、一ノ瀬先輩から台本を書くようにと命じら……、頼まれて書いたのがきっかけで、文章を書く楽しみを知りました。それから小説を書くようになったんです」

「そうだったんですね」

途中、命じられ、と聞こえたような気がしたが、それは流しておくことにする。

（そういえば、『妖精物語』を読んだ時、ヒロインの理子がちょっと姉さんに似てるって

思ったんだよなぁ）

理子の髪型はポニーテールで、高校時代、初穂もそうだった。生徒会役員でもあったし、どちらも大の甘党でもある。

もしかしたら理子は姉がモデルなのかな、とチラリと思う。

初穂の二学年下ということは、今葉宮は二十六か二十七歳だ。まだ若いが、大学生の時に『妖精物語』でデビューしたあとは、コンスタントに執筆を重ねている。今回作品が映画化されたわけだし、人気もある。今後も活躍が期待される作家なのだろう。

「初穂ちゃんも秩父に帰ってきているよ」

「え、そうなんですか？」

「白羽屋商店街で、旦那さんとカフェを経営しているんだ」

「――そうですか」

葉宮はにっこり笑った。

「時間があったら顔を見せに行ったらいいよ。きっと初穂ちゃんも喜ぶ」

「はい、ぜひ。……そういえば、一ノ瀬くん……と呼ぶとややこしくなりそうだから、晴人くんと呼んでもよろしいですか？」

もちろんですとうなずく。

「数カ月前に秩父に戻ってきたとのことですが」

遠慮がちに問うてくる葉宮は、何かしら事情があることに気づいているようだ。

（ああ、察しのいい人だ）

「ええと、実は」

祖父のことを話すと、途端に顔を曇らせる。

「よろしければお見舞いに伺ってもよろしいですか？」

幼い頃遊びに行ったと懐かしそうに話していた。祖父のことを気にかけてくれる気持ちがありがたい。

撮影が一段落したら行きたいとの葉宮の要望に、晴人はうなずいたのだった。

祖父は葉宮のことを覚えていて、大層嬉しそうだった。

毎日忙しすぎて見舞いに行けずにいたために、晴人は少々小言をくらうも、FCメンバーとしてもがんばっていることを喜んでくれた。

「いよいよ例大祭が始まるな。撮影の合間にも祭りを楽しめよ」

主治医からついぞ例大祭前の退院は許可が下りなかったと消沈していた竜生だったが、ふたりの帰り際には、笑ってそう言った。

「葉宮さん、あの、祖母に連絡しましたら、ぜひ家にも寄ってほしいと言われまして」

お時間大丈夫ですか、と問うと、最初こそ遠慮していたが、重ねて言うと、ではうかがいますとうなずいてくれた。

祖母の寿々は葉宮の来訪をとても喜んでいた。

「まあ、眞吾くん。久しぶりねぇ。立派になられて」

「ご無沙汰しています。寿々さんは全然お変わりありませんね」

葉宮はこの地で生まれ育ち、寿々ともよく顔を合わせていたのだそうだ。

多分自分も会っているはずなのだが、晴人はまったく覚えがなかった。

「時々生徒会のみんなが、初穂と家に来ていたのに、晴人ったら」

くすくす笑う寿々に、晴人は申し訳なくて首を竦めるばかりだ。

「あ、いえ、僕も覚えていませんし、それにほかの生徒会のメンバーは何度か訪問されていたようですが、僕は一度しか伺っていなかったので」

「あら、そうだったのね。そうだわ、眞吾くん、サイン、いただける？」

寿々は『妖精物語』のハードカバーをちゃっかり手元に用意し、サインをねだる。葉宮は恐縮しながらも、さらさらとサインを書いた。

夕食も用意されていて、三人で鍋を囲む。

話題は葉宮が秩父に住んでいた頃のことで、隣で聞き役に徹していた晴人は、寿々の記憶力の良さに内心舌を巻いていた。何しろ葉宮が幼稚園児だった頃のこともよく覚えていたのだ。それを聞いて、葉宮も恥ずかしそうに笑っている。

「初穂がね、眞吾くんが『妖精物語』で賞を受賞した時とってもも喜んで、本を十冊も買って知り合いに配って回ったんですって。その時はあの子も晴人も東京に住んでいたから、うちに二冊送ってきたのよ。そのうちの一冊が、サインをいただいたこの本。初版本よ」

口元を押さえながら寿々は笑う。それを聞いた葉宮は、一瞬言葉を詰まらせた。

「……びっくりしたな、先輩、そんなことを」

「ねえ？」

「昔から先輩は、姉御肌というか、世話好きというか、一度関わった人は決して見捨てずに面倒を見てくれる人でしたから」

思い出すように、葉宮は目を細める。

「初穂には、もう会った？」

「いえ、まだです。……旦那さんとカフェを経営しているそうですね」

寿々はやわらかく唇を引き結んだ。そうして、ええ、とうなずく。

「ケーキが美味しいと島田さんにうかがいました。東京に戻る前に、足を運びたいと思います」

そう言って葉宮はにっこり笑った。


葉宮を送ろうと車のキーを手にした晴人だったが、

「実家まで歩いて十分ほどですし、車ではなく歩いて帰りたいので」

そう言って葉宮はひとり徒歩で帰宅しようとする。晴人は慌てて葉宮を追いかけた。

誘っておいて、祖父の見舞いまでしてもらった葉宮をひとりで帰すのは申し訳なく、途中まで送ろうと思ったのだ。

隣に並ぶと、葉宮は苦笑する。

「君は律儀ですね」

「さ、寒くないですか？」

頭からつま先まで防寒しているのに、とても寒い。そんな晴人をまじまじと見て、葉宮は噴き出した。

「寒いの苦手なんですか？」

鼻までマフラーを引き上げた晴人は、こくこくとうなずく。

「秩父の冬は寒いですよ。がんばって」

「防寒を完璧にしてがんばります。葉宮さんは、寒さに強いんですね」

白のダッフルコートはあたたかそうだが、マフラーも帽子も手袋もしていない。

「秩父で生まれ育ったから、かな？」

「そういえば、葉宮さんは神社仏閣がお好きなんですね」

「ええ。……あれ、僕それ言いましたっけ？」

晴人は内心、しまった、と焦る。

（神社仏閣巡りが趣味っていうのは、主様経由で聞いたことだった……）

だが、

「あ、朝あの祠の前でお会いしたんでした。そりゃ朝から参拝をしているのを見たら、そう思われますよね」

そう好意的に解釈してくれる。

「あの祠は、高校生の時、偶然見つけたんです。なんて名前の神社なのかも知らないのだけれど、君は知っている？」

「えっと、……知らない、です。祖母にお供えを持っていってほしいと頼まれたので」

「そう。あの祠にはよく参拝しました。一度境内で寿々さんに会って、あの祠の神様は小豆飯がお好きだと聞いたんです」

「なるほど」

小豆飯を供えていた理由がわかってすっきりする。

「秩父の神社やお寺はほとんど足を運んだなぁ」

「秩父札所巡りもしましたか？」

お寺に関してはまったく詳しくない。秩父には、秩父三十四ヶ所と呼ばれる観音霊場がある。いずれ時間が取れたら、ぜひ巡ってみたいと思っているのだ。

「しましたよ。――『つなぎの龍』が、ね」

「つなぎの龍、というと、秩父神社の、ですか？」

「そう」

秩父神社の話題には、ちょっとだけドキドキする。

「つなぎの龍が、どうかしたんですか？」

「うん、高校生の頃のことなんだけど」

その時、葉宮がふっつりと黙り込んだ。

どうしたのかと最初に葉宮を、それから葉宮の視線を辿って、そちらに顔を向ける。

「……！」

ふたりが歩く道幅は狭く、車が二台ようやくすれ違えるくらいだ。ぽつりぽつりと等間隔に街灯と家が並ぶ。小さなテレビの音が聞こえ、次いでひゅう、と風のなく音がした。

そんな日常の真ん中で――ゆうるりととぐろを巻いた龍がふたりの目の前にいた。

人間は驚きすぎると言葉を失う。

晴人も葉宮も、ただただ龍を見上げることしかできないでいた。

悠然と空を泳ぐ龍の大きな眼が、ふたりを見据えた。

青い、鱗。

我に返ったのは、晴人が先だった。咄嗟に葉宮の腕を摑むと、龍に背を向けてダッシュする――否、走ろうとした次の瞬間、龍がふたりめがけて凄まじい勢いで近づいてきたかと思うと、その長い身体を巻きつけてきた。

「うわあ……！」

龍はふたりを拘束したまま、宙に浮いた。

「な、な……っ」

無意識のうちに手を振り上げ、脚をばたつかせると、ぎゅう、と締めつけられ――その強さに、ふっと意識が途切れてしまった。

⛩

ねえ。

君だったら、その鎖を引きちぎれるんじゃない？　自由に空を飛びたくはない？

出ておいでよ。……つなぎの龍。

⛩

目が覚めた途端、晴人は大きなくしゃみをする。寒い。

身を震わせて起き上がると、手をついたその場所がなぜか土であったことに、違和感を覚える。

「……ベッド、じゃない？」

辺りは暗い。光源がないから、ここがどこなのかさっぱり見当がつかない。

記憶を辿り、すぐに葉宮とともに龍に巻きつかれたことを思い出した。

「は、葉宮さん、葉宮さん……!?」

一緒にここまで連れてこられたはずだ。

焦るが、なにぶん暗くて葉宮がそばで倒れているのかどうかもわからない。

「晴人くん?」

声が聞こえた。

「は、葉宮さんですか?」

「そう」

晴人は携帯電話をポケットから取り出し、電源を入れた。するとほんのりと辺りを照らす。それはとても小さな光だが、これだけでもホッとできた。

晴人がそうしたように、葉宮もまた自らの携帯の電源を入れたようだ。晴人から少し離れた場所が、ポゥ、と明るくなった。

晴人は用心しながら光を目指して歩み寄った。

「葉宮さん、大丈夫ですか?」

「うん。……それにしても、ここはどこだろう」

吐く息が白い。ふたりは立ち上がって、携帯の灯りを頼りに、少しずつ進んでみた。

「ん?」

葉宮が棒のようなものに気づいて、そこに携帯を寄せると、【標高千三百四メートル】と見えた。

「標高千三百四メートル……」

さらにその隣にかざしてみると、【武甲山】とあった。

「武甲山!」と、ふたりは同時に叫んだ。

用心して進むと、フェンスがある。その先に広がる夜景を見た晴人は、その美しさに、一時寒さを忘れた。

思わず見惚れていると、隣に立つ葉宮が、細く息をついた。

「どうして武甲山の山頂に連れてこられたんだろう？」

その疑問は、もちろん晴人にもあった。

龍と武甲山といえば——。

「もしかして、さっき俺たちを連れてきたのは、武甲山の龍、なんでしょうか？」

明日から始まる秩父例大祭は、秩父神社で祀る妙見様と、武甲山の神である龍神様の、年に一度の逢瀬を祝う祭りとも言われている。

その武甲山の龍神様が顕在化されたとしても、晴人はもう驚かない。

(何度もアヤカシを見てきてるし、何より主様って存在を知っちゃったからなぁ)

「晴人くんは、こういった超常現象に慣れているんですか？」

「え？　いや……、そういうわけではないんですが、は、葉宮さんも、落ち着いていらっしゃいますよ、ね」

「いやぁ、僕は慣れているんじゃなくて、ちょっとワクワクしている、と言った方がいいかな、と」

さすがファンタジー小説も執筆する作家さんだと感心する。

「それに僕、龍が好きなんですよ。高校生の頃なんて、毎日のようにつなぎの龍に会いに行ったくらいですから」

「つなぎの龍に、ですか」

それは何か理由があるのだろうか？

「そういえば、先程つなぎの龍のことを話そうとしていらっしゃいましたね」

「ああ、そうでした」

葉宮は目を細めて、思い出すように微笑む。

「つなぎの龍の話を知っていますか？」

晴人はうなずく。

昔、札所の近くの池で龍が毎晩暴れていたのだという。困っていた近隣の住人たちだったが、そのうちのひとりが、秩父神社の彫刻の龍が雨も降っていないのに濡れているのを見て、暴れているのはこの彫刻の龍ではないかと疑う。そこで彫刻の龍を鎖で縛めたところ、それ以来龍が池で暴れることはなくなった——という話だ。

「僕はその話を知った時、どうして彫刻の龍が本物の龍になり、そのうえ池に入って暴れるんだろうって不思議に思ったんです」

「……確かに、不思議ですね」

「それで、その理由を知りたくて書物で調べたり、つなぎの龍が入ったという池のある観音霊場に行ったり、ついでに秩父札所を巡ってみたりと、いろいろ調べてみたんですが、どうしてもわからなかった」

葉宮は美しい夜景を見ながら、その実キラキラした灯りは目に入っていないようだった。

「だから自分で話をつくってみたんです」

自分で、と目を丸くした晴人に、葉宮はこくりとうなずく。

「毎日参拝し、つなぎの龍に話して聞かせました」

「……」

(彫刻の龍に話しかけたのか)

作家さんて面白いなぁ、とそんなことを考えていると、

「たくさんのお寺や神社を巡りましたが、僕にとってつなぎの龍は一番身近で大事な存在でした。――だから、思うんですが、僕たちをここに連れてきた、青い鱗のあの龍は」

つなぎの龍なのではないか、と。


【よくわかったな】


葉宮の話を聞いていたのか、上空から音もなく龍が降りてきた。

「……ッ！」

巨大な龍は、ぬう、と顔をふたりに近づけてくる。

大きい。人間などひとくちで噛み砕いてしまいそうなくらいだ。

いくら不思議な出来事に耐性ができたとはいえ、こんな大きなイキモノに睨まれたら、

身体の底から震えが止まらない。

見開かれた眼が、ぎょろりと葉宮を見据える。

「君は本当につなぎの龍――なんですか？」

葉宮の声は緊張か恐怖かそれとも期待にか微かに震えていた。その問いに対しての返事だろうか、龍体が淡く発光した。それにより、先刻葉宮が言ったように、龍の鱗が美しい青であることに晴人も気づく。

「……つなぎの、龍」

晴人はそう言ったきり絶句する。

今までと違う。

これまで晴人が巻き込まれてきたアヤカシ絡みのトラブルはすべて、神の使いである秩父神社の本殿の彫刻――虎、猿、梟たちの周りにいたアヤカシが原因だったのだ。それがここにきて、

（あの彫刻の龍そのものが、人を攫うなんて……）

いったいなぜ？

「もしかして、僕の創作は、当たっていたんですか？」

「創作？」

それは、先刻聞いた、つなぎの龍はなぜ夜な夜な池に入っては暴れていたのかというクエスチョンに対して、葉宮が考えた話のことだろうか。

「……葉宮さん、どういう話なんですか？」

葉宮はちらりと晴人を見やった。その瞳はなぜか、どこか切なげな光を帯びていて、晴人は大層戸惑う。

葉宮は目を伏せると、小さく唇に笑みを載せた。

「僕が考えた話は――」

⛩

彫刻の青龍はいつも怒りを内に抱えていた。

名工の手により美しく精巧に彫られた龍には、命が宿った。命とともに心も宿った。

ここに、こうして人々の目に晒されるだけだなんてつまらない。

――ああ、つまらない。

そうぼやくが、三頭の仔を持つ虎も、いつもキャッキャとはしゃいでいる三匹の猿も、遠く北極星におわす妙見様を見守る役目を仰せつかった生真面目な梟も、皆この場に留まることをよしとし、外への興味を持つことがない。

青龍だけが不満を抱えている状態だ。

だがある日のことだ。青龍は自らが龍として実体化できることに気づいた。硬い木の身から生身へと転じた瞬間、龍は夢中になって宙を泳いだ。

高く高く昇り、上空から地上を、そこに住まう生き物たちを見下ろす。翻って急降下し、清水に飛び込む。

初めて知る水の感触に、青龍はうっとりと目を閉じる。

なんて気持ちいいのだろう。

それから彫刻の龍は、毎日外へと飛び出した。海を越え異国へと向かったり、深く水底へ潜ったり、それらすべての経験が、龍にとって新鮮だった。

だがある日のこと、あまりにも高く昇り、とうとう宇宙にまでやってきてしまった龍は、地上へと戻れなくなってしまった。

これは困った、どうしようか。

輝く星々は近く、きらめく水は遠い。

ゆらゆら宙を泳いでいた龍は、その時女神に出会う。


【これは珍しや。青龍ではないか】


鈴が転がるような可憐な声だ。顔を上げた龍は、美しくたなびく清らかな長い髪を、綺羅星を映す清水の如く眼差しを見た瞬間、女神に恋をした。

薄い唇を開いた女神は、笑う。

【迷子の龍かえ。まだ生まれてさほど経たないのであろう】

【我が送ってやろう。折しも今宵は祭りの日。年に一度、我が地上へ降りる日じゃ】

女神はそう言って、青龍をやわらかな腕で抱きしめると、ふわりと身を沈ませた。

すると瞬きをする間に、青龍は地上へと帰ってきていた。

【やんちゃはほどほどにするのじゃぞ】

穏やかに微笑しながら、女神は龍の前から去っていった。


その女神が北極星を司る妙見様であると知ったのは、ずいぶん後のことだ。

その日以来龍は、女神に会いたくて、会いたくて、その気持ちを紛らわすために暴れることしかできなかった。

のちに妙見様は武甲の山を守護する龍と恋仲――夫婦であると知り、なおも恋情に身を焦がす。心に宿る炎を鎮めるために、夜な夜な池へと飛び込んだのは、せめてこの身だけでも冷やそうとしたのだ。

だがそうやって暴れていたために、人々に恨まれてしまった。そうして自らが彫刻の龍であると気づかれ、鎖で縛められ、いつしか己は『つなぎの龍』と呼ばれるようになったのだ――。

⛩

葉宮が話し終えると、青龍は、ため息とも取れる息をついた。

【お前はまるで見てきたかのような創作をする】

青龍は低く呟いた――次の瞬間、夜空に放り込まれてしまったように、漆黒が晴人に迫り来たところで、思わずぎゅっと目を閉じた。

先刻まで痛いくらい寒かったのに、その感覚がない。

晴人が恐る恐る目を開くと、隣に葉宮が立っていた。目の前を映像が浮かんでは消える。


「葉宮くんはやればなんでもできるのに、引っ込み思案すぎるのよ」


聞き慣れた声に、晴人は肩を震わせた。

「姉さん？」

映像の中には、セーラー服を着た初穂がいた。

初穂の隣には、今とさほど変わらない顔立ちの葉宮がいる。初穂が言うように、控えめで自信のない表情だ。少し猫背なのは、この頃かららしい。

初穂にぽんぽんと肩を叩かれ、葉宮ははにかむように小さく笑むと、うなずいた。

初穂は友達に呼ばれ、葉宮から離れる。その後ろ姿を追う眼差しを見た瞬間、晴人は彼の姉への想いに気づいた。

（葉宮さん、姉さんのことを……）

それからいくつもの場面が目の前を流れる。そのどれもが、葉宮と初穂の些細ともいえる日常で、けれど彼の大きな瞳がどんどん切なく伏せられていくのを見て、晴人まで胸苦しくなってゆく。

「好きでした」

葉宮はぽつりと呟いた。

「……葉宮さん」

「明るくて元気で前向きでいつも一生懸命で――一ノ瀬先輩はずっと僕の憧れでした」

ああ、そうか、と晴人は悟る。

つなぎの龍と葉宮がなぜ繋がったのか。それは、恋だ。

映像はどんどん進んでゆく。

だが次第にその映像は乱れ、ぶつぶつと途切れる。

初穂が誰かと抱き合う場面は、恐らく現実のものではなく、結婚をしたと聞いた葉宮の想像の中の初穂のようだった。

【好きならば奪えばいい】

映像は狂ったように初穂を映し続ける。葉宮は苦しそうに首を振り、きつく目を閉じた。

「それはできない」

【なぜだ。まだ好きなのだろう？　憧れているのだろう？】

葉宮は何度も首を横に振り続ける。

「思い出だ。十年も前のことだ」

【だがお前の心の中にはまだこの女が生きている。心を残しているのであれば奪ってしま

えばいい】

「先輩には幸せになってほしい」

つなぎの龍の唆す声に、葉宮は強く言い切った。

刹那、龍は激昂した。

【なぜだ！　お前はあの日、言ったではないか】

「君は僕と同じだね。出ておいでよ。鎖なんかでは君を縛められない。君は自分からそこにいようと決めただけだろう？　女神様が好きな君と話がしたい」

と。

確かにそうだ。こんな鎖では我を縛ることはできない。だが小さき人々を怯えさせるのは本意ではない。だからここでおとなしくしていることにしたのだ。

そんな我を、お前が――お前の恋心が起こした。

【なぜたった十年で心が変わる。好きだという気持ちがなくなるのだ。人は、そんなにもすぐに心を変えるものなのか】

「龍と人とでは生きる時間が違うよ……！」

思わず晴人はそう叫んでいた。

永い時を生きる龍と、八十年の人生とでは、あまりにも違う。

そう叫んだ晴人を、青龍はぎょろりと睨みつけた。

【黙れええええ――――‼】

龍の咆哮《ほうこう》は真冬の嵐だ。

恐ろしいほど強烈な風が直撃して、晴人も葉宮も立っていられず、ゴロゴロと転がってしまった。

「うわ……っ」

葉宮はさらに背後に飛ばされて、その場から動けなくなっている。

「葉宮さん！」

「うう……」

龍は容赦なかった。さらなる咆哮がふたりを直撃し、氷のような冷たい風に、全身が強張ってその場でうずくまることしかできない。

さらに、目の前を巨大な龍の尾が、音を立てて落ちてきた。

「……ッ‼」

直撃したらひとたまりもない、巨木が倒れたような衝撃が走る。

うずくまりながら葉宮を見たら、フェンスにぶつかり、気を失ってしまったようだ。

「葉宮さん！」

晴人は寒風を受けながら、じりじりと進む。

ドォン、とさらに龍の尾がギリギリに迫る。

「わ、わっ」

避けるだけで精いっぱいだ。

「葉宮さん！」

うう、とうめく声が聞こえた。

晴人は一度身を縮めると、思いきって走る。

瞬発力のない晴人からすれば、精いっぱいの速さで葉宮のところまでやってきた。

「大丈夫ですか？」

腕を取って起こすと、まだ意識がもうろうとしているようで、何度も頭を振っている。

そのまま立ち上がらせようとしたが、三度龍の尾がふたりに迫る。

――ぶつかる……！

間近から凄まじい勢いで振り下ろされる尾を避ける術は、ふたりにはなかった。

「〝ハク〟……！」

絶体絶命の危機に、晴人は思わず助けを請うた。

顔を背けて衝撃を覚悟する――が、痛みはやってこなかった。

閉じていた目を開けると、白いふわふわの背中があった。

「手間掛けさせんな」

ぶっきらぼうな声を、これほど頼もしく思ったことがあっただろうか？

晴人は思わずその背中にしがみついた。

「主様ぁ――――ッ！」

「てめ、さわんな‼」

「あ、ご、ごめん……。主様主様ありがとうございます！」

龍にさらわれて以来、正直ハクを思い出す暇もなかったが、名を叫んだ瞬間に、こうして助けに来てくれるなんて、と晴人は心から感動した。

ハクは手に黒い鎖を持っていた。その鎖の先を視線で辿ると、しっかりと青龍に巻きついている。

青龍は、ぐう、と低く唸る。そして目を剝いてハクに食ってかかった。

【神になりそこなったアヤカシ風情があ！】

「――え？」

（……アヤカシ？）

え、誰が？

青龍の叫び声が、誰のことを言っているのか理解できず、晴人は首を傾げた。

ハクをそろりと覗くが、もちろん着ぐるみの『ハクロウくん』姿のため、表情はまったくわからない。

「ヘッ、そのアヤカシ風情に手も足も出ない龍の情けねえこと。てめえそれでも最強の瑞獣かよ」

ハクは容赦なくそう言うと、摑んでいる鎖を無造作に振った。そうして巨大な龍を軽々と振り回す。

（なんて力だ……）

炎虎の時にもそうだったが、それほど力を入れているようには見えないのに、ハクは自分より大きな虎や龍をいともたやすく拘束するのだ。

青龍のうめき声は地鳴りのようで、身体にダイレクトに響いてくる。

「ま、待ってください……！」

その時、頭を押さえながら、葉宮が声をあげる。そうして龍へと走り寄ろうとしたところで脚をもつれさせたものだから、慌てて晴人が横で支えた。

葉宮は律儀に礼を言い、次いでつなぎの龍へと真っ直ぐな視線を向けた。

「僕は、ずっと彼女のことが好きでした。いつも明るくて前向きで……彼女といると、僕まで元気になれたし、自分のことを信じよう、がんばろうって思えた」

「――」

「今でも先輩のことは好きだ」

ならば、と龍は口を開く。けれど葉宮は穏やかに首を横に振った。

「でもね、つなぎの龍。高校生の頃は、僕は先輩を真っ正面から見ることができなくて、それなのに、気持ちが通じればいいな、先輩といたい、幸せになりたいって、都合のいいことを考えていた。——僕は、僕のことしか考えていなかったんだ」

葉宮は小さく息をつく。

「でも、今は違う。さっきも言ったけど、先輩には、僕と一緒じゃなくても、幸せでいてほしいって、そう思っているんだ」

「そりゃあ、恋じゃなくて愛ってヤツだな」

ハクが柄にもなくロマンチックなことを言うものだから、晴人は龍と対峙している緊迫した場面であるにもかかわらず、思わず「ええっ⁉」と叫んでしまった。

「ええってなんだよ」

「え、だって主様の口から恋だとか愛だとか出るなんてびっくりするじゃないですか」

「ああ？　てめ、どういう意味だ……うお！」

晴人に向き合おうとしたことで鎖が緩んだのか、青龍が全身に力を込めて抗い始める。

それをハクは今一度きつく縛めた。

「おとなしくしてろよ。こいつは今すごく大事なこと言ったんだぜ」

つなぎの龍はだが、ギリ、と歯ぎしりをする。

「あ？　まだわかんねえのか。こいつの気持ちが理解できねえってんなら、武甲山からの吹き下ろしの風を受けて頭を冷やしやがれ」

ハクはそう言って、ぐぅん、と鎖を振った。

すると青龍は絶叫しながら、明けはじめた秩父の市街の上空へと、凄まじい勢いで飛んでゆく。呆気に取られているうちに、巨大な龍の姿は見えなくなった。

晴人と葉宮は思わず顔を見合わせる。途端に我に返ったのか葉宮はがくがくと膝を震わせ、その場に座り込んだ。

「主様、ありがとうございます」

助かった、と改めて深く頭を下げると、ふん、と鼻で返事をされる。

そのハクの背後から、ぬう、と龍の顔が覗いたものだから、思わず声をあげる。

それは先刻ハクに飛ばされた青龍と明らかに違う体色をしていた。銀のような、墨色のような、そのどちらでもあるような光る鱗を持つ。全長を現した龍は、青龍の何倍もの大きさであった。

（お、大きい……）

【同族が世話になりました】

まるでチェロの音のような低く艶のある声だ。

「てめえ見てたんならとっとと片づけろ。手間掛けさせんな」

ハクの態度は相手が巨大な龍であっても変わらない。だが龍はすまない、と小さなハクに頭を下げた。

【主様に任せておけばよいと思ったのですよ。我が動けば山にも里にも被害が出てしまう

でしょうからな】

（確かに、龍同士が争ったら、絶対どこか被害が出るよなぁ）

「ええと……主様、この龍、さんは？」

「この山の主だ」

「武甲山の……龍神様⁉」

それは明日……いや、今日からはじまる秩父夜祭即ち例大祭の主役のひとりではないか。

龍神は、驚く晴人が面白かったのか、長いひげを震わせて笑った。

「なあ、あいつまたきっと暴れるぜ」

あいつ、とはつなぎの龍のことだろう。

するとは龍神は、ゆらゆら揺れながら、上空を仰いだ。

【女神が諌《いさ》めてくれるでしょう】

（女神って、妙見様のことかな）

「ああ、夜明けだ」

昇る太陽が、龍神の鱗と『ハクロウくん』の白い毛をキラキラと輝かせる。

【今年も祭りが始まりますなぁ】

龍神は楽しげにそう言って笑った。

⛩

例大祭は一日から始まるが、観光客がやってくるのは二日と三日だ。

この二日間の撮影は、夜祭の映像を撮るのがメインで、キャストたちは半ば休みになる。

晴人はＦＣメンバーから、

「秩父に戻ってきて初めての夜祭だから、楽しんでこいよ」

と送り出され、明理や凜、それから仲良くなった映画スタッフたちと祭りを楽しむことにした。二日、寿々は凜と明理が泊まる旅館で女子会をし、大層楽しかったと喜んでいた。

三日は葉宮が行きたいということで、カフェアサミにコーヒーを飲みにも行った。

初穂は葉宮との再会をとても喜び、寿々同様初版本にサインをねだっていた。

葉宮の笑みは終始穏やかで、つなぎの龍へ言っていたように、もう初穂への想いはきちんと昇華したのだろうな、とそばで見ていてそう思った。

「つなぎの龍には悪いことをしてしまったな」

ぽつりと呟いた葉宮に、一緒に謝りに行きましょうかと誘い、秩父神社まで向かった。

あんな乱暴に鎖を巻きつけられたうえに投げ飛ばされて、きちんと戻っているのか心配だったということもある。

たくさんのひとで賑わう境内を進み、葉宮とふたり、つなぎの龍を見上げる。

つなぎの龍が元の場所に収まっていることにホッとする。

「『主様』という方は不思議な力をお持ちなのだね」

葉宮は、あの小さな祠の主と『主様』がイコールで結ばれることには気づかなかったようだ。

二日間、祭りを楽しみながらも、つなぎの龍が言い放った言葉が頭から離れずにいた。

「神になりそこなったアヤカシ風情が」

つなぎの龍は、確かにそう言っていた。

（……主様って、神様じゃなくてアヤカシ、なのか？）

だがそうだとしたら、神の使いである秩父神社の虎や三猿、梟たちに、『主様』と呼ばれるだろうか？

考えたってわかるはずもないと、晴人は意を決し、祖母に訊ねることにした。

「晴人は、知ってももう大丈夫のようね」

寿々は笑って、晴人に茶を勧めながら話しはじめた。

「三峯神社の創始者はどなたか知っている？」

「三峯神社？　え、ええと日本武尊《やまとたけるのみこと》、だよね？」

そう、と寿々はうなずく。

「三峯神社はお犬様――オオカミがご眷属であることも知っているわね」

「うん」

「日本武尊がこの地にやってきた時、難事に遭われた。その際助けとなり、従ったのがオオカミだったの」

晴人はうん、とうなずいた。そこまでは有名な話だから晴人も知っている。

「ところがね、神様へ駆けつけたオオカミたちの中で、一匹だけ遅れを取ったオオカミがいたの」

「……」

「ほかのオオカミたちは神の末席に座ることを許されたのに、自分だけただのオオカミのまま。そんな状況に癇癪《かんしゃく》を起したそのオオカミは、『知知夫』で暴れ回ったのだそうよ。そうしてアヤカシにまで身を落としてしまった」

（それって、まさか……）

「そのオオカミは、あまりにも悪さをしたため、調伏《ちょうぶく》されそうになったの。けれど改心し、『知知夫』を陰で支える社の主たる役目を受け入れるのであれば赦《ゆる》そう、と言われた」

「それが、……主様、ということ？」

　寿々はうなずく。

「えっと、つまり主様ってアヤカシ？」

「厳密に言うとね、ちょっと違うのよ」

　え、どこが？　と問うと、寿々は軽く首を傾げる。

「アヤカシの力を持つけれど、存在自体はこちら側に在る。アヤカシというのは身も心も影に隠れてしまった存在だから」

　よくわからないが、つまり主様はアヤカシだけどアヤカシではない、神様でもない、というわけか。

「秩父神社の神の眷属たる彫刻たちゃ武甲山の龍神様が、主様を『主様』と敬うのは、アヤカシを祓《はら》う力をお持ちだからよ」

「そうなんだ……」

アヤカシとわかったからと言って、ハクを見る目が変わるということはない。

「主様は主様、ってことだもんね」

寿々はにっこり笑う。

「それで、うちと主様の繋がりって？」

「主様を調伏しかけた僧侶がご先祖様なのよ」

「へえ！」

それには驚いて思わず声をあげる。

「ていうか、僧侶？　お坊さん……。あ、だからか！」

秩父神社の虎たちは、だから晴人のことを『ぼうず』と呼んでいたのか。子どもという意味ではなかったのだ。

「だからね、晴人」

「あ、ハイ」

「秩父で悪さをするアヤカシがこれからもいると思うけれど、その時には主様のお力を借りて、ふたりでがんばって鎮めてちょうだいね」

晴人は、うっ、と小さく息をのむ。

「主様を見守るのも一ノ瀬の役目なのよ」

そんな大役が自分に務まるだろうか、とちょっと不安になる。

秩父に帰って来た時、まさかこんな役目を担うとは思ってもみなかった。

だけど、まあ、と晴人は肩を竦める。

(俺ひとりでやるわけじゃないもんな)

面倒くさがり屋だけれど、ここぞという時には頼りになるハクだ。なんとかなるだろう。

まさに一ノ瀬家にとって、晴人にとって、『守り神のような』存在である。

そう思う自分が、これまでとは少し考え方が変わったように思えて、晴人は小さく笑みを浮かべた。

「おおい寿々、小豆飯！」

玄関から少年のような少し掠れた声が響き渡る。

「はーい」と、寿々が笑いながら台所へ向かう。

晴人は一ノ瀬家にとって『守り神のような』存在であるハクを出迎えるべく、玄関へと向かった。

終章

いそげ、いそげ。

林立する木々の合間を、全速力で駆ける。

いそげ、もっと速く、もっともっと速く……！

「白狼よ、もっと急がねば間に合わぬぞ」

「うるせえ。話しかけんな」

「おやまあ、森の長老に対しなんという言い草であろう」

「長老、こんな食い意地の張った寝坊オオカミのことなど放っておけばいい」

「黙れ！」

梟にカケスに烏《からす》に雀といった、たくさんの鳥が白狼を見下ろしていた。

白狼はてんでにさえずる鳥たちを睨み上げる。だがそれどころではないと思い出し、またすぐに走り出す。

生まれ育ったこの場所を走る時、いつもならば心が躍る。ほかの森や山に行くこともあるが、やはり故郷たるこの地以上の場所はない。

だが今の白狼の頭の中は焦りでいっぱいで、澄んだ森の空気に鼻を動かすこともなかった。

梟が音もなく追従する。

「この辺りで一番の力を持つのに、どうしてそう毎度遅れを取るのであろうのう」

まったくもって不思議な白狼よ、と梟はぐるりと頭をひねる。

「ああもううるせえって言ってんだろ！」

「宝登山の火事の場面でも行き遅れ、今また参じそびれれば、神の末席に座ること敵わぬぞ」

「ほかの兄弟はあんなにも賢いのに」

「今も兄弟らは貴き御方の御身をお守りすべくつき従っているのに」

「本当にお前は間抜けだなぁ」

鳥たちの嘲笑が空から雨のように絶え間なく降り落ちてくる。急がなければ間に合わないのに、どうしても無視できなかった。

「黙れ！」

空を仰いだ次の瞬間、白狼を囲む木々が一斉に震えた。

「……!?」

生い茂る葉の先に、ほんのわずかに空が見える。その青空が突如として黄金色に染まる。

「な、……なんだ？」

白狼も鳥たちも黄金色の空を、ただただ見上げるばかり。

「これは大事《おおごと》だ」

梟がぽつりと呟いた。

「な、何が大事なんだ」

「白狼よ、お前の兄弟は、今獣から神へと格が上がった」

白狼は募る焦りに急かされて走り出した。

山を越え、平地へとやってきた白狼は、空を駆け上がる兄弟狼を呆然と見上げた。その身は神々しいほどに光り輝き、白狼は兄弟が完全に己と分かたれたことを察した。

のちに白狼は、兄弟狼が「大口真神《おおぐちまがみ》」と呼ばれ、神の眷属となったことを知る。

「神」。

白狼三兄弟の中で、自分が一番力があり優れていた。体躯だって一番大きいし、知知夫の森を、山を、誰よりも早く駆けることができる。

それなのに兄弟は神に、己は獣のまま。

それがどうしても認められなくて、白狼は一晩中吠えながら山を駆けた。

駆けて、駆けて、駆け続けて——白狼はやがて己と森の境目がわからなくなった。

日が暮れて、日が昇り、知知夫の山には霧が漂う。霧を突っ切り、走り続け、やがて霧が晴れた時、白狼は、悪しき存在——アヤカシとなっていた。

アヤカシと化した時のことを、白狼はほとんど覚えていない。ただ神の危機に参じることができなかった自分への不甲斐なさ、兄弟狼が神となったことへの、身が焼けるほどの嫉妬心で、白狼の胸の内がいっぱいになる。そのもやもやをどうにか晴らしたくて、白狼は走り続けた。どんな礫《つぶて》も矢も刀も、白狼を傷つけることはない。白狼は鋭い牙と恐ろしい爪で、人々を恐怖に陥れる。彼らの悲鳴は、白狼をさらに滾《たぎ》らせた。

時の経過もわからないまま暴れ続けた白狼は、ある日強い力に縛められた。

「……⁉」

己を止められる奴などいるものか。

白狼は全身全霊を込めてその縛めを解こうとする。だが動けば動くほど力は白狼を万力の如く締めつけ、前肢《あし》も後ろ肢も、胴も、頭も、ついには長くふさふさとした尻尾までも動かすことが適わなくなった。

なんだこれは？　なぜ動けない……⁉

「あわれだなぁ」

今までなんの音も、誰の声も聞こえなかった白狼の耳に、のんびりとした響きがするりと飛び込んできた。

「……っ？」

「この縛めは動けば動くほど締まるから、おとなしくした方がよいぞ」

真っ白な霧に覆われていたような視界が、徐々に晴れてゆく。目の前に立つ人間が見えた。この人間が己を縛めている——そう察した刹那、白狼は助走もせず飛びかかった……

否、飛びかかろうとしたが、一歩も動くことができず、それどころかさらにきつく締まってしまった。

「いっ……てぇ！」

叫ぶと、目の前の人物――男は、ほう、と目を見開いた。

「アヤカシ化しても意識があるのか」

「アヤカシ化？」

「そうだよ。お前は昔々、どれほどの時が過ぎたかわからぬが、とにかくながぁい間アヤカシとして、この地で大層恐れられていた」

「昔、昔？」

どれほどの時間が経ったのか、白狼にはまったくわからない。

「お前の兄弟狼が神格化され、そのことに嫉妬したお前はアヤカシと化し、知知父のまちで暴れ回り、人や動物や自然を傷つけた」

そんな覚えはない。白狼はずっと霧の中を走っていただけだ。

すると白狼の思考を読んだのか、男はふっと笑った。

「アヤカシと化せばそうであろう。哀れな子だ」

「……てめぇはなんだ」

「通りすがりの僧だ」

「ぼうずか」

確かに剃髪《ていはつ》に袈裟《けさ》姿《すがた》だ。

つまり自分は、坊主に捕らわれた、ということか。

「……？　ここは」

首も回らないから、今自分がどこにいるのかもわからなかったのだが、男の後ろに在る建物が目に入る。

「あれは……社か？」

「そう。ここは神社だ」

「なんで神社に坊主がいるんだよ」

「それはまあ事情があってな。──ほら」

坊主がス、と手を上げると、本殿から光の礫が飛んできた。

よくよく見れば、その礫は美しい虎であった。

「ずいぶんあばれましたねぇ。うちの子たちより凄まじいはしゃぎっぷりでしたよ」

続いて三匹の猿がキャッキャヤと走り寄ってくる。

「「「活きのいい狼だなぁ」」」

白狼の周りをぐるぐる回りながら三匹一緒に話すから、耳が痛い。

さらに梟が音もなくやってくる。

「大口真神の兄弟がアヤカシと化すなど残念極まりない！」

森でよく見る梟を思い出す上に、声が大きい。白狼は鼻筋に皺を寄せた。

最後に白狼の前に飛んできたのは、巨大な青い龍だった。無言のまま間近に覗き込まれるから、負けじと白狼は龍を睨みつけた。

「さて、拙僧、永い間この地の平穏を脅かしてきたお前の調伏を頼まれたのだが」

「は？」

「アヤカシのままであれば、そうするのだが」

ふむ、と坊主は何事か考えているようだ。

「ひとつ提案がある」

「……なんだよ」

「お前、このまま消えたくなければ、拙僧の言うことを聞け」

「はぁ？」

「お前に社をひとつ任せる」

「……」

「神にはなれぬ。だが神が愛《いと》おしむ知知夫の地を守ることができる」

白狼は、今一度、は？　と呟いた。

「俺はこの地を守りたいってわけじゃ」

苦虫を潰したかのように顔を歪める白狼に、坊主は縛めを緩めないまま近づいてきた。

「ならばなぜ神になりたいと願った。兄弟狼を羨ましいと思った」

坊主の問いに、白狼は咄嗟に答えることができなかった。

俺は、どうして神になりたいと願ったのか――？

その時、故郷たる知知夫の山の匂いが、白狼の鼻孔をくすぐった。

鮮やかな山の景色が思い浮かぶ。

春の陽気で騒がしく、雑多で魅惑的な匂い、夏の木陰の涼風、秋の真っ赤に染まった葉の群れ、己の毛色に染まる冬の純白の森――。

脳裏に浮かんだ四季折々の美しい風景が、白狼の心に流れ込んできた。

守りたい、と思っていたわけではない。だが生まれ育った地は、やはり特別だ。

特別な地。

「……」

何かがストンと落ちたような、……そんな気がした。

「神になるも仏を目指すも己だけでは成しえない。他者が存在してこそだ。勝手気ままもよい、だがそれだけでは存外つまらぬものだぞ」

坊主の説法が癪《しゃく》に障る。だが言い返すことができない自分がいた。

坊主の隣から虎が一歩近づいてきた。

「一緒にこの地を守りましょう」

「「人間の生活は見ていて楽しいぞ」」

「長年にわたる狼藉《ろうぜき》の詫びに今度は人間を守るのです！」

「――来い」

三猿が、梟が、そして最後に龍が白狼に迫る。

その圧に、白狼は怯《ひる》む。

坊主が今一歩、白狼に近づく。

「お前は人を傷つけた。だから人に寄り添い人とともに生きろ」

「――」

「どうする？」

縛めがほんのわずか緩んだ。ぐるりと辺りを見回すと、境内はまるで嵐の後のようなありさまだった。なぎ倒された木々が目に入り、白狼はそれが己のしでかしたことなのだと思い知る。

「……社」

「そうだ。お前に社の主となってもらう」

「社の主」

白狼はぽつりと呟く。

「つかお前坊主なのになんで社なんだよ？」

「だからそれはまあいろいろ事情があるのだよ」

胡散《うさん》くさい。だが白狼がいくら睨みつけても、坊主は飄々《ひょうひょう》とした表情を崩しもしない。

どうやら本当に自分はアヤカシ化してしまったらしく、このままではこの坊主に退治されてしまうようだ。

「……」

迷う時間は、さほど長くはなかった。

白狼はおもむろに、坊主に向けて口を開いた。

「その社に案内しろよ」


「事情、ってなんだったんだろうね？」

目の前にいる男は、あの坊主と似ても似つかない。

あっちは小柄で華奢で、一見女のような造作をしていた。それなのに凄まじい法力で、ハクを一歩も動けないほど縛りつけたのだ。

対するこっちは、長身で筋肉もほどほど、女にモテそうな面相をしているのに、内面は気弱というか、なかなか自分というものを出せない。

表面は全然似ていないのに、他者への反応がびっくりするくらい酷似していた。

相手への共感力がそっくりなのだ。あっちもこっちも、とにかく相手の立場に立って考える。恐らくは無意識に、だ。相手の悩み事への接し方はまったく違うのだが、結果相手を助け、かつ好意を持たれているのだから、根っこにあるふたりが持つ『正しさ』が似ているのだろう。

「主様？」

ハクが無言でいると、恐る恐るといったように覗き込んでくる。

「もしかして眠ってます？」

反応がないからか、男の手がそろりと伸びてくる。

いつもならば触れるなと突っぱねるが、今日は手を洗い口を漱いでいるからまあいいかと黙っていた。

こいつは清めずに触って来ようとするからたちが悪い。

一度アヤカシに身を落とし、だが人の側に立つことで、ハクはアヤカシと神の真ん中で揺らぎながらこの世に存在している。そんなハクに不用意に触れては駄目なのだ。

「あいつ、この辺りにあった小さな神社の神主の娘にけ懸そう想してたんだよ」

「……ケソウ、って、懸想⁉」

その惚れた神主の娘に、法力でアヤカシを鎮めてほしいと頼まれ、ほいほいアヤカシ退治に乗り出したと聞いた時には、全身から力が抜けたものだ。

「そんで坊主は還俗して神主の娘と祝言を上げたんだよ」

それがお前の祖先だ。

そう言うと、男——晴人《はると》は、気が抜けたように、へえ……、と呟いた。

「それにしても主様、どれくらいアヤカシとして暴れてたんです？」

「さあな。坊主は千年ともそれ以上とも言ってたぜ」

「へえ……、ええっ⁉」

仰天する晴人を見て、ハクはへッと笑う。

「体感的には三日程度だったんだけどよ、結構時間が経ってたらしい」

「……」

絶句していた晴人だが、やがて深く長いため息をついた。

「なんだよ」

「いえ……、なんていうか、主様がアヤカシのままでいなくてよかったな、と」

「なんで」

「主様がアヤカシだったら、誰かに退治されたかもしれないし、そしたら俺たち出会ってなかったかもしれないじゃないですか。だから俺の御先祖様に感謝です」

「……」

『お前がアヤカシでいたから俺は嫁に出会えた。お前に感謝するぞ』

昔坊主がハクに言ったことを思い出してしまい、チッと舌打ちをする。

「え、なんで舌打ちするんです？」

ちょっと傷ついたような顔をする晴人が面白い。

「主様なんで舌打ち？」

「わたしも主様に出会えて感謝していますよ」

にこにこ笑いながら、寿々《すず》が小豆飯を手に居間までやってくる。

大口真神の扶持《ふち》として供えられるお炊き上げが小豆飯だと知って以来、ハクの好物は肉でも魚でもなく、小豆飯になった。

「俺も寿々に会えたのは僥倖《ぎょうこう》だと思っているぞ」

「あ、ばあちゃん、ごめん」

夕飯の支度を手伝うべく、晴人は慌てて立ち上がる。

「主様のお話はもう終わったの？」

「うーん、うん」

晴人は微妙に首を傾げながらもうなずく。

お人好しで相手からの言葉や態度をそのまま受け取る晴人だ。ハクには人間の心が聞こえてくるが、口から出る言葉と考えていることに、これほど差異のない人間はいない。つまり正直者すぎて、そこが逆に人間としていささか問題があるのではないかと思う。

寿々を見習って、もう少し頼もしくなればいいのだが、まあそこは、おいおい躾けていけばいいことだ。

「主様、笑っていらっしゃいます？」

人間にしておくにはもったいないくらい鋭い寿々が、口元に笑みを浮かべながら着ぐるみ越しにじっとハクを覗き込んでくる。

「あいつも寿々くらい鋭ければ役に立つのになぁ」

するとなお寿々は笑う。

「晴人がわたしのようになったら、主様はお困りになるでしょうね」

――これだから寿々は侮れない。

「お待たせしました。主様お神酒飲むよね？」

「お前にしては気が利くな」

晴人はちょっとムッとしたが、素直にハクの前に杯を置いた。

「主様、明日じいちゃんが退院するので、喧嘩しないでね」

「そりゃ竜生に言っとけよ」

「もちろんじいちゃんにも言いますよ」

着ぐるみハクロウくんの左右に晴人と寿々が、すぐそばには先に食事を済ませた猫の椿が毛づくろいをしている。明日には寿々の夫も帰ってくる。

名をつけられたことで、こいつに縛られるのは正直癪《しゃく》だが――まあ、こんなのんびりした生活も悪くない。

ハクは着ぐるみの中で密やかに笑った。

了

この物語はフィクションです。作中に同一の名称があった場合でも、実在する人物、地名、団体等とは一切関係ありません。

※協力※
埼玉県マスコット「コバトン」「さいたまっち」
秩父市イメージキャラクター「ポテくまくん」
※ゆるキャラ®という文字は、みうらじゅん氏の著作物であるとともに扶桑社、及びみうらじゅん氏の所有する商標です。

宝島社
文庫

秩父あやかし案内人
困った時の白狼頼み
(ちちぶあやかしあんないにん　こまったときのはくだのみ)

2018年11月20日　第1刷発行

著　者　香月沙耶
発行人　蓮見清一
発行所　株式会社 宝島社
〒102-8388　東京都千代田区一番町25番地
電話：営業 03(3234)4621／編集 03(3239)0599
http://tkj.jp
印刷・製本　株式会社廣済堂

Printed in Japan
ISBN 978-4-8002-8945-2